제주
올레
여행

놀멍 쉬멍 걸으멍

제주
올레
여행

서명숙 지음

북하우스

힘들고 지친 당신에게 바치는 길입니다

"나는 생각했다. 희망이란 것은 있다고도 할 수 없고, 없다고도 할 수 없다. 그것은 마치 땅 위의 길이나 마찬가지다. 원래 땅 위에는 길이란 게 없었다. 걸어가는 사람이 많아지면 그게 곧 길이 되는 것이다." ─루쉰의 소설 〈고향〉에서

한반도의 변방, 제주에서도 가장 남쪽 서귀포읍. 그곳 매일시장통에 한 여자아이가 있었다. 말을 더듬고 책 읽기를 좋아하고 운동이라고는 공기놀이밖에 못 하는. 엄마가 매를 들면 기정길을 타고 내려가 천지연 근처를 맴돌면서 아이는 간절하게 꿈을 꾸었다. 얼른 자라서 갑갑한 이곳에서 벗어나 번쩍거리는 불빛과 높은 빌딩이 있는 서울로 가게 되기를. 머리통이 굵어지면서 소망은 더 구체화된 모습을 띄게 되었다. 멋진 민완기자가 되기를.

그 아이는 서울로 유학을 오면서 그 꿈을 이루었다. 그 도시에서 결혼하고 아이를 낳고, 바라던 기자까지 되었다. '지지고 볶으면서' 기자직을 수행하다 보니 시사주간지 편집장까지 되었다. 스무 해 만에, 그토록 열망했던 직업, 15년이나 다닌 직장을 때려치웠다. 몸은 직업병으로 만신창이가 되고, 마음은 마른 삭정이처럼 피폐해져서. 2003년 4월의 일이었다.

'자발적 백수'가 된 뒤 그 여자는 걷기에 빠져들었다. 가다 보면 걷는 길은 끊기기 일쑤였고, 차량과 소음과 공해가 끊임없이 괴롭혔다. 그녀는 또 다른 꿈을 꾸게 되었다. 성 야고보가 복음을 전도하기 위해 걸었다는 길, 천 년 전 가톨릭 신자들이 순례를 시작했다는 길, 파울로 코엘료의 인생을 단숨에 바꿔놓았다는 길, '세상에서 가장 아름답고 안전한 길'이라는 찬사 아래 도보여행자의 성지로 떠오른 길, '산티아고 길'을 걷게 되기를.

백수생활 2년 만에 그 여자는 거부하기 힘든 유혹에 넘어가 언론사로 되돌아갔다. 인터넷신문 〈오마이뉴스〉에서 또다시 '지지고 볶으면서' 한동안 편집국장 노릇을 했다. 그러나 산티아고 길을 향한 열망에서 벗어날 수는 없었다. 그 길을 마음에 품은 지 3년 만인 2006년 9월 비로소 그 길에 서게 되었다. 만 50살 생일을 한 달여 앞두고, 혼자서.

800킬로미터의 길을 걷는 내내 그녀가 그리워한 것은 어린 시절 그토록 떠나고 싶어했던 고향 제주였다. 피레네에서는 한라산을, 메세타에서는 수산 평야를, 중산간 지방에서는 외가인 성읍리에서 가시리 가는 길을 떠올렸다. 회색빛 도시에서 살아남으려고 발버둥치는 동안 잠시 잊었을 뿐, 어린 영혼을 키워내고 어린 근육을 단련시킨 고향 하늘과 바다와 바람은 그녀의 핏줄과 세포에 깊숙이 저장되어 있었다.

여정 막바지에 그녀는 한 영국 여자를 만났다. 그 여자는 말했다.

"우리가 이 길에서 누린 위안과 행복을 다른 사람들에게 나누어줘야만 한다. 당신은 당신 나라로 돌아가서 당신의 까미노길를 만들어라. 나는 나의 까미노를 만들 테니."

이 말에 그녀는 벼락을 맞은 듯 감전되었다. 자신을 산티아고로 한사코 떠다민 운명의 여신이 던지는 메시지 같았기에.

그녀는 또다른 소망을 품게 되었다. 목덜미를 간질이는 해풍을 맞으면서, 바다와 오름에 번갈아 눈을 맞추면서, 인간다운 위엄을 지키면서, 걸을 수 있는 길을 내어보겠노라는. 산티아고 길에 성 야고보의 히스토리history가 있다면, 제주올레 길에는 설문대할망과 그녀의 후손인 '살아 있는 여신' 해녀들의 허스토리herstory가 있으니까.

이미 눈치 챘겠지만, 그녀는 바로 나다. 그리고 이 책은 나의 세 번째 꿈에 관한 이야기이다. 이 책에는 걷기에 중독된 사연과 산티아고 길에서 만난 사람들에 관한 기록도 있지만, 대부분은 7개 코스(101.91킬로미터)의 '제주올레' 길이 만들어지기까지 웃음과 눈물이 뒤범벅된 사연, 올레 길에 사는 멋진 제주인들과 올레를 찾는 올레꾼들 이야기로 채워졌다.

제주 전역에 몰아치는 개발 바람에 걷는 길이 더 사라지기 전에, 너른 차도와 이런저런 단지가 더 들어서기 전에 길을 내야만 했기에, 아무런 준비 없이 무모하게 이 일에 뛰어든 것은 지난해 여름. 한여름 '와랑와 랑한' 햇볕을 받으면서 40일간 예비답사를 마치고 나서 산티아고 길 못 지않은 '아름답고 평화로운 길'을 만들 수 있겠다는 자신감이 들었다. 산티아고 길에는 없는 푸른 바당을 옆구리에 끼고 걷는.

그러려면 차가 진입할 수 없는 숨은 길을 찾아야, 끊어진 길은 이어 야, 사라진 길은 되살려야만 했다. 그뿐인가. 없는 길은 내어야만 했다. 행정력도 자금력도 없는 일개 사단법인이 이 일을 해내는 데에는 상상 하기 힘든 어려움이 뒤따랐다. 그것도 일을 추진하는 사람이 '세상을 다 아는 듯하면서 세상살이에는 젬병인' 기자 출신임에랴.

그러나 설문대할망이 거들어주시는 걸까. 어려운 일이 생길 때마다 '귀인'이 나타났고, 뜻밖의 곳에서 도움의 손길이 뻗쳤다. 나어린 후배 '무적전설'이 홀연히 제주에 내려왔고, 해병대 장병들이 난코스에 길을 터주었다. 동철, 동성이 두 남동생과 애순 언니가 내가 벌여놓은 '미친 짓'에 기꺼이 동참해 혼신을 다해 도왔으니, 혈육지간에도 고맙다는 말 을 아니 할 수 없다. (올레 길을 내던 중 가파도에 반해 10여 년을 그곳에서 살 았던 동철이는 2020년 1월 14일 세상을 떠났다.)

무엇보다도 올레를 진정 사랑하는 올레꾼들이 아니었더라면 오늘날까 지 버티지 못했을 터. 지난해 9월 8일 올레 1코스를 개장한 이래, 코스가 하나씩 열릴 때마다 올레꾼은 나날이 그 숫자가 늘어났다. 그들은 한 번,

두 번, 세 번, 거듭 올레를 찾았다. 당일치기로 내려오더니, 2박 3일, 3박 4일로, 최근에는 일주일씩 다녀가는 올레꾼도 생겨났다. 만만하고 안전하면서도 호젓하니 아름다운 길이어서일까. 특히 여자들이 혼자서, 둘이서, 여럿이서, 자녀의 손을 잡고 올레를 찾았다. 그들은 이구동성으로 말한다. "올레가 있어 행복하다"고. 이런 말을 들을 때마다 올레지기도 더불어 행복하다.

더 많은 사람들이 이 책을 읽으면서, 차량으로 휙휙 스쳐가면서 차창 너머로 본 풍경이, 유명 관광지와 골프장과 박물관 따위가, 제주의 전부가 아님을 알았으면 한다. 올레 길을 직접 걸으면서 제주의 속살을 들여다보았으면 한다. 그리하여 상처받은 마음을 올레에서 치유하기를, 가파른 속도에서 한순간이라도 벗어나기를, 잠시라도 일중독자에서 '간세다리'가 되어보기를. 고등어등 빛보다 더 푸른 바다를 보면서, 귓전을 파고드는 파도소리를 들으면서, 싱그러운 바닷바람에 흔들리면서, 감미로운 귤꽃 향기에 취하면서.

이 책을 집필하는 동안 글 쓰는 직업을 가진 이래 가장 행복했다. 동시에 그 어느 때보다도 글쓰기가 고통스러웠다. 제주 바당의 푸른색은 지역과 날씨에 따라 농담과 채도가 다른 수십 가지 색으로 변주되었다. '색채의 낙원' 제주를 풍성하게 담아내지 못하는 내 가난한 언어가 슬펐다. 제주 특유의 난대림과 곶자왈에 자생하는 나무와 풀, 들꽃들의 이름을 제대로 전할 수 없는 나의 무지 또한 부끄러웠다. 머리 쓰는 일은 다 접고 몸으로만 살려고 작정한 내게 책 쓰기를 강권한 기획자 변경혜 씨가 퍽이나 원망스러웠다.

    필자의 부족함을 확인하기 위해서라도 당신이 두 발로 꾹꾹 눌러가며 올레 길을 걸어보기를, 그 '바당올레 하늘올레'의 빛깔을 직접 확인하기를 소망한다. 올레 길 위에서 당신은 말하리라. 당신이 이제껏 본 건 진짜 제주가 아니었다고. 이런 길을 걸을 수 있는 것은 축복이라고.

2008년 8월

걷는 길을 내는 여자가 대포포구에서 쓰다

우리가 걷고 싶은 길은   허영선

우리가 걷고 싶은 길은
바닷길 곶자왈 돌빌레 구불구불 불편하여도
우리보다 앞서간 사람들이 걷고 걸었던 흙길
들바람 갯바람에 그을리며 흔들리며
걷고 걸어도 흙냄새 사람냄새 폴폴 나는 길
그런 길이라네

우리가 오래오래 걷고 싶은 길은
느릿느릿 소들이, 뚜벅뚜벅 말들이 걸어서 만든 길
가다가 그 눈과 마주치면 나도 안다는양 절로 웃음 터지는
그런 길, 소똥 말똥 아무렇게나 밟혀도 그저 그윽한 길
느려터진 마소도 팔랑 팔랑 나비도
인간과 함께 하는 소박한 길
그런 길이라네

정말로 정말로 우리가 가꾸고 싶은 길은
모래언덕 연보라 순비기향 순박한 바당올레
이 오름 저 오름 능선이 마을길 이어주는 하늘올레 같은,
돌바람벽 틈새론 솔솔 전설이 흘러들고
그 길 위에서 아이들이 까르르 소리내면
제주섬 올레도 따라 웃고,
팽나무 등거죽 아래 자울자울 할머니
설운 역사 눈물도 닦아주던, 그런 고운 마을 길
그 길 위에 서면 너도 나도 마냥 평화로워지는 길,
그 길 위에 서면 너도 나도 그저 행복해지는
그런 길이라네

우리가 찾는 길은
자꾸만 넓어지는 길, 가쁜 숨 몰아쉬는 길이 아니라
늦어도 괜찮다 기다려주는 길
천천히 걸으면 황홀한 속살마저 보여주는 길
과거와 미래를 향해 열려 있는 길이라네
진정 우리가 걷고 싶은 길은
길 위의 마음 하나, 길 위의 사람 하나, 하나가 되는 길
흙의 깊은 마음과도 통할 줄 아는 그런 길
사람의 길이라네
이제 그 첫 번째 제주올레 길 위에 너와 나 함께 서 있네

프롤로그 힘들고 지친 당신에게 바치는 길입니다 4

우리가 걷고 싶은 길은 허영선 10

Part 1 길 없는 길을 찾아서

'서귀포 까미노'에 뜬 십자매 20
내 어린 영혼을 살찌운 바다 ㅣ "죽이더라, 그 길!"
서귀포 칠십리 ㅣ 십자매와 김선주 스쿨

기자 누나, 조폭 동생 손을 잡다 36
제주 올래? 제주올레! ㅣ 아스팔트가 다 뒤덮기 전에 ㅣ 조폭 두목, 올레 길 탐사대장
으로
"이 와랑와랑한 햇볕에 무사 경 걸엄시니"

제주 첫 마을과 마지막 마을이 만나다 52
: 제주올레 1코스 이야기 시흥리 말미오름~광치기 해안
돌담에 넋을 잃다 ㅣ 두 얼굴의 오름, 말미오름과 알오름 ㅣ 해녀 싸움에 새색시 짐 쌌
다네
말미오름

중섭도 이 올레를 걸었겠지 67
: 제주올레 2코스 이야기 쇠소깍~외돌개
내가 사랑한 포구, 구두미 ㅣ 관광극장 앞 단발머리 계집애는
서복전시관 담장 유감

그 바다에 나는 무릎 꿇었네 78
: 제주올레 3코스 이야기 외돌개~월평
보리밥에 갈치 한 토막 ㅣ 염소길에 수봉로를 놓다 ㅣ 테우, 그 느린 여행

살아 있는 여신, 해녀들의 길 92
: 제주올레 4코스 이야기 월평~대평
"당신을 위해 이 길을 닦았어" 해병대길 I 여왕의 왕관보다 빛나는 해녀할망의 물안경 I 고통의 바다에서 건져 올린 유머
드람쥐궤와 들렁궤

끊어진 길은 잇고, 사라진 길은 불러내고 107
: 제주올레 5코스 이야기 대평~화순
외할망 만나러 기정길 넘던 호경이 I 안덕계곡에 원앙이 돌아왔다
대평리 용왕 난드르 마을

갯바위에 누워, 우주의 치마폭에 싸여 118
: 제주올레 6코스 이야기 화순~하모리
"자장면 시키신 분" 화순 암반길에 둘러앉아 I 풍경은 아득하고 소리는 가까워

Part 2 길치, 걷기에 빠져들다

비양도에서 흘린 눈물 130
사표냐 타협이냐, 기로에 선 마흔일곱 I 파라다이스로 가는 뱃길 15분 I "다신 널 불쌍하게 하지 않을게"
천년의 섬, 비양도

이제야 보이네, 발아래 들꽃이 140
걸어도 걸어도 여전히 고픈 걸음 I 발도장 찍으며 팔도유람

산티아고 길을 가슴에 품다 148
인간답게, 느릿느릿 걷는 길 I 다시 유혹에 넘어가다

광화문통에서 보낸 사계 154
아니, 이 여자가 먼저 이 길을! I 나는야, 광화문의 게으른 산책자 I 이젠 진짜 떠나야겠다

덜렁이에 길치가 그 먼 길을 가겠다고? 161
"입 뒀다 뭐해? 물어보면 되지!" | 한강둔치에서의 지옥훈련
자기 취향대로 배낭 꾸리기

Part 3 산티아고에서 만난 사람들

피레네 산중에서 만난 흑기사 172
당신은 왜 이곳에 왔는가? | 운토로 되돌아가라구? | 우비도 없는데 느닷없이 폭우
라니 | 걸어서 국경을 넘다
알베르게

야맹중 남자와 손전등 없는 여자 187
어두운 산길에서 나타난 사나이 | 팜플로냐에서는 여왕처럼
산티아고 사인

부침개와 파울로 코엘료 196
순례자들을 사로잡은 '코리안 팬케이크' | 이곳에서 그 남자를 만날 줄이야

길에서 길을 묻는 순례자들 206
'나만의 노래'를 찾아 떠난 가수, 이사벨 | 로그로뇨의 아름다운 밤
바

가난 속의 사치, 빗속의 자유 216
길에서 받은 편지 | 음치녀, 서양남자 감동 먹이다 | 가난한 순례자의 만찬 | 빗속
에서 사랑에 빠지다

"당신의 까미노를 만들어라" 227
별 아래 자고 달빛 따라 걷고 | 내 넋을 홀랑 빼놓은 카사노바 | 이 행복을 나눠야
만 해

떠난 자만이 목적지에 이른다 238
'영광의 문' 앞에서 | 굿바이, Everyday Trouble | 피니스테레에서 서귀포를 보다

Part 4 느릿느릿 걸으면 행복하다

올레에서는 '간세다리'가 되자 250
시계를 풀면 시간은 늘어나고 | 제주 조랑말처럼 꼬닥꼬닥 | 파란 깃발보다 먼저 가면 벌금
느릿느릿, 배 타고 오세요

올레꾼만의 비밀부호, 파란 화살표 265
간판이 시끄러워요 | 앗, 살표형이다! | 올레 사인, 사람을 품다

쌩얼미녀도 얼굴은 씻어야지 273
청소에 신들린 우리 강 계장 | 환경미화원은 명품 관리인 | 세계자연유산에 쓰레기를 버린다고요?
올레꾼이 올레에서 지켜야 할 몇 가지

길은 내 영혼의 쉼터 280
"전 올레체질인가 봐요" | 무적전설, 컴퓨터 폐인에서 건강 청년으로 | 말 없는 자연이 나를 위로하네 | 한나절 걷고 반평생 길을 바꾸다

여자는 왜 올레에 열광하는가 290
엄마는 자유를 꿈꾼다 | 홀로 만끽하는 자유 | 여신은 우주와 통한다

아이들은 걸으면서 자란다 302
"하지 마! 만지지 마! 거기 서!" | 선물보다 엄마 손 잡고 걷는 게 좋아요 | 투덜이 둘째아들, 올레 열혈팬 되다 | 자연과 금세 친구 되는 아이들 | 호루라기 좀 그만 부세요
아이와 함께 걸을 때 이렇게 해보세요

올레, 마음의 길을 트다 318
언니, 형부가 젊어졌어요! | 사랑한다면 올레로 오라

올레여행의 끝은 재래시장에서 326
시장통이 부끄러웠던 시장통 아이 | 제주 할망의 비밀 레시피 | "자리물회엔 춤지름 한 방울 똑 떨어치라"

Part 5 낙원……그곳에 사는 사람들

'슬로 시티' 서귀포에 산다는 것 338
신호등 없는 거리에서 | 탐라국으로 이민 오지 않을래요?

서귀동 매일시장 587번지의 두 여자 346
신들린 춤꾼 된 까다쟁이 공주, 경숙 언니 | 날품 팔아 시 쓰는 유순 언니
연산홍

사람을 키우고 사람을 살린 두 남자 358
"아이들은 저마다 다른 보석" 오의삼 선생님 | "내 죽을 자린 바당에 봐두었저" 허창학 오라방

제주로 돌아온 두 화가 368
황톳빛 바다와 까마귀, 변시지 화백 | 외돌개에 울리는 종소리, 고영우 화백

때로는 음악처럼 때로는 암호처럼 376
'나비박사' 석주명이 반한 제주어의 아름다움 | 배또롱과 맨도롱을 아시나요?

바다와 땅이 차려주는 소박한 성찬 381
몸을 살리는 몸국 l 앗, 갈칫국이 이렇게 담백하다니 l 돼지고기는 제주인의 힘!
몸과 자리

여신이 만든 섬, 여신이 사는 섬 390
백록담 물을 마시고 금강산을 두루 본 조선여자 만덕 l 우리 할망 고병생, 우리 어멍
현영자
아버지에 맞서고, 남편을 훈계하고, 남동생을 혼내고

바람이 그립거든 제주로 오라 402
몸에 새겨지는 바람의 기억 l '살암시민 살아진다' 바람은 말하네
모슬포 생각

아름다운 것도 때로는 눈물이어라 412
남성리의 동백 꽃무덤 l 추사가 사랑한 제주 수선 l 제주를 먹여 살리는 꽃, 유채

섬에서 섬을 보다 418
시간이 뒤로 흐르는 섬, 우도 l 걸어보지 않고서 어찌 그곳을 보았다 하리 l 마라도,
사진작가 김영갑이 사랑한 섬

에필로그 걸어서 아버지의 땅 무산까지 432

Part 1

길 없는 길을 찾아서

'서귀포 까미노'에 뜬 십자매

"당신의 나라에 당신의 길을 만들어라."

산티아고 길에서 만난 영국 여자 헤니가 던진 한마디가 이후 내내 귓전에 맴돌았다. 그녀의 말은 내게 이미 화두로 자리잡았다.

한국에 무사히 돌아온 것을 축하하는 자리, 산티아고 길만큼, 아니 그보다 더 아름다운 제주 길을 만들겠다는 포부를 밝혔더니 모두 쌍수를 들고 환영했다. 가장 기뻐한 건 역시 이유명호 선배였다.

"이제 철이 났네. 스페인 관광청 좋은 일만 시켜줄 일이 뭐 있냐구. 알고 보면 제주도가 더 멋지지. 산티아고 떠날 때 내가 뭐랬어. 한국에도 좋은 길이 많다고 그랬잖아."

"산티아고 길을 걸었으니까 이런 생각도 하게 된 거지. 해외 견학 다녀온 셈 아니냐구요."

내 반격이었다. '배낭 여행의 원조'인 한비야도 내 이야기를 듣고선 뛸 듯이 반겼다.

"잘 생각했어, 명숙 씨. 그렇지 않아도 도보여행에서 사귄 외국 친구들이 너희 나라에 가면 어딜 가야 하느냐고 물을 때 대답이 궁했는데, 이젠 자신 있게 말할 수 있겠네. 한국의 최남단 제주도에 멋진 아일랜드 트레킹 코스가 있다고. 외국 사람들은 아일랜드 코스라면 무지 좋아하거든."

아일랜드 코스! 역시 지도 밖으로 행군해온 한비야다운 이야기였다. 세상에서 가장 아름다운 길이라는 산티아고 길 800킬로미터를 걷는 내내 행복했지만, 뭔가 2프로 부족하다고 느꼈는데, 뒤늦게야 그 이유를 깨달았다. 바다였다. 피니스테레에서 예정보다 나흘이나 더 묵은 것도 오직 바다 때문이었다. 짭조름한 갯내음을 맡으면서 푸른 물결 앞에 선 순간, 내 영혼은 쉴 곳을 찾았다.

내 어린 영혼을 살찌운 바다

바다는 내게 고향의 동의어나 다름없었다. 나는 제주에서도 아름답기로 손꼽히는 서귀포 칠십리 해안가에서 태어나 열다섯 살까지 그곳에서 자랐다. 바다는 우리에게 놀이터이자 자연학습장이자 다양한 먹거리를 무상으로 제공하는 자연수족관이었다.

꼬마들은 초등학교에 들어가기도 전에 동네 언니 오빠들과 어울려 갯가에서 놀았다. 어릴 적엔 천지연 근처 내팡돌에서 놀다가, 머리통이 굵어지면 자구리 바닷가로, 키가 어른만큼 자랄 즈음엔 소낭머리^{소낭머리}까지 진출하는 게 정해진 순서였다.

지금도 기억이 선명하다. 와랑와랑*한 햇볕을 받아 하얗게 빛나는 흙길을 팬티와 수건이 담긴 세숫대야를 옆구리에 끼고 걸어가던 여름날이. 바닷속 날카로운 돌멩이가 여린 발바닥을 찢어놓는데도 우린 아랑곳하지 않았다. 짠물을 너무 들이켜 목이 다 쉬고 귀가 멍멍해질 때까지, 우린 몇 번이고 물속에 들락거렸다.

입술이 새파래지고 으슬으슬 몸이 떨려오면 내팡돌에 엎드려서 꼬치처럼 몸을 굴려가며 햇볕에 말리곤 했다. 그러다 몸이 덥혀지면 다시 바닷물에 뛰어들고. 운동신경이 젬병인 나는 개헤엄이 고작이었지만, 내 또래인데도 자맥질을 해서 미역이랑 소라 따위를 건져 올리는 아이들이 있었다. 여태껏 내가 먹어본 가장 맛난 성게는, 소낭머리 맞은편 너럭바위에서 몸을 말리고 있을 때 친구가 잡아와서 나눠먹은 것이었다. 새까만 성게를 돌멩이로 내리치는 순간 터져나온 노오란 속살! 갯내음 물씬한 그 맛을 어찌 잊을까.

지치도록 놀다가 타박타박 돌아오는 길, 그제야 자구리로 오던 동무들이 다시 돌아가자고 붙든다. "맹숙아, 자구리 가게." 집에 서둘러 가야 하는 날에는 도리질치지만, 대부분은 동무를 따라 바다로 되돌아가곤 했다. 바다가 붉게 물들기 시작하면, 우리는 그제야 "어멍*한테 욕

●
와랑와랑 이글이글
어멍 어머니

들으키여" 하면서 서둘러 머리를 말리곤 했다. 제주 바당[*]은 그렇게 우리의 어린 영혼을 살찌우고, 여린 근육을 다져주었다.

어디 자구리뿐이랴. 이제는 잠수함 선착장이 들어섰지만 예전 고래공장이 있던 그곳에서 우리는 치마를 팬티 안으로 둘둘 말아넣고 봉봉[*] 들었던 물이 다 빠지면 고메기[*]를 잡곤 했다. 지금은 맞은편에 널따란 주차장이 생기고 차도가 뚫려버렸지만, 천지연 입구의 생수궤 길은 얼마나 아기자기 예뻤던가. 길섶에 지천으로 자라던 뻥이는 아이들의 좋은 주전부리였다.

먹고 사느라 바쁜 시장통의 어머니는 한 명이 잘못하면 자식 넷을 연대기합을 세우곤 했다. 집안 분위기가 험악하다 싶으면 겁 많은 나는 집에서 10분 거리인 천지연으로 무조건 내달렸다. 나무가 울창한 생수궤 길에 은신해서 뻥이나 삼동 열매를 따먹으면서 나는 공상의 나래를 펴곤 했다. 동화책에서 읽은 유럽의 멋진 고성의 공주가 되거나 서울 같은 대도시에서 교양미 넘치는 부모님 밑에서 사는 꿈……

산티아고에 다녀와서 CBS 라디오 방송 〈공지영의 아주 특별한 인터뷰〉에 출연했을 때의 일이다. 산티아고 순례 경험을 말하던 중에 이야기가 샛길로 빠져서 천지연으로 도망가던 에피소드로 흘러갔다. 작가 공지영은 산티아고보다 천지연 이야기를 더 흥미로워했다.

"세상에, 엄마의 매를 피해 천지연으로 도망갔다니…… 마치 '나는 석양 무렵 피사의 사탑에 기대어 울었다'는 것처럼 들려요. 생수궤 길에

바당 바닷가, 바다
봉봉 밀물이 들어 바닷물이 가득찬 상태
고메기 작은 고동의 일종

꼭 가보고 싶네요."

공 작가의 말은 제주도 비바리의 사명감을 다시 한번 일깨웠다. 우리가 어릴 적에 걸었던 그 길들을 육지 친구들도 꼭 걷게 해야겠다는. 바닷길 섬길을 만들어낸다면 도시의 삶에 지친 이들에게 따뜻한 위안이 되리라는 자신감도 생겼다. 이어도가 별것이더냐. 일상에 지친 사람에게 위로와 희망을 주는 곳이 이어도 아니더냐.

"죽이더라, 그 길!"

제주에 길을 만들겠다고 공언하는 내게 십자매가 오금을 박고 나섰다.

"말로만 떠들지 말고 한번 보여줘봐."

"내가 본래 노는 데에는 한가락 하는 사람 아니냐? 한번 보면 안다고. 실패할지 성공할지."

"제주에 걷는 길이 남아 있나 보자구."

2월 초순으로 디데이가 잡혔다. 우선 '맹숙이의 도주로'를 두세 시간 걸어보기로 했다. 이유명호 선배가 메일질을 열심히 한 덕분에 열 명이나 되는 대규모 관광단이 꾸려졌다. 우리들 사이에 교장샘으로 불리는 김선주 선배전 한겨레신문 주필를 비롯해 그녀의 여고 후배로 '영원한 꼬붕'임을 자처하는 가수 양희은, 오지랖 넓은 수다꾼 오한숙희까지, 사적으로는 넉넉하고 따뜻하지만 공적으로는 엄청 깐깐한 여자들로 제주 길 평가단이 꾸려졌다.

은근히 긴장되었다. 제 집 손님맞이도 신경이 쓰이는데 하물며 고향 탐라국으로 날아온 육지 사절단을 맞이하는 것임에야.

보목리 제주대 연수원에서 하룻밤 자고 '서귀포 까미노'를 시작하는 날, 아침부터 빗방울이 하나 둘 떨어지기 시작했다. 애순 언니가 집에서 우산을 긴급 공수해왔다. 빨간 우산, 노란 우산, 찢어진 우산에 양산까지.

각자 마음에 드는 우산을 하나씩 받쳐 들고 십자매 관광단은 순례길에 나섰다. 보목리에서 시작해서 검은여, 칼호텔, 소정방, 소라의 성, 정방폭포, 서복전시관, 소낭머리, 자구리, 서귀포항, 남성리, 외돌개까지 이르는 코스였다.

중간에 칼호텔에서는 길이 연결되지 않아 호텔 돌담을 넘기도 했다. 한 군데만이라도 정낭 같은 걸 걸쳐두고 개방하면 좋으련만. 언니들이 혀를 끌끌 찼다. 이유명호 선배가 소리쳤다.

"지둘려봐요. 명숙이가 정식으로 길을 내면 다 뚫리게 될 거여!"

서귀포 부둣가에서 잠깐 발을 멈췄다. 내 오랜 단골식당 '할망*뚝배기'에서 갈칫국을 먹기로 했다. 갈칫국은 한 번도 안 먹어봤다고, 비린 생선으로 국을 끓인다는 게 상상이 안 간다면서 일부는 된장뚝배기를 시켰다. 그런데 정작 갈칫국을 한 술 떠먹어보더니 다들 자기 그릇은 놔두고 갈칫국 쪽으로 몰려들었다. 갈칫국이 이렇게 고소하고 담백한 줄 몰랐다며. 그러게 현지인의 말을 존중할 것이지, 어깨에 힘을 주고

할망 할머니

한마디했다.

고은광순 선배는 길에서 주운 빨간 동백을 접시에 예쁘게 담아냈다. 호주제 철폐운동 등 사회운동에 앞장서는 그녀는 알고 보면 감수성 풍부하고 보드라운 여자다. 부패하고 부도덕하고 용렬한 인간들에게만 시퍼렇게 날을 세우는.

서귀포 까미노는 내가 가장 사랑하고 아끼는 공간인 외돌개에서 끝났다. 여자들은 비에 젖은 솔숲과 솔숲 앞의 갯바위 언덕에 홀딱 반하고 말았다. 하기야 감수성이 있는 사람이라면 그곳에 빠질 수밖에.

유신 말기 짧은 감옥생활에서 심신의 병을 얻은 나는 졸업 이후 낙향해서 한동안 집안에만 틀어박혔다. 그때 갈기갈기 찢긴 내 마음을 달래고 어루만져준 곳이 외돌개 앞 솔숲이었다. 이곳 바위언덕에 앉아 언제 저 바다 건너 친구들이 기다리는 서울로 돌아가나, 막막한 심정으로 먼 수평선을 바라볼 때면, 솔숲을 감싸고 돌아나온 바닷바람이 내 얼굴을 살며시 쓸어주곤 했다.

십자매 평가단은 서귀포 길이 세계적인 트레킹 코스가 되리라는 데 백 퍼센트 동의했다.

"소낭머리 앞에서 보는 바다가 젤로 멋지더라."

"난 비에 젖은 검은여가 가장 인상적이었어."

"남성리 올라가는 길 정말 근사하지 않았어? 동백꽃 무덤은 또 어떻고. 눈물이 다 나더라니까."

저마다 감상을 쏟아내는데 듣기만 하던 양희은 선배가 촌철살인의 한마디로 좌중을 제압했다.

"죽이더라, 그 길!"

노란 우산, 빨간 우산, 찢어진 우산에 양산까지.
각자 마음에 드는 우산을 하나씩 받쳐 들고
보목리 제주대 연수원에서 출발 기념사진을 찍은
'십자매' 관광단.

바닷길 섬길을 만들어낸다면 도시의 삶에 지친 이들에게
따뜻한 위안이 되리라는 자신감이 생겼다.
이어도가 별것이더냐. 일상에 지친 사람에게
위로와 희망을 주는 곳이 이어도 아니더냐.

서귀포 칠십리　　　　　　　　서귀포는 서귀포구라는 뜻이다. 진
시황제의 사신 서복이 불로초를 구하러 이곳에 왔다가 서쪽으로 돌아
갔다고 해서 그런 이름이 붙었다는 전설도 내려오지만 문헌상 확실히
규명된 것은 아니다. 1653년에 간행된 규장각 소장본 탐라지에는 서귀
포는 정의현청 서쪽 70리에 있으며 원나라에 조공할 때 순풍을 기다리
던 후풍처(候風處)였다고 적혀 있다. 여기서 말하는 정의현청은 지금의
표선 성읍을 가리킨다.

　서귀포에서 정의현청까지의 칠십리 길은 1679년에 간행된 김성구의
《남천록》에 잘 묘사되어 있다.

　"1679년 9월 11일, 점심을 의귀원에서 먹고 나서 달이 뜬 뒤에 정의현
청으로 되돌아왔다. 현에서 의귀까지는 30리이며 의귀에서 서귀포까지
는 40리가 된다. 도로는 바닷가로 뚫려 있어서 험하지는 않았으나 70리
길을 지나오는 동안에 의귀와 우둔(지금의 효돈)을 제외하고는 인가가
없고 거친 새들만 들판 가득 끝이 없어 보였다. 북쪽으로는 한라산이,
남으로는 바닷가 수평선까지 이어져 가끔씩 수백 마리의 소·말떼가 풀
을 뜯으며 지나가니 마치 비단을 펼쳐놓은 것처럼 아름다웠다."

—《서귀포지명유래집》에서 부분 발췌

　남천 선생은 원조 올레꾼(올레 길을 걷는 사람)인 셈이다. 제주관광이
본격적으로 시작되면서 맨 먼저 알려진 곳도 역시 서귀포 칠십리 해안
이었다. 수많은 시인과 가객들이 이곳의 아름다움을 노래하고 찬미했
다. 그중에서도 불세출의 가인 남인수가 노래한 '서귀포 사랑'은 절창
이다.

십자매와 김선주 스쿨

'십자매'라고 하면 다들 묻는다. 누구누구냐고. 언제 결성된 모임이냐고. 좌장은 누구냐고. 글쎄, 대답할 길이 막연하다. 마치 '광우병 쇠고기 반대' 촛불집회의 배후를 묻는 것이나 다름없다. 멤버가 누구인지는 우리도 잘 모르고, 언제 결성된 지는 더더욱 기억에 없다. 좌장? 자유로운 모임이니 그런 게 있을 리 만무하다.

때에 따라 십자매는 칠선녀, 팔공주로 줄어든다. 그러다가 한라산 영실의 오백 장군처럼 오백 여신으로 줄기번식하기도 한다. 그때그때 모임의 성격에 따라 모이는 사람의 면면이나 숫자가 달라진다.

그렇다면 같은 학교? 같은 지역? 같은 정당? 같은 직장? 대답은 '아니올시다' 다.

공통점이 하나도 없는 멤버가 훨씬 많다. 아, 그런데 군이 찾자면 두 가지 공통점이 있다. 첫째는 죄다 '꽁지머리 한의사'로 잘 알려진 이유명호 선배랑 직간접으로 연결된 여자라는 점. 둘째는 대부분 사회의식 높으면서도 놀기 좋아하는 여자라는 점이다. 한비야가 늘 강조하는 말이 있다. '떠날까 말까 고민되면 일단 떠나라. 살까 말까 고민되면 절대 사지 마라.' 쇼핑은 늘 후회하지만 여행은 후회하는 일이 없다는 게 그녀의 지론이다. 십자매는 그녀의 모토에 적극 동조하는 여자들이다.

'김선주 스쿨www.sunjooschool.com'도 있다. 이 조직구성원의 공통점은 김선주 선배와 직간접으로 연결되어 그녀에게 인생과 직업의 이모저모를 배웠다고 자부하는 학생들이라는 점이다. 처음엔 한겨레신문사 여자후배들이 정규 학생들이었지만, 지금은 청강생에 보결생에 편입생까지, 심지어는 남학생마저 입학해서 남녀공학으로 발전했다. 십자매나 선주 스쿨이나, 진화한 여성들이 모여들어 진화를 거듭하는 무정형의 조직이다.

어차피 길을 만들 작정이라면 하루라도 빨리 서둘러야 했다. 제주의 소로와 흙길은 건물이 들어서거나 아스팔트 깔린 차도로 확장되면서 파헤쳐지거나 사라지고 말았다. 그런데도 개발바람은 좀체 그칠 줄 모르고, 길을 넓히려는 시도는 멈출 줄 모른다. 걷는 길을 안전하게 확보하고, 막힌 길은 다시 열고, 찻길을 무작정 넓히려는 시도에 일단 제동을 걸어야만 했다.

6월 초순, 어린이들과 국도변을 걸어본 경험은 나의 이런 생각을 신념의 경지로 끌어올렸다. 그 무렵 내가 몸담았던 〈시사저널〉 기자들은 삼성 기사 삭제 파동으로 장기파업에 돌입했다. 시사모^{시사저널을 사랑하는 사람}^{들의 모임}의 열성적인 멤버인 경기도의 한 태권도학원 원장님이 정의로운 투쟁을 하는 기자들을 격려하는 차원에서 아이들과 30킬로미터 도보행군을 한다는 글을 시사모 게시판에 올렸다. '도보'라는 말에 필이 꽂혀 동참했다. 어차피 길을 만들려고 작정한 몸. 그동안 거부해온 국도 걷기를 체험해보고 싶었다.

맙소사! 그건 걷기가 아니었다. 매연과 소음으로 눈조차 뜨기 힘든 상황에서 비좁은 갓길을 호루라기의 구령에 좇아 아슬아슬 위태롭게 걷는 아이들이 너무나도 가여웠다. 그 아이들이 걷기에 대한 나쁜 기억만 갖게 될 것 같아서 안타까웠다. 자연의 소리와 더불어, 싱그러운 바람을 맞으며, 폭신폭신한 흙길을 걸었더라면 오늘 하루 얼마나 행복했을 것인가.

그 무렵 복음 같은 뉴스가 전해졌다. 제주도 화산섬과 용암동굴이 유네스코가 지정한 세계자연유산으로 등재된다는 것이었다. 그동안 제주도와 관련 단체, 도민들이 총력을 기울여 노력한 결과였다. 세계자연유산인 섬을 걸어서 둘러본다면, 이 얼마나 멋지고 짜릿한 일인가. 이런 곳이라면 자동차보다는 자전거, 자전거보다는 도보로 여행하는 것이 마땅하지 않은가. 아름다운 화산섬을 둘러보러 오는 전 세계 관광객들에게 한비야가 말한 '아일랜드 트레킹 코스'를 '짠—' 하고 보여준다면 얼마나 근사할 것인가.

이 뉴스가 필연, 아니 운명처럼 여겨졌다. 가슴이 설레고 피가 끓었다. 후반부 인생을 걸 만한 일이라는 확신이 들었다.

길을 만들기에 앞서서 길 이름부터 짓기로 했다. 이름은 곧 깃발이요 철학이기에. 제주가 지닌 독특한 매력을 반영하면서도 길에 대한 나의 지향점이 오롯이 담긴 이름이라야만 했다.

내가 구상하는 길은 실용적 목적을 지닌 길이 아니다. 그저 그곳에서 놀멍, 쉬멍, 걸으멍* 가는 길이다. 지친 영혼에게 세상의 짐을 잠시 부려놓도록 위안과 안식을 주는 길이다. 푸른 하늘과 바다, 싱그러운 바람이 함께 하는.

주위 사람들에게 내가 왜 걷는 길을 만들려고 하는지, 내가 만들 제주 길에 어떤 풍경들이 펼쳐지는지, 그곳 사람들이 어떻게 살아왔는지를 입술이 부르트게 설명했다. 제주 걷는 길, 섬길, 제주 아일랜드 트레킹, 제주 소로길, 하늘올레 바당올레…… 숱한 아이디어가 쏟아졌지만, 맘에 쏙 드는 건 없었다.

어느 날 건축가 김진애 선배가 골똘히 생각에 잠겨 있다가 툭, 한마디 던졌다.

"제주올레, 어때?"

귀가 번쩍 뜨였다. 대부분이 육지 출신이라서 그게 뭔 소리여, 의아한 눈치였지만 '올레'는 제주 출신인 내게는 참으로 친근하고 정겨운 단어였다. 자기 집 마당에서 마을의 거리길로 들고나는 진입로가 올레다. 어릴 적 엄마는 "맹숙아, 아방* 왐시냐 올레에 나강 보라"라고 시키곤

놀멍 놀다가
쉬멍 쉬다가
걸으멍 걷다가
아방 아버지

밀실에서 광장으로 확장되는 변곡점,
소우주인 자기 집에서 우주로 나아가는
최초의 통로가 올레다. 자기네 집 올레를 나서야만
이웃집으로, 마을로, 옆 마을로 나아갈 수 있다.
올레를 죽 이으면 제주뿐만 아니라
지구를 다 돌 수도 있다.

했다.

밀실에서 광장으로 확장되는 변곡점, 소우주인 자기 집에서 우주로 나아가는 최초의 통로가 올레다. 자기네 집 올레를 나서야만 이웃집으로, 마을로, 옆 마을로 나아갈 수 있다. 올레를 죽 이으면 제주뿐만 아니라 지구를 다 돌 수도 있다. 제주를 걷는 길에 딱 들어맞는 이름이었다. 김 선배는 한마디 더 보탰다.

"그런 뜻도 있지만 '제주 올래?'라는 의미도 담아낼 수 있지. 외국인들이 발음하기도 쉽고, 헷갈릴 염려도 없잖아. '길'은 알파벳으로 표기해놓으면 영락없이 '질'이 되고 만다니까. 질, 이상하잖아?"

역시 MIT 박사답게 시각이 글로벌하다. 당첨을 통보하면서 코스가 개발되면 맨 먼저 초청하겠노라고 약속했다.

아스팔트가 다 뒤덮기 전에

서울의 일을 대강 정리하고, 2007년 7월 중순 예비답사를 위해 제주로 내려왔다. 산티아고 길 800킬로미터를 견뎌낸 튼튼한 두 다리와, '제주올레'라는 마음에 쏙 드는 길 이름을 밑천 삼아.

15년간 제주에서 살았지만, 갑절이 넘는 30여 년을 서울에서 보낸 나였다. 어린 날의 추억과 제주를 향한 막연한 애정만 간직하고 있을 뿐, 현재의 제주에 대해서는 아는 바가 거의 없었다. 기자생활 하느라 제주

땅을 자주 밟지 못했고, 전국적인 이슈를 쫓아다니느라 정작 고향의 현안에 대해서는 제대로 아는 게 없었다.

유난히 자존심 강하고 배타적인 제주사회에서 자칫하면 '경계인'이 되기 딱 좋은 출신 성분이었다. 이제까지 뭐 하다가 지금에사 왔는데, 눈총을 받을 수도 있었다. 하지만 언론사생활 20년 동안 구축한 네트워크, 육지에서 쌓은 경험과 객관적인 시선은 외국과 어깨를 견줄 만한 제주 길을 만들고 홍보하는 데 커다란 자산이 될 수 있다고 스스로를 안심시켰다.

공항에 도착한 건 2007년 7월 15일 오후. 바야흐로 여름의 절정이었다. 말 그대로 와랑와랑한 햇볕이 정수리에 내리꽂혔다. 답사하기에는 겨울보다 더 혹독한 계절이었다. 하지만 머뭇거릴 시간이 내겐 없었다.

답사를 시작하기 전에 제주도 지도를 펴놓고 들여다봤다. 한라산을 경계로 산북인 제주시와 산남인 서귀포. 우선순위는 서귀포 쪽에 둘 수밖에 없었다. 경관상으로나, 지역간 균형발전 차원에서나, 내게는 그나마 익숙한 곳이라는 측면에서나.

서귀포의 동쪽 끝에서 서쪽 끝까지, 성산에서 대정까지 다 걸어본 뒤에 코스를 결정하기로 했다. 해안선으로만 직선으로 걸어도 100킬로미터 가까운 거리였다. 아는 곳도 더러 있었지만 대포, 월평, 하예, 예래, 대평 등등 난생처음 듣는 곳도 수두룩했다. 지명도 변변히 모르면서 길을 만들겠노라고 나선 무모한 나! 지도 앞에서 심호흡을 했다. 모르는 길은 물어가리라. 모르는 건 배우리라. 오로지 길만을 추구하고 길만을

사랑하리라.

처음엔 버스를 타고 돌아다닐 계획이었지만, 하루 만에 궤도를 수정했다. 집집마다 자가용이 생기면서(제주도의 자가용 보유율은 전국 최고 수준이다), 일주도로 버스건 시외버스건 점점 줄어들어 간격이 듬성듬성했다. 그냥 여행을 다니는 처지라면 그마저도 즐기련만 촌음을 아껴 길을 찾아 이어야만 하는 처지. 이 지점에서 저 지점으로 이동할 차량이 절실하게 필요했다.

차도, 운전면허도, 렌터카를 빌릴 돈도 내겐 없었다. 동생 동철이에게 차와 운전기사를 당분간 빌려달라고 부탁했다. 동철이는 누나가 정말 좋은 일을 생각해냈다며 선뜻 차와 기사를 내주었다. 당시 서울에서 내려온 조카 세헌이가 동생의 운전기사 노릇을 하고 있었다. 세헌이는 한때 영화판에 몸을 담았던 카메라맨 출신이었다. 디지털 카메라로 다니는 길을 찍어달라고 했다. 기록과 자료로 남겨놓아야겠기에.

차만 빌려주겠다던 동철이는 답사에 한두 번 동행하더니 코스 탐사에 깊은 관심을 보였다. 자기만 아는 옛길을 일러주는데 내가 도통 알아듣질 못하니까 가이드를 자청하고 나섰다. 동철이를 따라가 보면 정말로 예쁘고 깜찍한 비밀루트가 숨어 있곤 했다.

'하기야 이놈이 소싯적부터 얼마나 빨빨거리고 돌아다닌 놈이냐구. 호기심천국에다가 운동도 잘하고 장난도 심하고. 그에 비하면 나는 방안퉁수에다 운동치에 독서소녀였는데.'

따지고 보면 나보다는 동철이가 이 일에 더 적격이었다.

동철이는 세헌이가 찍는 사진에도 슬슬 끼어들기 시작했다. 구도가 왜 그러냐, 걸리적거리는 건 좀 치우고 찍지, 내용을 알고나 찍어라, 등등. 뿔이 난 세헌이는 삼촌이 어디 한번 직접 찍어보라며 카메라를 넘겨줬다. "못 할 건 또 뭐냐"며 카메라를 넘겨받더니, 동철이는 카메라의 매력에 푹 빠져들었다.

생각지도 못한 상황 전개였다. 그동안 고향 제주를 자주 내려오지 않은 것도, 서울생활이 아무리 신산스러워도 귀향할 생각은 꿈조차 꾸지 않은 것도, 부모님이 고향이자 생활터전인 제주를 뜨게 된 것도 따지고 보면 다 동철이 때문이었다.

조폭 두목, 올레 길 탐사대장으로

동생은 제주도에서 이름만 대면 다 아는 유명한 조폭이었다. 십대 후반부터 조직을 만들어 서귀포를 평정하고 신문지상에 오르내리더니, 삼십대 초반에는 세력싸움에 휘말리면서 엄청난 뉴스의 주인공이 되고 말았다. 내란죄에 버금가는 범죄단체구성죄로 기소된 것이다. 범단^{범죄단}체 죄목으로는 전국에서 세 번째로 적용되는 케이스였다. 좁은 제주섬에서 일대 사건이 아닐 수 없었다.

당시 프리랜서 기자생활을 하고 있던 나는 첫아이를 임신한 만삭의 임산부였다. "동철이가 다 죽게 생겼다"고 울부짖는 어머니의 전화를 받고 허둥지둥 김포공항으로 달려갔더니, 항공사에서는 '비행중에 무슨 일이 벌어지더라도 본인이 책임진다'는 각서를 요구했다. 잠깐 다녀간다는 게 동생 뒤치다꺼리가 하도 많아 서울로 다시 올라가질 못한 채 제주에서 아이를 낳았다. 자라면서 큰아이가 친구들과 잘 어울리지 못하고 내성적인 성격을 보이자 태교가 가장 중요한 시기에 어미가 눈물과 원망으로 지샌 탓이 아닌가, 자책감에 휩싸이곤 했다.

동철이가 우리 가족에 끼친 피해는 여기에서 끝나지 않았다. 18년 전 부모님은 동철이의 지인에게 빌려준 당좌수표를 막지 못해 부도를 냈고, 35년 전통에 빛나는 '서명숙상회'는 막을 내리고 말았다. 이북 출신 아버지와 제주 토박이 어머니가 평생 피와 땀으로 일궈온 가게였다.

가족들에게 엄청난 고통을 안겨준 동생인지라 제주에 내려가더라도 가까이할 생각이 아니었다. 동생을 보는 것만으로도 뻐근한 통증이 느껴졌기에.

동생 쪽에서도 내게 한가닥 섭섭함은 있을 터. '그때 그 사건' 때 개인적으로 도와준 게 처음이자 마지막이었다. 오랫동안 기자생활을 했지만 단 한 번도 동생을 위해 구명운동을 하거나 누군가에게 부탁을 해본 적이 없었다. 누나의 직업이나 성격에 비추어 충분히 이해한다고는 했지만, 어찌 서운함이 없으랴.

가는 길이 달라 '불가근 불가원'으로 지내던 동생은 어느덧 답사의 동행자가 되었고, 제주 길 위에서 나는 동생을 재발견하게 되었다. 동철이는 누구보다도 제주를 사랑했고, 많은 길을 알고 있었고, 제주의 역사와 제주 길 위에서 나는 동생을 재발견하게 되었다.
우리는 긴긴날 올레를 탐사하면서 어느덧 '물장구 치고
다람쥐 쫓던' 어린 날의 사이좋은 오누이로 돌아갔다.

문화에 밝았다. 동백꽃꿀과 귤을 좋아하는 토종동박새의 습성, 모음이 많고 받침이 이응으로 끝나는 단어가 많아서 음악적인 제주어의 특징을 설명하는 그의 얼굴은 소년처럼 빛났다.

　동생에 대한 두터운 미움은 시나브로 엷어졌다. 우리는 뜨거운 여름날 올레를 탐사하면서 어느덧 '물장구 치고 다람쥐 쫓던' 어린 날의 사이좋은 오누이로 돌아갔다. 변변찮은 재정과 주변의 이해 부족으로 당초 각오했던 것보다도 올레 일은 더 힘에 부쳤고 외로웠다. 하지만 오랜 세월 반목해온 동생과 한길을 바라보게 된 것만으로도 행복했다. 올레 길은 열리기도 전에 우리 가족의 깊은 상처를 아물게 했다.

“이 와랑와랑한 햇볕에 무사 경 걸엄시니” 40일간 예비답사를 하는 동안 가장 자주 마주친 사람들은 제주 해녀할망과 아주망. 그녀들이 약속이나 한 듯 말했다. “이 와랑와랑한 햇볕에…….”

‘와랑와랑’은 표준어로 굳이 옮기자면 ‘이글이글’쯤이다. 그만큼 제주의 태양은 뜨겁고 직설적이다. 그러나 나는 한 번도 햇볕가리개용 덮개나 토시, 마스크나 장갑을 착용하지 않았다. 선크림을 바른 뒤에 간단한 선캡을 쓰고 민소매 차림으로 답사를 다녔다. 그래도 일사병으로 고생하거나 피부가 벗겨지거나 기미가 생기지 않았다. 오히려 그해 겨울 감기 한 번 걸리지 않았는데, 아마 여름에 햇볕을 충분히 쬔 덕분이 아닐까 생각한다.

사실 햇볕을 ‘공공의 적’으로 간주해서 철통같이 차단하려는 건 어리석은 일이다. 전문가들은 오히려 하루 30분 정도 반드시 햇볕을 쬐어주라고 권고한다. 눈의 망막이 햇빛을 받으면 시각중추와 송과선, 시상하부에 반응이 전달되어 활성세포인 세로토닌의 분비가 활발해진다.

그뿐인가. 행복호르몬이라는 별명을 가진 세로토닌이 늘어나면 화가 나거나 우울했던 마음도 평화로워지고 생기가 넘치게 된다. 이런 효과가 알려지면서 최근 유럽에서는 빛을 활용해 우울증을 치료하는 라이트테라피가 인기를 끌고 있다.

그래서 올레 행사 때마다 나는 강조한다. 꽁꽁 싸맨 덧옷과 복면 같은 마스크를 제발 벗어던지라고. 공해 없는 제주의 깨끗한 공기와 와랑와랑한 햇볕, 그리고 목덜미에 감겨드는 해풍을 맘껏 즐기라고.

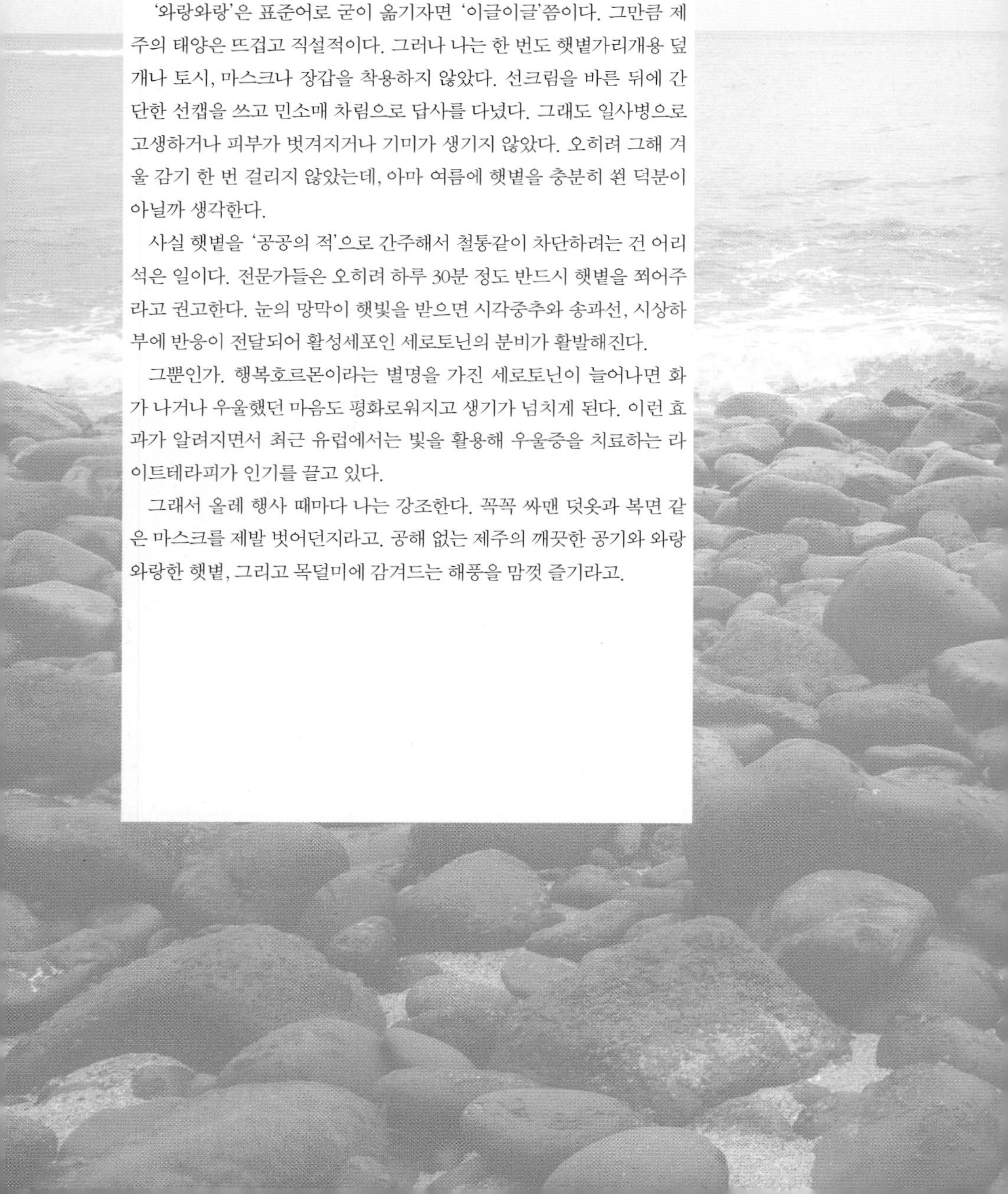

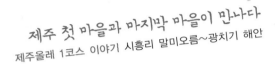

제주 첫 마을과 마지막 마을이 만나다
제주올레 1코스 이야기 시흥리 말미오름~광치기 해안

    제주 여행은 끽해야 사흘이면 족하다. 육지 사람들로부터 귀가 따갑도록 들은 말이다. 렌터카로 한 바퀴 돌고 나니 할 일은 없고 시간이 남아 지루했다는 관광객도 보았다.

    그러나 올레 코스를 답사하면서 산티아고 여정보다 더 긴 40일 동안 하루도 거르지 않고 돌아다녔지만, 나는 서귀포시 일대도 다 둘러보지 못했다. 두 발로 걷는 제주는 정말 너르고 다채로웠다. 같은 서귀포시에서도 해안마다 돌멩이의 종류와 생김이 달랐고, 돌담을 쌓은 방식도 중산간과 해안마을이 판이했다. 종달 시흥 바닷가의 옥색, 남원리 큰 엉°의 쪽빛, 외돌개의 청자색…… 바다는 또 얼마나 여러 빛깔인지.

    동네사람들만이 아는 옛길, 작은 길은 시간을 들여 찾아내야만 했고, 아예 사라진 길은 공력을 들여 되살려내야 했다. 하지만 한여름 예비답

● 엉 바위

사를 통해 제주올레 길이 세계적으로도 경쟁력 있는 길이 되리라, 새삼
확신을 갖게 되었다.

돌담에 넋을 잃다

길의 완성도와 경쟁력에 대한 자신감은 생겼지만, 제주올레를 어디에
서 시작할 것인지 적잖은 고민거리였다. 시작점이 갖는 상징성 때문에
신중해질 수밖에 없었다. 서귀포 해안 일대 어느 마을도 풍광이 아름답
지 않은 곳, 역사와 설화와 근대사가 살아 숨쉬지 않은 곳이 없었다. 고
민은 깊어갔다.

세계자연유산으로 등재되면서 성산 일출봉이 새삼 조명되고 있었다.
그러나 성산봉을 시작점으로 하는 건 왠지 성에 차지 않았다. 제주도
관광객이라면 한번쯤은 다 가본 곳, 명성만큼 편견도 많이 축적된 곳이
었기에.

8월도 하순을 향해 치닫던 어느 날, 성산포 포구에서 동철이와 그런
고민을 이야기하던 중이었다. 고깃배를 수리하는 아저씨에게 물었다.

"바당에서는 서귀포시의 경계가 어디우꽈?"

아저씨가 손가락으로 지점을 가리켰다.

"경허민* 그걸 육지로 이으면마씸?"

"우트레 가면 시흥리입주. 거기 가민 잘도 경치 조은 오름*이 하나 이십주. 말미오름이렌 험니께(위로 가면 시흥리지요. 거기 가면 아주 경치 좋은 오름이 하나 있어요. 말미오름이라고 합니다)."

경치 좋은 오름이라? 그것도 서귀포시의 경계 지점에? 입맛이 확 당겼다.

표정을 보아하니 동철이도 같은 생각인 듯했다. 지도와 이정표를 의지해 시흥리 쪽으로 차를 달렸다. 시흥초등학교가 보이더니, 학생 몇몇이 교문에서 와그르르 쏟아져 나왔다. 방학인데 웬 학생? 축구선수들인데 오늘 외지에서 누가 방문하는 행사가 있었단다. 말미오름을 아느냐고 물었더니 다들 고개를 가로젓는데 한 아이가 지난번에 아버지랑 가봤단다. 안내를 부탁했더니 부끄러운지 고개만 끄덕인다. 그리고 학교 뒤편의 절벽을 손가락으로 가리켰다. 아이의 손가락 끝에 놓인 그 오름을 보는 순간, 나는 결정했다. 이곳 말미오름을 제주올레의 시작으로 삼겠노라고.

그 오름은 이제껏 내가 봐왔던 구순하고 평화롭고 어머니 젖가슴 같은 제주 오름의 보편적인 형태와는 완연하게 달랐다. 눈앞의 성산포 바다를 향해 당장이라도 내달릴 듯 괴수 같은 형상이었다. 마음이 끌렸다. 게다가 제주시와 서귀포의 경계를 짓는 오름이라는 데야.

걷기로 단련된 나였지만 아이의 걸음을 따라잡을 수가 없었다. 오름으로 올라가는 농로길의 돌담에 정신이 팔린 탓이다. 아아, 제주 돌담이 그곳에는 원형 그대로 남아 있었다. 어떤 유명 건축가의 건축물보다도 아름답고, 바람을 막기에는 단단한 콘크리트 담보다도 더 기능적인 제주 돌담. 거무죽죽한 현무암이 연록색 당근 잎사귀와 멋진 하모니를 이루고 있었다.

오름은 인공의 손길이 전혀 닿지 않은 흙길 그대로였다. 사람도 별로 다니지 않는 듯 새*가 허리춤까지 무성하게 자라 있었다. 그리고 오름 정상. 아, 탄성이 새어나왔다. 멀리서 볼 때는 괴수 같던 오름이 그 품에 안기니 그림 같은 풍광을 보여주었다. 왼쪽에는 우도봉이, 오른쪽으로는 성산봉이 아름다움을 다투듯 떠 있었다.

두 얼굴의 오름, 말미오름과 알오름

말미오름을 올레 기점으로 삼는 게 좋겠다고 했더니 동철이도 대찬성이었다. 제주 향토사에 밝은 동철이는 시작점에 역사적 의미까지 부여했다. 제주 목사牧使가 부임하면 섬을 한 바퀴 도는 탐라 순력을 나섰는데, 그 코스가 시흥始興에서 시작해서 종달終達에서 끝난단다.

네 번째로 말미오름을 찾던 날, 우리는 방향을 잃어 시흥리가 아닌 종달리 쪽으로 나가게 됐다. 종달리 입구에서 만난 총각이 가르쳐주는 대로 말미오름을 향해 다시 올라갔는데 웬걸, 전혀 다른 오름이 나타났다. 부드러운 곡선을 지닌 오름은 말미오름과 모양새부터가 달랐다.

새 제주의 전통 초가집 지붕을 이는 데 쓰이는 풀

시흥리 쪽에서는 제주 동부의 바다 풍경만 보였는데 여기에서는 남쪽으로는 바다, 북쪽으로는 오름 연봉들이 파노라마처럼 이어졌다. 360도 탁 트인 거칠 것 없는 전망, 옹기종기 엎드린 자연부락, 푸르른 하늘과 하늘빛을 그대로 닮은 푸르른 바다, 거무죽죽한 돌담과 녹색의 나무와 풀들. 모든 색깔이 팔레트에 푼 물감처럼 선명하고 또렷했다.

동철이가 흥분한 나머지 말까지 더듬었다.

"누나, 영주십경 다시 써야쿠다. 이건 영주 일경, 아니 천하 제일경이라마씸. 올레 길 시작에 이만헌딘 업수다(누나, 영주십경 다시 써야 해요. 이건 영주 일경, 아니 천하 제일경이지 뭡니까. 올레 길 시작점으로 이만한 곳은 없습니다)."

도대체 이건 무슨 오름이람? 오름 전문가들에게 물어보니 시흥리 쪽에서 오르는 오름은 말미오름, 종달리 쪽에서 오르는 오름은 알오름이란다. 한 오름이 각기 다른 마을, 그것도 제주도의 첫 마을과 마지막 마을로 나뉜 것이다.

알오름에서 내려오는 길은 '들길 따라서' 노래가 절로 나오는 호젓한 농로. 모양이 독특한 지미봉을 옆구리에 끼고서 좌 우도 우 성산을 거느린 바다를 향해 내려가니 지루할 새가 없었다. 가끔 경운기가 털털거리면서 지나고 꿩들이 푸드득 소리를 내면서 날아갈 뿐, 적막하다.

종달리로 들어서니, 마을이 이름만큼이나 예쁘다. 〈오마이뉴스〉 시민기자 김민수 목사가 이곳 종달교회에 시무하면서 날마다 시 같은 산책기를 써보냈던 그곳이다. 전형적인 제주도 어촌의 모습을 고스란히

간직하고 있으면서도 궁기가 흐르지 않아서 다행스럽게 느껴진다. 마을 어귀의 두어 집이 마당을 어찌나 정성껏 가꿔놓았는지 살짝 고개를 들이밀었는데, 마당에서 풀을 뽑던 할머니가 더운데 들어와서 물이라도 마시고 가란다.

해녀 싸움에 새색시 집 쌌다네

종달리를 빠져나가면 또다시 시흥리다. 제주도의 시작점에서 종점을 돌아서 시작점으로 되돌아온 것이다. 그런데 기이하다. 시흥리 사람들에게 물으면 말미오름만 일러주고, 종달리 사람들은 알오름만 가리킬 뿐 말미오름 가는 길을 모른다. 지척에 있는 이웃 마을, 시흥리와 종달리 사람들은 왜 이웃한 오름을 전혀 모르는 것일까? 길에 대한 의문은 역시 길 위에서 풀렸다.

시흥 해안도로를 답사하면서 우리는 자주 '시흥 해녀의집'을 찾았다. 시흥리 모래해안에서 잡힌 조개로 끓여낸 조개죽은 둘이 먹다가 셋이 죽어도 모를 맛이었다. 동철이가 해녀할망에게 싱거운 농담을 던졌다.

"시흥리영 종달리영 사이가 안 좋아나수광?(시흥리와 종달리가 사이가 안 좋나요?)"

"무사°?"

"여기 가민 저기 오름 안 가르쳐주곡 저기 가민 여기 오름 안 가르쳐

주난마씸(여기 가면 저기 오름 안 가르쳐주고 저기 가면 여기 오름을 안 가르
쳐주니까요)."

"게메*……."

망설이던 할망이 두 마을에 얽힌 이야기를 들려주었다. 바다의 경계
를 정확히 할 방법이 없던 시절, 한 바당에서 물질을 하다 보면 해녀들
사이에 크고 작은 다툼이 많았더란다. 해녀들끼리의 싸움은 종종 동네
싸움으로 번지기도 했더란다. 감정이 격해지면 "야, 새각시 돌려와불키
여(새색시를 되돌려오겠다)", "아고, 돌아가라. 호끔*도 안 아까우난(아이
고, 데려가라. 조금도 안 아까우니까)" 하면서 사돈끼리 다퉜더란다.

종달리는 제주 전역에서도 해녀들의 대가 세기로도 유명한 곳이었다.
일제시대에서 일어난 항일운동 중 가장 가열찼다는 제주해녀항쟁을 주
도한 이들이 바로 종달, 세화, 우도의 해녀였다.

시흥리와 종달리. 풍광도 빼어났지만 전통적으로 반목해온 두 마을을
잇는 길을 만든다면 그야말로 화해의 올레, 평화의 올레 아닌가. 우리는
시흥초등학교에서 출발해 말미오름과 알오름을 거쳐 종달초등학교 쪽
을 내려와서 성산 일출봉 쪽으로 향하는 길을 제주올레 첫 번째 코스로
정했다.

두 마을 이장님과 청년회장을 두루 만나서 말미오름과 알오름을 이어
서 제주 도보여행자들을 위한 첫 코스로 만들자고 했더니 양쪽 다 흔쾌
히 응했다. 두 오름을 가로막고 있던 소목장을 열어서 말미오름과 알오

게메 글쎄
호끔 조금

름을 연결하기로 했다. 코스 개장에 앞서 우리는 목장 문을 새로 만들어 달았다. 길을 열어준 마을사람들에게 전하는 감사의 뜻이자, 사람 출입이 잦아지면서 소와 말이 목장 바깥으로 뛰쳐나가는 걸 막기 위해서였다.

2007년 9월 8일, 제주올레 1코스 개장행사에 한비야는 약속대로 참석했다. 긴급구호 일로 소말리아로 떠나기 이틀 전인데도 무리해서 약속을 지킨 것이다. 비야는 알오름 정상에서 외쳤다.
"이건 천하 제1경이야. 녹색과 검정이 이렇게 잘 어울릴 줄이야!"

시흥리와 종달리. 풍광도 빼어났지만 전통적으로 반목해온 두 마을을
잇는 길을 만든다면 그야말로 화해의 올레, 평화의 올레 아닌가. 두 오
름을 가로막고 있던 소목장을 열어서 말미오름과 알오름을 연결하기로
했다. 코스 개장에 앞서 우리는 목장 문을 새로 만들어 달았다.

말미오름   구좌읍 종달리와 성산읍 시흥리에
걸쳐 있는 오름. 정상을 중심으로 북쪽은 종달리, 남쪽은 시흥리를 이
룬다. 말미오름은 화산체가 두 번에 걸쳐 화산활동을 하면서 만들어진
이중화산이다. 본디 이름은 말미오름(말메오름)이지만 두산봉으로도 불
린다.

　땅 끝에 있어 '말 미(尾)', 그 모양이 곡식 따위의 분량을 재는 그릇인
되와 동물의 머리와 비슷한 모양이라고 해서 '머리 두(頭)', 그리고 말
을 방목하기에 최적지라는 데서 '말'이 유래했다는 여러 가지 설이 있
으나 그 어느 것도 명확하지는 않다.

　두 오름 정상에서는 각도가 조금씩 다르긴 하지만 우도, 시흥리, 식
산봉, 성산 일출봉 등 제주 동부의 육지와 해안, 오름, 들판을 두루 조망
할 수 있다. 피뿌리풀을 비롯해 자생하는 들꽃들이 많아서 수십 종의
나비가 날아들기도 한다. 종류와 빛깔이 다른 나비 수십 종이 오름 정
상에 핀 키 작은 들꽃 사이를 누비며 군무를 추는 광경은 황홀하다.

　현재까지는 두 오름을 이어주는 루트가 없어서 개인의 소목장을 경
유해야만 한다. 그러나 찾는 이들이 많아지면서 소들이 놀라거나 목장
문을 열어두고 가는 바람에 울타리 밖으로 소들이 뛰쳐나가는 경우가
있어서 시흥리에서는 두 오름을 잇는 길을 낼 계획이라고 한다. 올레꾼
여러분들, 제발 문단속 잘해주세요.

중섭도 이 올레를 걸었겠지
제주올레 2코스 이야기 쇠소깍~외돌개

첫 코스를 성공적으로 개장한 뒤, 고민이 생겼다. 산티아고 길처럼 긴 코스를 만들려면 길을 이어야만 한다. 그러나 광치기 해안 이후로는 포장도로가 계속 이어지는데다 양식장들이 군데군데 들어서 있었다. 바닷가에 바짝 붙은 양식장은 미관을 해칠뿐더러 소음과 오염의 진원지였다. 보광그룹이 진행하는 섭지코지 리조트 단지 공사도 어떻게 진행될지 미지수였다. (최근에 다시 가보니 재앙도 그런 재앙이 없었다. '휘닉스 아일랜드' 프로젝트가 본격 추진되면서 제주 조랑말들이 한가로이 풀을 뜯던 나지막한 오름은 오간데 없고 군대막사처럼 멋대가리 없이 지어놓은 콘도 건물이 빽빽하게 들어차고 공사 차량은 쉴 새 없이 들락거리고 있었다.)

그렇다면 해안에서 한라산 쪽으로 올라가는 중산간 지역으로 이동해야 하는데, 그곳은 치밀한 사전준비와 긴 답사기간이 필요한 구간이었다. 게다가 곧 겨울이 닥쳐오지 않는가. 기온이 육지보다 높은 제주도지만 지역에 따라 다소 편차가 있다. 서귀포시 서쪽 끝과 동쪽 끝은 바람이 세찬 편이었다. 제주어로 '바람 코쟁이*'였다.

반면 서귀포시 중심부구 서귀포시인 효돈에서 외돌개까지는 제주에서도 가장 따뜻한 지역으로 꼽혔다. 한겨울에도 영하로 떨어지는 법이 거의 없어 반팔을 입고 다닐 정도이다.

그래, 겨울에 대비해 상춘常春의 서귀포로 넘어가자. 산티아고 길처럼 제주를 한 바퀴 잇는 게 우리의 목표였지만, 일단 순서는 건너뛰기로 했다.

내가 사랑한 포구, 구두미

내게는 포구에 대한 오만과 편견이 있었다. 세상에서 가장 아름다운 포구는 서귀포 포구라는 지독한 편견! 걸음마를 떼는 순간부터 알게 된 그곳은 내게 자연의 아름다움을 일깨워준 원체험의 공간이었다. 어른이 되면서 국내외의 포구들을 여럿 보게 되었지만, 서귀포가 가장 아름답다는 내 편견은 수정되기는커녕 굳어지기만 했다.

그러나 구두미를 알게 되면서 내 고정관념은 순식간에 무너져 내렸다. 구두미는 보목항 근처에 숨어 있는, 큰길가에서는 눈에 띄지도 않는 작은 포구였다. 서귀포 칠십리 앞바다의 다섯 섬 중에서도 가장 아름답다는 섶섬을 정면에 세우고, 저 멀리 서귀포항을 바라다보는 자연항 구두미. 찰랑거리는 물결 위에 보트 두 척과 제주도 전통 뗏목인 테우*만 한가로이 흔들거리고 있었다.

나는 구두미와 한여름 내내 사랑에 빠졌다. 서울에서 지인들이 올 때마다 구두미로 데려갔고, 언젠가 이 포구에 작은 와인 바를 내겠노라고 장담했다.

제주올레 2코스의 기점을 삼은 쇠소깍에서 구두미 포구로 가는 길에는 고 이주일 씨의 별장이 있다. 말로만 듣던 곳을 눈으로 직접 보니 마음이 착잡했다. 기자생활 할 때 그를 몇 차례 본 적이 있었다. 남을 웃기는 직업을 가졌고, 국민들로부터 사랑받는 국민 코미디언인데도 왠지 그는 슬퍼 보였다. 하기야 슬픔 없는 영혼이 어디 있으며, 주름살 없는 인생이 어디 있으랴마는.

그에게 폐암 사실을 통보하면서 주치의는 제주도에서 요양생활을 하라고 강력히 권유했단다. 보목리 근처 바닷물에는 게르마늄이 많이 녹아 있어 그곳 해풍이 폐질환을 앓는 노인들에게는 특히 좋다면서. 2코스를 걷는 올레꾼들에게 시원한 해풍은 보너스인 셈이다.

이주일 별장을 끼고 올라가면 제지기오름이다. 나지막해 보여도 올라서면 서귀포 바다가 한눈에 내려다보인다. 나폴리, 소렌토 바다가 왔다가 뺨 맞고 갈 푸른 빛이다. 풍수지리상 문사들이 많이 배출된다는 보목리에는 마을 올레가 원형 그대로 남아 있다. 집집마다 귤나무들이 많

테우 제주도의 전통적인 원시 뗏목

아서 봄에는 향기로운 귤꽃 향기가 코끝을
자극하고, 겨울에는 가지가 휘어지게 매달
린 금빛 귤로 눈이 부신 곳이다.

도보여행은 오감을 만족시키는 여행이다.
차량으로 휙휙 이동하면 눈만 즐겁지만, 같
은 장소라도 걸어서 가면 오감이 충족된다.
철썩이는 파도소리를 라이브 음악으로 들으
면서, 목덜미를 간질이는 해풍을 느끼면서,
꽃향기를 흠흠 맡으면서, 풀섶에 숨은 산딸
기와 볼레낭* 열매를 따먹으면서, 나비의
미세한 날갯짓까지 지켜보는 즐거움이란!
　가끔 해안으로 차가 다니긴 하지만(문명화
된 현대에서 찻길을 온전하게 피하기는 하늘의
별따기나 다름없다. 산티아고 길도 예외는 아니
다), 파도소리를 가까이서 듣다 보면 너그러
이 용서가 된다. 일부 구간에서는 차량이 아
예 진입할 수 없으니, 올레 길에서는 올레꾼
이 배타적인 특권을 누린다는 걸 짜릿하게
실감하게 된다. 걷는 자에게 복이 있나니,
모든 올레가 그의 것이다.

볼레낭 꼬마 보리수

2코스 중간쯤에서 우리는 불우했던 한 천재 화가의 흔적과 만나게 된다. 게와 황소와 벌거벗은 아이들을 그렸던 이, 중, 섭.

미술관 입구에는 그의 얼굴이 부조로 새겨져 있다. 얼핏 보기에도 훤칠하고 수려한 그는, 그러나 슬퍼 보인다. 평안도 부잣집 자제로, 식민지시절 일본까지 그림 유학을 떠났던, 멋은 알면서도 돈은 만들 줄 몰랐던 부르주아 출신 빈민 예술가. 모처럼 가진 전시회에서 그림은 다 팔렸으나 정작 자기 주머니에는 한푼도 못 챙긴 순진한 화가. 일본에 떨어져 있는 가족을 절절히 그리워하면서도 끝내 재회하지 못한 채 행려병자로 죽어간 가혹한 운명의 남자.

그의 비극은 거기에서 끝나지 않는다. 그의 피붙이인 아들은 인사동의 사기꾼들과 짜고 아버지의 가짜 그림을 유통시켰다는 혐의로 세상을 떠들썩하게 했다. 생전에는 돈 안 되는 그림 때문에 온 가족이 생활고에 허덕였고, 사후에는 천정부지로 치솟은 그림값 때문에 아들이 범죄자로 전락하고 말았다.

미술관 옆 초가집은 비운의 화가 중섭과 일본인 부인, 두 아들, 이렇게 네 가족이 피난 와서 한때 머물렀던 곳, '이중섭 거주지'다. 관광객들은 미술관만 구경하고 가거니와, 어쩌다 이곳을 들르는 이들도 마당에 서서 휙 둘러볼 뿐이다.

해설사가 굳이 한쪽 문을 밀어젖힌다. 빛이 들지 않는 어둠 속, 골방. 구척장신이었다는 화가와 그의 가족이 살았다는 방은 1.4평. 사람 한 명도 활개치고 자기 힘든 이 좁은 방에서 온 식구가 비벼대면서 그들은 바닷가에서 게를 잡아 굶주린 배를 채웠다. 그런데도 중섭은 "서귀포 시절이 가장 행복했다"고 회고한다.

피난민인 그에게 방 한 칸을 거저 빌려주었던 주인 할머니[87세]는 가끔 볕 잘 드는 툇마루에 앉아서 한 남자를 회고한다. 그녀가 기억하는 육지남자 중섭은 그저 조용하고 얌전한 사람이었을 뿐. 아무리 먹을 게 없어도 산 사람 초상화는 그리지 않았단다. 화가가 남긴 네 점 초상화의 주인은 한결같이 저 세상 사람들이었다. 마음 여린 그 남자, 영정사진조차 없는 가난한 이웃의 부탁은 거절하지 못했나보다.

초가집 올레를 나와서 바다로 내려가는 길은 폭만 좀 넓어졌을 뿐 예전 그대로다. 엉험하게 생긴 집 앞 폭낭*도 여전하다. 이 길을 걸을 때마다 떠올린다. 중섭, 그이도 이 올레를 걸었겠지. 껑충한 키에 어깨를 구부정하게 굽힌 채.

미술관에서 돌아나오면 아카데미 극장^{구 관광극장}이다. 푸른 담쟁이덩굴이, 곧 무너질 것 같은 하얀 벽 전체를 휘감아 오르고 있다. 한때 서귀포 시민들의 문화생활과 여흥을 담당한 공간이었지만(가끔 하춘화쇼나 나훈아쇼도 들어오곤 했다), 문을 닫은 지 이미 오래다.

아, 이곳 매표소 언저리에서 머리카락을 눈썹 위로 가지런하게 내린 촌스러운 단발머리 여자아이는 이틀에 한 번 바뀌는 영화 포스터를 침을 꿀꺽 삼키면서 바라보곤 했었지. 푸른 조명이 새어나오는 그 황홀한 세계로 누군가 데리고 가주기를 기대하면서.

이제 그 어린아이는 주름 많은 중년의 여자가 되었고, 지린내 나는 극장에서 영화를 보려고 줄을 서던 사람들은 사라졌다. 세월의 무게를 못 이겨 퇴색한 공간을 목격하는 것처럼 서글픈 일은 없다. 추억이 켜켜이 쌓인 공간일수록 더더욱 그러하다.

서복전시관 담장 유감 　　　제2코스 중간쯤에 정방폭포가 나타 난다. 정방폭포를 지날 무렵 갑자기 혼란스러워진다. 이곳이 정말 그 곳인가, 그곳이 맞는 걸까. 갈 때마다 나는 추억을 도둑맞은 것 같아서 억울하다. 시민으로서 풍경을 감상할 권리를 빼앗긴 것 같아서 화가 난 다. 이 담장이 대체 이곳에 왜 들어서야만 했을까.

　서복전시관 옆 담장이다. 서복전시관은 진시황제의 사신 서복(徐福) 이 불로초를 구해오라는 황제의 명을 받고 먼 남쪽까지 흘러들어왔다 가 이곳 서귀포 정방폭포 절벽에 '서불과차'라는 글을 남기고 돌아갔다 는 이야기에 의지해 생겨난 기념관이다. 이 아무개라는 중국통 장관이 제주가 풍광만 자랑할 게 아니라 이런 문화 콘텐츠를 잘 활용해야 한중 관계도 돈독해지고 중국관광객을 많이 끌어들일 수 있다며 '무지한' 중앙정부와 지방정부를 설득한 끝에 이뤄낸 '쾌거'란다. 당시 국회 문 광위원장이었던 그분은 5억 원의 예산을 배정하도록 힘을 써서 부지를 사들이게 했고, 그 뒤 제주도에서는 100억이 넘는 예산을 투입해서 전 시관과 공원을 완공했다.
　전시관 건립이 과연 옳은 결정인지 아닌지, 현명한 정책인지 아닌지 는 두고두고 따져볼 문제다. 문제는 중국관광객들 입맛에 맞춘다고 전 시관 들어오는 길목에 거대한 석조 대문을 세우고 중국집 담장을 높게 둘러친 것이다. 헌데, 얼마 전 제주KBS의 보도에 따르면 막대한 예산 이 투입된 그 전시관에 들르는 중국관광객은 한두 명에 불과하단다.
　들어간 비용보다 더 안타까운 건 풍경의 상실이다. 그 담장 안에는 서 귀포 칠십리 바닷길 중에서도 가장 아름다운 해안이 숨어 있다. 중국식 격자무늬가 새겨진 돌담장에 풍경이 가려진 것이다. 서귀포가 낳은 대 (大) 화가 변시지 선생도 이 담장이 보기 싫어 이곳을 더 이상 찾지 않는 단다.

그 바다에 나는 무릎 꿇었네
제주올레 3코스 이야기 외돌개~월평

제주올레 2코스의 종점이자 3코스의 시작지점인 외돌개. 외돌개는 서귀포 관광의 일번지로 맨 먼저 각광받았으나, 그 업보인지 지금은 가치에 비해 지나치게 과소평가되고 있다. 눈 밝은 도보여행자들이라면, 외돌개의 가치를 재발견하게 되리라, 나는 믿었다.

싱그러운 솔숲, 매혹적인 빛깔의 바다, 기기묘묘한 주상절리*. 이처럼 매력적인 요소가 한 곳에 몰려 있는 곳이 또 있을까. 부산 태종대 정도가 외돌개와 겨우 견줄 만하지만, 어이하랴, 태종대에는 노인성*을 바라볼 삼매봉*이 없는 것을.

바다가 내려다보이는 솔숲은 서귀포 초, 중, 고교생들의 사철 소풍장소였다. 시내 중심가의 학교에서 외돌개까지 가는 길이 얼마나 아름다

●
주상절리 해안가를 따라 높이가 다른 크고 작은 사각형 또는 육각형의 바위기둥이 깎아지른 듯 절벽을 이룬 곳
노인성 천문학에서 '카노푸스'라 불리는 1등성 항성 중 두번째로 밝은 별. 남극 가까이에 있어서 우리나라에서는 유독 서귀포 앞바다 지평선에서만 관측되는 별
삼매봉 서귀포 서쪽에 있는 외돌개 위편에 자리한 오름

운지 어린 시절에는 미처 몰랐다. 동무들과 재잘재잘, 와글와글 떠드느라 정신이 없었으니.

이제 어른이 되어, 마흔이 넘고 오십줄에 들어서서, 외돌개로 가는 길을 홀로 걷노라면 절로 눈물이 난다. 슬퍼서도, 외로워서도 아니다. 다들 나만큼은 외롭고 고단한 인생일 터. 한평생 사람들 틈바구니에서 버둥거리며 사는 게 어디 쉬운 일인가.

눈물이 나는 건 이 길에 깃든 절대적인 아름다움 때문이다. 어찌 이런 풍광이, 이런 바다 빛이 가능한 것일까. 나는 전생에 무슨 복을 지었길래 이런 곳에서 나고 자란 걸까. 그런데도 왜 이곳을 떠나 회색도시를 헤맸던 걸까.

아니다, 어쩌면 이곳에 부재했기에, 다른 세상을 떠돌았기에, 이곳의 아름다움에 눈뜨게 되었는지도 모른다. 먼지를 잔뜩 뒤집어쓴 플라타너스가 초록의 전부인 빌딩숲 속, 자동차 소음이 스물네 시간 끊이지 않는 광화문통에서 20년 가까이 시달려보았기에 외돌개가 주는 위안과 평화에 무릎 꿇고 항복하게 된 것이다.

보리밥에 갈치 한 토막

외돌개 해안길을 산책하노라면 유년의 풍경들이 필름처럼 스쳐지나간다. 기정*에 안전목책조차 없던 시절, 소풍 나왔다가 배가 고팠던 동무는 볼레낭 열매를 따먹으려다 그만 발을 헛디뎌 바다로 떨어지고 말았다. 길가의 볼레낭은 잽싼 동무들이 다 따먹어버리고, 남은 건 아슬아슬 손이 안 닿는 기정에 매달린 것뿐이었으니.

역시 소풍날의 낡은 필름 하나. 오락시간도 끝나고 다들 도시락을 까먹으러 솔밭으로 흩어지는데, 오줌이 마려워서 으슥한 곳을 찾았다. 반에서 공부를 제일 못하고 말썽은 도맡아 피우는 남학생이 그곳에서 혼자 도시락을 까먹고 있었다. 웬일이래 저 까불이가 혼자서? 살짝 훔쳐보니 그 아이는 도시락 대신 밥주발을 앞에 두고 있었다. 얼핏 보기에도 쌀보다 보리가 훨씬 많은 밥. 반찬은 구운 갈치 한토막이 전부였다. 슬쩍 돌아나왔는데, 조금 뒤 나타난 그애는 늘상 그랬듯 망아지처럼 뛰어다녔다. 슬프면 목울대가 뻐근하다는 걸 그때 처음 알았다. 아이들을 조금씩 철들게 만든 공간, 외돌개였다.

염소길에 수봉로를 놓다

외돌개를 지나면 세상에서 가장 아름다운 산책로인 돔베낭길이 이어지고, 서귀포 시민의 여름휴식처인 속골이 나온다. 쇠소깍처럼 민물과 바닷물이 만나 어우러져 특별한 풍광이 만들어지는 곳이다. 파도소리가 귓전을 파고들고 억새풀 흙길로 발이 편안하다. 오감이 극대화되는 구간이다. 이 풍진 세상의 먼지가 파도소리에 씻겨 내려간다. 아스팔트

© 홍성아

싱그러운 솔숲, 매혹적인 빛깔의 바다, 기기묘묘한 주상절리.
눈물이 나는 건 외돌개 길에 깃든 절대적인 아름다움 때문이다.
어찌 이런 풍광이, 이런 바다 빛이 가능한 것일까.

위에서 긴장했던 발이 흙길 위에서 편안해진다.

그런데 이 구간을 지나면서부터 답사팀은 난관에 봉착했다. 공물해안의 절경이 지척인데, 그곳으로 내려가는 길이 없었다. 대로변으로 나갔다가 법환마을로 돌아오는 수밖에.

"한번 거꾸로 걸어보게마씸. 요쪽에서 찾앙 안 되민 거꾸로 찾아사 길이 찾아집니께(한번 거꾸로 걸어봅시다. 요쪽에서 찾아서 안 되면 거꾸로 찾아야 길이 찾아지거든요)."

얼떨결에 팔자에 없는 탐사대장이 된 동철이의 제안에 따라, 법환마을 입구에서 공물해안 쪽으로 걸어가봤다. 그러나 이번에는 동철이도 틀렸다. 이어지는 길은 없었다. 양쪽으로 모두 길이 없다는 이야기다. 아쉽지만 큰길로 우회하기로 결론을 내렸다.

그래도 미련은 떨쳐지지 않았다. 그 구간만 두세 차례 더 탐사했다. 막막한 마음에 공물해안을 서성이며 기정을 향해 원망스러운 눈길을 주는데, 길이 끊어진 기정 위를 무언가가 올라가고 있었다. 흑염소 두 마리였다.

"야, 저거여! 흑염소 가민 사람이 무사 못 가크냐(야, 저거야! 흑염소가 올라가면 사람이 왜 못 가니)?"

동철이도 고개를 끄덕였다. 우리 남매는 엎어질 듯 달려가서 흑염소 뒤를 쫓았다. 흑염소가 놀라서 길을 비켜주었다.

'미안하다, 고맙다, 염소야.'

성공이었다. 흑염소들이 가던 길로 가니 소철군락지로 올라설 수 있었다. 정신을 차리고 보니 우리 몰골이 엉망진창이었다. 기정을 네 발로 기다시피 올랐더니 온몸이 가시낭*에 긁혀 성한 데가 없었다. 그나마 천지연 근처 매일시장통에서 잔뼈가 굵은 올레남매라서 가능한 일이었다.

어린 시절 우리 동네 아이들은 사내애건 계집애건 천지연으로 갈 적에 마을길로 둘러서 내려가는 법이 없었다. 지름길인 기정길로 쏜살같이 내달렸다. 동작이 굼뜬 운동치에 겁까지 많은 나마저도 벌벌 떨면서도 악착같이 기정길로 오르내렸으니 말해 무엇 하랴. 사람이 걸어가면 길이라는 걸 그때 알았다.

그러나 올레꾼에게 우리 남매처럼 네 발로 기어오르라고 할 순 없는 노릇. 길답게 만들어야만 했다. 올레를 만들면서 내건 구호는 다름 아닌 '안티 공구리(콘크리트 포장 절대 반대)'. 자연에 인위적으로 변형을 가하거나 기계를 동원하지 않겠다고 다짐했다.

가파른 기정길이니만큼 발이 미끄러지지 않도록 흙계단을 내는 수밖에 없었다. 흙을 손으로 턱지게 다져서 계단을 만들기로 했다. 동철이 후배 수봉이가 자원하고 나섰다. 수봉이는 한때 동철이의 '꼬붕'이었지만 지금은 어엿한 건설현장 감독이다. 현장에서 노임을 주지 않아 잠시 쉬는 동안에 올레 일을 돕고 있었다.

"누님, 나한테 맡깁서. 이건예 노가다판에선 일도 아니라마씸."

며칠 만에 현장에 가봤더니 수봉이는 참하게 흙계단을 만들어놓았다.

그 길을 딛고 내려오면서 들은 공물해안의 파도소리는 그 어떤 음악보다 감동적이었다.

'수봉아, 올레꾼들이 너를 영원히 기억할 거야.'

(수봉로는 더 이상 흙계단이 아니다. 지난봄 서귀포시가 주최한 한중일 꽃길 걷기 대회 때 수봉로가 30킬로미터 코스로 편입되면서 서귀포시에서 약간의 손질을 가했다. 그러나 서귀포시에서도 제주올레의 특성을 감안해 토사가 쓸려 내려가지 않도록 소박하게 나무만 덧댔다.)

테우, 그 느린 여행

3코스의 특징은 다양한 해안 풍경에 있다. 가까이, 혹은 저 멀리서, 바다는 눈앞에서 사라지는 법이 없다. 때로는 속삭이듯, 때로는 으르렁거리듯, 때로는 간지럼 태우듯, 천의 얼굴을 드러낸다. 그래서 올레꾼에게는 가장 아기자기한 코스로 꼽히지만, 정작 길을 만드는 우리에겐 가장 골치 아픈 구간이기도 했다. 제주에서도 맨 먼저 관광지로 각광받았던 곳이라서 사유지도 많은데다, 험한 절벽이 군데군데 발길을 막아서기 때문이다.

수봉로로 기정길을 트고 났더니, 이번에는 강정 악근내 붕댕이소 구간이 문제였다. 서건도를 지나 바다로 연결되는 길이 끊겨서 비닐하우스를 끼고 돌아가는 것도 궁색한 노릇이었지만, 더 큰 문제는 비닐하우

스를 지나 바닷가로 내려간 뒤에 건너편 풍림콘도 쪽으로 건너갈 방법이 없다는 것이었다. 수심이 꽤나 깊은 붕댕이소가 떡하니 가로막고 있기 때문이었다.

우리 올레지기들은 다시 머리를 맞댔다. 돌다리를 놓자, 는 결론이 났다. 이번에도 수봉이가 자원하고 나섰다. 체구가 작지만 기운만큼은 천하장사인 동철이가 거들겠다고 나섰다. 그런데 우리 이야기를 듣더니 열성 올레꾼인 풍림콘도 이순주 총지배인이 걱정하고 나섰다.

"우리도 예전에 해봤는데, 큰 놀*이 한번 지면 돌다리가 금세 쓸려가버려서 아무 소용이 없어요. 이곳 지형이 확 바뀌어버려요."

지형이 바뀐다니? 이해가 안 갔다. 노가다 십장으로 단련된 수봉이와 힘이 천하장사인 동철이가 어떤 큰 놀에도 쓸려가지 않도록 단단하게 놓을 터이니 걱정 말라고 큰소리쳤다.

둘은 일주일도 넘게 끙끙거리면서 해안가 돌멩이를 날라다가 촘촘하고 두텁게 돌다리를 쌓아올렸다. 3코스가 개장되고 저간의 사정을 들은 올레꾼들은 이 다리를 건널 때마다 주위에 널린 돌멩이를 하나 둘 보태곤 했다. 수봉교가 더 튼튼해지도록.

"큰일 났어요! 수봉교가 없어졌어요! 건널 수가 없어요."

지난 4월 초순, 다급한 목소리로 올레꾼이 전화를 걸어왔다. 이럴 수가! 현장으로 출동해보니 그 튼튼했던 돌다리가 흔적도 없이 사라졌다. 큰 파도가 한번 밀려오면서 모래언덕이 새로 생기고 주변 지형도 완전

히 달라져 있었다. 눈물을 머금고 제주올레 홈페이지에 우회 코스로 급변경하는 공지를 올렸다. 길의 아름다움 못지않게 길의 안전성도 중요한 것이기에.

"수봉교 대신 부교를 만들면 어떨까요?"

올레 번개모임에서 이은국 해군 대령이 제안했다. 오름을 열심히 다니다가 우연히 올레를 알게 된 그는 개장행사 때마다 참여하는 열성 올레꾼이었다. 부교를 만들면 어지간한 기상 변화에는 끄떡없을 거라고 그는 설명했다. 그 구간을 포기한 게 마음에 걸리던 참에 반가운 제안이었다.

4월 하순 제주를 찾은 해군 사관생도들이 올레 구간의 쓰레기를 치우는 봉사활동을 했다. 그 와중에 생긴 쓸모없는 나무로 93대대 해병대들은 멋진 테우를 만들어주었다.

어느 날 군에서 전화가 걸려왔다. 내일 오후 3시 붕댕이소에서 제주올레호 진수식을 가질 예정이니 꼭 참석해달라고.

생애 처음으로 배 진수식에 참여하고 시승도 했다. 테우는 올레꾼에게 딱 맞는 느린 교통수단이었다. 슬로 워킹, 슬로 라이프 만세!

가파른 기정길이니만큼 발이 미끄러지지 않도록
흙계단을 내는 수밖에 없었다.
흙을 손으로 턱지게 다져서 계단을 만들기로 했다.
동철이 후배 수봉이가 자원하고 나섰다.
"누님, 나한테 맡깁서. 이건예 노가다판에선 일도 아니라마씸."
며칠 만에 현장에 가봤더니 수봉이는 참하게 흙계단을 만들어놓았다.

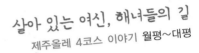

살아 있는 여신, 해녀들의 길
제주올레 4코스 이야기 월평~대평

　나는 중문에 대해 좋지 않은 감정을 갖고 있었다. 우선 초등학교 4학년 때 까불래기* 친구 경자를 따라 중문해수욕장에 갔다가 물에 빠져 죽다 살아났다. 중문해수욕장에는 바다로 멀리 나가면 소용돌이치는 곳이 있는데, 미처 그 사실을 모르고 나갔다가 혼비백산해 허우적거리느라 물을 잔뜩 먹었던 것이다. 아이스케키를 사먹는 데 돈을 다 써버린 탓에 차장 아저씨에게 사정사정해서 집으로 돌아온 것이 중문에 대한 나쁜 기억의 시작이었다.

　그 뒤 중문관광단지가 개발되면서 중문이 새로운 관광 중심지로 떠올랐고, 서울 친구들은 내게 중문에 대해 이것저것 물어왔다. 중문보다야 서귀포(내가 자라던 시절엔 중문이 서귀포 관내에 포함되지 않았다)가 훨씬 아름다운데. 속으로 배가 아팠다. 중문이 더 싫어졌다. 단지가 있으면

다야? 큰 호텔이 많다고 장땡인가? 바다는 뭐니뭐니 해도 서귀포 칠십
리 해안이 최고지.

하지만 4코스를 답사하면서 중문에 관광단지를 세운 이유를 짐작할
것 같았다. 베릿내오름에서 본 중문바다는 서귀포 칠십리 못지않게 푸
르렀고, 천제연 계곡의 깊음은 천지연보다 한수 위였다. 두 발로 걸어다
니면서 새삼 깨달은 사실은 '제주는 넓고 아름다운 곳은 많다'는 것이었
다. 어려서 일찍이 제주를 떠난 나, 렌터카로 주차간산走車看山하거나 관
광단지 안에만 머물다 가는 관광객만 모를 뿐.

"당신을 위해 이 길을 닦았어" 해병대길

4코스에도 난관은 도사리고 있었다. 하얏트 리젠시 호텔 산책로를 따
라 바닷가로 내려가면 조그만 모래사장이 나온다. 중문해수욕장을 진
모살이라 부르는 현지인은 이곳을 '조른모살'이라고 부른다(진모살에 비
해 규모가 작다는 뜻에서 붙인 이름이다).

문제는 조른모살 해안이 끝나는 지점에서부터였다. 이곳에서 1킬로
미터쯤 떨어진 열리해안가 서부하수종말처리장까지 주상절리대와 울
퉁불퉁한 갯바위가 발길을 막았다. 우리 섬사람들이야 어찌어찌 건너
가지만, 육지사람과 어린이는 가기 힘든 난코스였다. 이 구간만 넘어서
면, 하늘을 찌를 듯한 갯깍을 배경으로 선사시대 혈거유적지인 두럼쥐

궤와 알보석이 박힌 듯 천장이 아름다운 들렁궤가 있는 곳인지라 안타깝기 짝이 없었다.

아무리 아름다워도 갈 수 없는 길이니 포기하자니까, 동철이가 또 고집을 부렸다. 어떻게든 방법을 찾아보자면서. 의견을 좁히지 못한 채 대립하고 있는데, 홀연 구원투수가 나타났다. 제주도 지역방어를 책임진 최승길 지역방어사령관이었다. 지인의 소개로 올레 개장행사에 두어 차례 참가한 그는 우리에게 물었다. 대민봉사 차원에서 군이 도와줄 게 없느냐고.

해안 청소를 부탁할까 하다가 퍼뜩 조른모살 해안이 생각났다. 해안에 길을 만들어달라고 매달렸다. 중장비를 써서도 아스팔트를 깔아서도 안 되니, 오로지 장병들의 힘으로 무거운 갯바위를 움직여 크기와 높이를 고르게 해달라고. 군대식으로 표현하자면 '평탄화 작업'이었다.

최 사령관은 흔쾌히 해보자면서 서귀포 지역을 맡은 91대대와 93대대 책임자를 연결시켜 주었다. 현장에 출동한 지휘관들은 차라리 해안 청소가 낫지 이건 난이도가 너무 높은 작업이라며 망설이다가, 해병대 정신으로 한번 해보겠노라고 했다. 10여 명의 해군과 80여 명의 해병대, 도합 아흔 명의 젊은이들이 사흘을 꼬박 작업한 끝에 마침내 평탄한 바윗길을 만들어냈다.*

따가운 봄햇볕 아래서 구슬땀을 흘리는 장병들에게 위로 삼아 말했다.

"제대해서 애인이 생기거나 결혼을 하게 되면 이 길에 데려와서 말하세요. 당신을 위해 깔아놓은 길이라고요."

---

* 태풍 볼라벤의 영향으로 정성을 다한 바닷길 구간 훼손이 너무 심각해서 눈물을 머금고 중문관광단지를 낀 아스팔트 도로로 우회했다.

큰아들 또래의 장병들은 웃으면서 되물었다.

"신부 데리고 오면 맛있는 거 사주시는 거죠?"

여왕의 왕관보다 빛나는 해녀할방의 물안경

그렇게 만들어진 바윗길에는 '해병대 길'이라는 이름이 붙었다. 이 길 덕분에 졸지에 색달리 해녀들에게 감사 인사를 많이 받았다. 중문해 수욕장 입구에서 물질과 장사를 하는 그녀들은 조른모살 해안을 지나 바다로 작업하러 가는데, 굴탁굴탁*한 바윗길이 평평해져서 바다로 오 가기가 한결 수월해졌단다. 해병대가 한 일이라고 아무리 설명해도 그 래도 올레도 고맙단다.

고마움의 표시로 색달리 해녀들은 올레 4코스 개장행사 때 유죽*을 쒀서 올레꾼들에게 대접했다. 한 그릇에 이삼천 원씩이라도 받으라고 권유했지만 막무가내였다. 올레 덕분에 날마다 편안하게 물질하러 다 니는데 그 정도 대접도 못 하느냐는 것이었다.

제주 해녀는 따지고 보면 세계 최초의 전문직 여성들이다. 아침 7시 즈음에 바다에 들어가면 대여섯 시간씩 조업을 한다. 1분 30초쯤은 숨 을 참고 잠수해야 전복이나 소라, 성게 따위를 건져 올린다.

이곳 해녀들 중 최고참은 고인호 할머니[85세]. 아직도 현역 해녀다. 여

•
굴탁굴탁 울퉁불퉁
유죽 들깨를 갈아 넣어서 만든 죽

© 안홍기

드레씩 번갈아 돌아오는 당번날이면 아침 일찍 바다에 들어가 조업하고, 조업이 끝나면 잡아온 싱싱한 해산물을 관광객에게 판매한다. 손님이 찾는 해산물이 없으면 바닷속에 저장해둔 것을 꺼내오기도 하지만, 직접 잡지 않은 건 절대로 팔지 않는다.

15세에 물질을 시작했으니 그녀는 70년이나 한 직업에 매진해온 프로다. 상군 중의 상군인 대상군이어서 이 일대의 해녀대장 노릇을 했다. 나처럼 기자생활 20여 년 만에 나가떨어진 얼치기 프로와는 다르다. 해녀들의 생사가 걸린 사안을 해결하려고 청와대건 도청이건 잠수복 차림으로 다 쳐들어가 봤다는 그녀다. 그래서인지 그녀에게는 여신다운 위엄이 흘러넘친다. 그녀의 머리에 늘 얹혀 있는 물안경은 마치 여왕의 왕관 같다.

스물일곱에 과부가 된 그녀에겐 어린 두 딸이 있었는데, 그녀들도 어머니를 좇아 해녀가 되었다. 그러나 큰딸은 큰 농사 짓는 집에 시집가서 반농사꾼이 되었고, '해녀질을 제대로 한' 둘째딸 강명선^{55세}은 어머니의 뒤를 이어 해녀대장이 되었다.

목숨을 담보로 하는 일이라서 그런가. 해녀사회는 민주적이면서도 위계질서가 뚜렷해서 왕년의 대장이었던 고 할머니도 현역 대장인 둘째딸 말에 따른단다. 물론 태상왕으로서 정신적 지주 역할은 하지만.

나는 가끔 이들에게서 소라, 문어, 고동이 섞인 만 원짜리 해물모듬을 사먹는다. 수압 때문에 귀가 먹고 혈관이 터지는 고된 작업을 감안하면 결코 비싼 값이 아니다. 귓전에서 속삭이는 파도와 발치에 와서 노니는

이곳 해녀들 중 최고참은 고인호 할머니(85세). 15세에 물
질을 시작했으니 그녀는 70년이나 한 직업에 매진해온
프로다. 그녀에게는 여신다운 위엄이 흘러넘친다. 머리
에 늘 얹혀 있는 물안경이 마치 여왕의 왕관 같다.

가마우지를 구경하는 재미까지 덤으로 얹어주지 않는가.

　이 해녀들의 작업장을 지나 중문 백사장을 가로질러 가다, 잠시 쉬어가도 좋으리라. 고운 백사장 모래 위에 드러누워 잠깐 낮잠을 청해도 좋으리라. 속살을 간질이는 해풍의 애무를 느끼면서.
　몇 시까지 어디에 반드시 당도해야 한다는 속박에서 벗어나야만 진정한 올레꾼, 진정한 간세다리*가 될 수 있다. 당신, 시계를 자주 들여다보게 되는가. 그렇다면 아직도 숙제하듯 여행한다는 증거다. 무릇 여행자라면 그 공간 그 시간에 머무를 줄 알아야 한다.

고통의 바다에서 건져 올린 유머

　올레 일에 뛰어들기 전까지 나는 해녀에 대해 아는 게 거의 없었다. 서귀포 바닷가에 살았지만 시장통 아이였기 때문에 해녀의 세계에는 무지했다. 산소통을 지지 않은 채 바다에 들어가 해산물을 채취하는, 세계적으로 보기 드문 여자 다이버며, 일제 때 가열찬 저항운동을 벌인 항일투사이며, 강원도나 일본 대마도는 물론이고 저 멀리 블라디보스톡에까지 원정을 다닌 억척 여성이라는 게 내가 아는 전부였다. 아, 올림픽금메달에 빛나는 황영조 선수의 어머니가 제주 해녀 출신이어서 아들에게 천부적인 심폐기능을 물려준 것도 보태자.

올레 일은 해녀와의 본격적인 만남과 소통으로 이어졌다. 바당올레에서 만난 해녀는 한결같이 강인하고 독립심이 강했다. 남편에게도, 자식에게도, 손주에게도 늘 당당했다. 그들에게는 스스로 밥벌이를 해결하는 사람만이 갖는 자부심과 자기존중감이 절로 배어나왔다.

세월을 뛰어넘는 적응력도 놀라웠다. 해녀는 대부분 오십, 육십대인데도 집에서 일터까지 스쿠터나 오토바이를 몰고 다녔다. '동하동 해녀의집' 할망들은 동사무소에서 컴퓨터를 배워 홈페이지를 직접 만들었다고 자랑했다.

이곳 색달리 해녀와는 코스 개척 하느라고 자주 만나면서 소소한 집안 사정까지 알게 되었다. 원화선 아주망*62세은 금니를 드러내면서 늘 생글생글 웃는 얼굴이었다. 그러나 그녀의 미소 뒤에는 가정폭력의 그늘이 드리워 있었다. 평소에는 얌전한 남편이 술만 마시면 때리려고 덤벼드는데, 아주망의 서바이벌 전략은 나무 타기였다. 취한 남편이 올레로 들어서는 기척이 들리면 얼른 뒷마당 쑥대낭*으로 올라간단다.

"이신 거 닮아신디 어디로 가부러신고, 땅으로 꺼져시냐 하늘로 올라가시냐, 날 촛젠 이리착 거리착 돌아댕기는 거 보민 막 재미져. 낭 꽉 안앙 하늘도 보곡 별도 보곡(있는 것 같았는데 어디로 가버렸나, 땅으로 꺼졌나, 하늘로 올라갔나, 날 찾으려고 이리저리 다니는 걸 보면 막 재미있어. 나무를 꽉 껴안고 하늘도 보고. 별도 보고)."

옆에 있던 동료가 그녀를 놀린다.

아주망 아주머니
쑥대낭 쑥대나무

"경헌 서방허곡 살젠 허낭 이젠 다람쥐보다 낭을 잘 탐시네(그런 남편하고 살다 보니 이제는 다람쥐보다 나무를 잘 타잖아)."

차가운 바다 속에서 파도와 싸우고 수왜기*와 맞서면서 물질을 하는 그녀들. 그것도 모자라서 집안일과 밭일까지 거뜬히 해치우는 그녀들. 아이를 배서 산통이 오는 순간까지도 물질을 하는 그녀들에게 어떻게 이런 유머감각이 남아 있을까.

하기야 가스실의 공포에 신음하던 아우슈비츠의 포로수용소야말로 역사상 최고로 유머가 꽃피웠던 공간이었다고 하지 않는가. 웃음 없이는 한순간도 지탱할 수 없는 고통스러운 삶이 인간을 지독한 낙천주의자로 만드는 것이다. 삶의 엄청난 역설이요, 놀라운 비의秘意다.

역설은 걷기에도 적용된다. 온종일 이불 위에서 뒹구는 날보다 온몸이 복삭하게* 올레를 걸은 날, 몸과 마음은 더 가뿐하다. 지치도록 걷는 사이에 몸은 회복되고 마음은 절로 충만해진다.

4코스는 월평포구에서 시작해서 중문을 거쳐 대

평 포구에서 끝난다. 코스 선상에 있는 월평, 대포, 베릿내, 열리, 대평 포구는 한결같이 자그마하고 어여쁘고 정겹다.

태양이 국토 최남단 마라도 주변 해역을 붉게 물들이면서 웅장한 박수기정 뒤로 넘어갈 무렵 대평 포구에 이르게 된다면, 당신은 로또에 당첨된 것이다. 세상에서 가장 아름다운 해넘이를 목격했으므로.

따가운 봄햇살 아래서 구슬땀을 흘리는 장병들에게 위로삼아 말했다.
"제대해서 애인이 생기거나 결혼을 하게 되면 이 길에 데려와서 말하세요.
당신을 위해 깔아놓은 길이라고요."
큰아들 또래의 장병들은 웃으면서 되물었다.
"신부 데리고 오면 맛있는 거 사주시는 거죠?"
이 길을 올레꾼들은 '해병대 길' 이라 부른다. 젊은 그들의 땀방울이 만들어낸 길.

드람쥐궤와 들렁궤　　　　　　　　해병대 길 덕분에 올레꾼이 누리게
된 즐거움이 바로 두 바다동굴 탐험이다. 먼저 만나게 되는 드람쥐궤
('궤'는 작은 바위그늘집보다 작은 굴을 나타내는 제주어)는 선사유적지다.
원시인이 비바람을 가리면서 이곳 바다에서 고기를 잡아먹고 혈거생
활을 했던 공간이다. 이곳에서 여러 개의 유물이 발견되었는데 원삼국
시대의 적갈색 심발형 경질토기에 속하는 파편이 출토되었다.

　드람쥐는 제주어로 '박쥐'를 뜻한다. 혈거동굴에 박쥐가 많이 살아
서 동네사람이 그런 이름을 붙인 것이리라. 색달리 해녀 대장 고인호
할머니는 또 다른 이야기를 들려주었다. "드람쥐궤 앞에서 강생이를
일러먹어신디 나중에 보난 중산간에서 봐졌댄 헤라(드람쥐궤 앞에서
강아지를 잃어버렸는데 나중에 보니까 중산간에서 목격됐다고 하더
라)." 동철이의 유추에 따르면 이 동굴도 만장굴처럼 긴 굴인데 그만 중
간에 막혀버리고 말았을 거란다.

　들렁궤는 들려 있는 것처럼 보여서 붙여진 이름이다. 입구에서는
막힌 굴처럼 보이지만 실제는 뚫려 있어서 다시 바닷가로 나올 수 있
다. 천장의 형상이 어찌나 기기묘묘한지 인간의 솜씨는 절대로 신을
능가할 수 없다는 절망과 경탄이 절로 든다. 언약식 같은 걸 하기엔 안
성맞춤인 장소인데, 이 길을 닦은 장병이 맨 먼저 시도할지도 모른다.
해병대 길 평탄화 작업을 하면서 그 아름다움을 사흘 내내 목격했을
터이니.

끊어진 길은 잇고, 사라진 길은 불러내고

제주올레 5코스 이야기 대평~화순

5코스의 기점인 대평리의 존재를 알게 된 건 지난해 여름 동철이 친구 호경이를 통해서였다. 호경이를 만난 건 전적으로 우연이었다. 산티아고 길에서 우연이 꼬리를 물었듯이 제주올레 길도 마찬가지였다.

시흥리 말미오름에 갔다가 성산읍내로 돌아오는 길이었다. 갑자기 옆차선에서 우리 차를 향해 요란하게 경적을 울렸다. '왜 저렇게 빵빵거리는 거야? 아무 문제도 없는데!' 화를 벌컥 내려는데 차창문이 열리면서 "동철아, 어디 감시니?" 하는 소리가 들린다. 번호판을 보고서 동철이 차임을 짐작한 모양이었다. 동철이가 반갑게 대답한다. "어, 호경이네." 둘이는 성산 쪽에서 만나기로 했다. 피곤하게 생겼다, 싶었다.

성산포항 근처 다방에서 만난 호경이는, 소싯적에 동철이네랑 잠깐 어울렸으나, 아버지가 돌아가시면서 일찌감치 정신을 차리고 육지와 외국을 떠돌면서 장사를 하다가 지금은 고향에 정착해서 화순선주협회 회장을 맡고 있단다. 동철이에게 걷는 길을 만들러 다닌다는 이야기를 듣더니 호경이는 자기 동네에 기가 막힌 옛길이 있다면서 그걸 복원하면 정말 좋을 거라고 반색했다.

며칠 뒤 우리는 호경이의 성화에 못 이겨 대평 포구로 갔다. 구두미 포구를 사랑하던 나는 이번엔 대평 포구에 마음을 빼앗겼다. 박수기정은 빼어나게 아름다우면서도 위용이 느껴지는 절벽이었다. 호경이는 130미터가 넘는 저 절벽 위에 수만 평의 대평원이 펼쳐진다는 설명을 곁들였다. 그래서 이 마을을 '난드르*'라고 한다면서.

아들과 아들 친구까지 데리고 온 호경이는 우리를 차에 태워 박수기정 위로 데려갔다. 박수기정에서 평원으로 올라가는 '조슨다리'라는 옛길이 있었지만, 찻길이 생기면서 사라지고 말았단다. '기정밭'으로 불리기도 하는 대평원에서 굽어본 대평리는 그야말로 천혜의 항구였다. 바다를 향해 경배하듯 엎드린 작은 마을과, 이중으로 둘러쳐진 자연 방파제와, 햇살 아래 반짝이는 비췻빛 바다는 평화로움 그 자체였다.

외할방 만나러 기정길 넘던 호경이

가시덤불로 뒤덮인 곳을 가리키면서 호경이가 설명했다.

"여기가 조슨다리 입구우다. 사람이 안 다니당보낭 가시낭이 왕상해

정 지나다닐 수 없게 되십주게(여기가 조슨다리 입구예요. 사람이 안 다니다보니까 가시나무가 무성해져서 지나다닐 수 없게 된 것이랍니다)."

호경이는 아들의 머리를 쓰다듬으면서 덧붙였다.

"아빠 너보다 어렁 외할망 만나젠 이 길 넘어다녔저(아빠 너보다 어린 나이에 외할머니 만나려고 이 길 넘어다녔단다)."

초등학생이 이런 기정길을? 대평리 외갓집에서 자라던 호경이는 초등학교에 입학하면서부터 부모가 사는 화순으로 보내졌단다. 그래도 외할망 품이 그리운 손주는 학교 수업이 없는 날이면 조슨다리를 넘어 기어코 대평리로 내려갔단다.

어린 호경이는 걷다가 배고프면 삥이도 훑어먹고, 볼레낭 열매도 따먹었을 테지. 가다가 심심하면 호로롱 호로롱 우는 동박새도 쫓았을 테지. 그러다가 외할망 얼굴이 떠오르면 마구 달음박질했을 테지. 중년의 사내 호경이의 유년을 떠올리니 슬몃 웃음이 났다.

아하, 그래서 호경이가 우리에게 박수기정과 조슨다리를 보여주려고 애를 썼구나. 육지 친구들에게 내가 천지연 생수궤 길과 외돌개 솔빛바다로 데려가려고 안달하듯이. 사람은 자기만의 추억이 깃든 장소에 애착을 갖기 마련이다. 순수했던 유년시절을 보낸 곳이라면 더더욱.

마을로 내려와서 대평리 고정홍 이장님을 만났다. 조슨다리의 유래를 물었더니 기막힌 사연을 들려준다. 200년 전 화순으로 기름을 팔러 가던 기름장수 할망이 호미로 콕콕 쪼면서 절벽을 오르다가 떨어져 죽은 뒤 마을 사람들이 좁쌀 닷 되씩을 거둬 돌챙이*를 사서 정으로 쪼아서 만든 길이 바로 조슨다리란다.

절벽 위로 올라가려면 지름길인 조슨다리 외에 '몰질'이라는 우회로도 있다. 100년간 제주를 지배했던 원나라 목호들이 제7목장에서 키운 말을 중국으로 향하는 대평 포구로 반출하려고 바위를 쪼개서 만들어낸 수탈의 길이다. 2007년에야 복원된 이 몰질은 볼레낭과 고사리가 우거진 고색창연한 숲길이었다.

허나 조슨다리의 유혹을 떨칠 순 없었다. 조슨다리에 얽힌 사연들을 듣고 나니 이 길을 되살려내야겠다는 생각이 더욱 간절해졌다. 멀리 마라도와 가파도가 떠 있는 옥빛 바다를 굽어보면서 올라가는, 정겨운 사연으로 가득 찬 이 길이야말로 제주도에서만 가능한 '기정올레'가 아닌가. 길을 다시 트자고 말했더니 이장님도 적극 찬성했다. 자기도 화순중학교 다니면서 조슨다리로 통학했다면서.

열렬히 소망하면 혼자서도 이룬다고 했거늘, 여럿이 간절히 원하는데 어찌 못 이룰 것인가. 5코스 개장행사 직전에 대평리에서는 조슨다리를 복원해냈다. 무성한 가시덤불을 걷어내고 나니 정으로 콕콕 찍어 길을 낸 옛길이 환히 나타났다.

5월 24일 5코스 개장행사 날, 대정읍 출신인 원로 언론인 김수종전 한국일보사 주필 선생은 박수기정 위에서 말없이 대평 포구를 내려다보았다. 그가 응시한 건 지금의 경치가 아니라 어린 날의 추억이었을 터. 찻길은 오늘마저도 갈아엎고 빼앗아가지만, 올레 길은 과거를 살려내고 추억을

돌챙이 돌담을 쌓는 장인

되돌려준다.

안덕계곡에 원앙이 돌아왔다

대평원에서 안덕계곡으로 향하는 조그마한 숲길은 호경이가 지휘한 선주협회팀이 사람들만 지나가게 만든 소로다. 나무는 그대로 둔 채 가시덤불만 조심스레 제거하느라고 장정 열댓 명이 한동안 이곳에 살다시피 했다.

자칫 발 하나만 잘못 내디디면 130미터의 수직 절벽에서 떨어질 판이라서, 그들은 바닷가 쪽으로 밧줄을 이중삼중으로 매놓았다. 뱃사람들 방식으로 매듭지어서 탄탄하기 그지없다. 거기에 기대어 바다를 내려다보면 아, 에게 해보다 더 푸른 물빛!

이제는 안덕계곡으로 내려가는 길목. 기정이 높은 만큼 계곡도 깊다. 안덕계곡은 외돌개와 더불어 제주관광의 일번지였다. 그만큼 빼어난 경관을 자랑하던 곳이었다. 하지만 난개발로 상류지역에 온갖 건축물과 음식점이 들어서면서 수질이 급격히 나빠져 그동안 외면을 당해왔다. 그러나 몇 년 전부터 마을주민이 힘을 합쳐서 끈질기게 공을 들인 끝에 안덕계곡이 되살아났다. EM방식(환경을 살리는 유용한 미생물을 통해 오염된 환경을 정화하는 방식)으로 수질 정화작업과 하천 청소작업에

나서면서, 물이 차츰 맑아져서 이곳에 서식하던 원앙이 다시 돌아왔다. 계곡 하류에는 은어떼와 치어가 꼬리를 치면서 올레꾼의 눈길을 붙잡는다. 돌멩이를 들추면 일급수에만 산다는 플라나리아도 보인다.

제주도의 재야 식물전문가 김차선^{초등학교 교사} 선생의 올레 답사기를 살짝 들여다보자.

"……느릅나무와 굴피나무, 호랑가시나무, 종가시나무, 새잎이 올라오기 시작하는 바위틈의 석위도 모두가 반가웠다. 인덕계곡은 식물, 동물의 보고였다. 갯강활, 갯메꽃, 갯방풍, 갯까치수염, 갯기름나물, 통보리사초, 장구채, 송악산 서쪽 소나무 숲속의 보라색 골무꽃도 적어줘야 섭섭하지 않을 것 같다. 아이코, 빠뜨릴 뻔했네! 멜케바당 순비기, 숲속의 보라색 초종용도 섭섭하지 않게 넣어줘야지."

안덕계곡의 지류인 창고천을 따라 내려가면 화순이다. 5코스가 끝나는 지점이다. 이곳의 모래 역시 고운 편이다. 서귀포에는 모래사장이 없기에 동무들과 나는 단발머리 여중생 때 멀리 이곳까지 원정을 왔었다. 산방산과 형제섬, 마라도가 떠 있는 이 해수욕장의 전망은 요즘 아이들의 표현대로 '왕캡짱'이다.

지난 7월 하순 방학올레 때 5코스를 완주한 뒤 올레꾼들과 이곳 화순 해수욕장에서 파도 타기를 즐겼다. 아이들처럼 깔깔대면서. 올레 길에서 주어지는 특별한 보너스니까.

© 홍성아

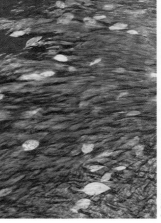

대평리 용왕 난드르 마을   대평리는 130미터에 이르는 장엄한
박수기정, 이중의 자연 방파제가 둘러싼 포구, 한라산과 그 산에 올망
졸망 기대 있는 오름 군락이 한눈에 보이는 전망 좋은 군산, 마을과 감
자를 경작하는 넓은 들…… 제주 풍광의 장점을 두루 갖춘 복 받은 마
을이다. 바닷가 근처에 이만큼 넓은 들이 있는 마을은 흔치 않다. 중산
간과 해안마을의 특징이 한데 어우러진 곳이다.

  하지만 교통이 불편한 옛날에는 북쪽으로는 산, 남쪽으로는 바다, 서
쪽으로는 기정으로 가로막힌 '막은 창'이었다. 그런 욕구불만과 외지
인 경계심리 때문이었을까. 어쩌다 이곳에 발을 잘못 디딘 외지인은,
육지인은 물론이고 이웃 화순이나 가파도 주민도 대평리 청년들로부
터 뭇매를 맞기 일쑤였단다. 매를 피해 도망가도 조순다리나 물질 중간
에서 되잡혀오고 했단다.

  지금은 외지 사람에게 친절하기 이를 데 없다. 파·마늘 장아찌, 갈옷
염색천, 해초비누 등 지역특산품을 만들어 '용왕 난드르'라는 이름으로
공동판매한다. 그런가 하면 테우 뗏목 체험, 소라 껍질로 양초 만들기
등 체험 프로그램도 다양하게 운영한다. 마을에서 폐교가 된 초등학교
를 개조해 '안덕면 청소년 수련관'을 만들었는데, 그곳에서는 저렴한
비용으로 단체숙식이 가능하다.

  영화 〈거짓말〉, 〈성냥팔이 소녀의 재림〉 등 화제작을 내놓았던 장선
우 감독이 지난해부터 이곳에 빈집을 빌려서 산다.

갯바위에 누워, 우주의 치마폭에 싸여
제주올레 6코스 이야기 화순~하모리

화순해수욕장에서 6코스는 시작된다. 화순 흑사장 앞에 서면 늘 마음이 설렌다. 세월을 건너뛰어 단발머리 여중생으로 돌아간다. 초등학생때 중문해수욕장에서 죽을 뻔한 사건 이후, 중학교 때부터는 화순으로무대를 옮겼다. 친구를 따라 처음 찾은 화순해수욕장은 하얀 모래가 아니어서 약간 실망스러웠지만, 지금은 그 생각도 바뀌었다. 누가 백사^{白沙}만 아름답다 했는가. 블랙은 화이트 못지않게, 아니 그보다도 더 아름답다.

멀리 마라도와 가파도 그리고 앙증맞게 생긴 형제섬이, 가까이에는하멜이 표류했다는 용머리 해안이 그림처럼 펼쳐진다. 뒤편에 솟아오른산방산의 신비로움까지 보태면 화순이 중문보다 한수 위라는 생각이들었다.

화순만큼은 절대적으로 바닷길로만 가야 한다고 생각했다. 길을 만들면서 이곳 지형을 제 손금 들여다보듯 환하게 아는 호경이와 화순리 이장님의 도움을 받았다.

사람들을 절로 동심으로 돌아가게 만드는 모래사장길, 헉 소리가 절로 나는 주상절리 전망대, 울퉁불퉁한 갯바위에 몸을 딱 붙이고 가는 길, 암반과 암반 사이를 경중경중 건너는 길, 산방산을 향해 경배하듯이 몸을 낮추고 올라가는 사구언덕길, 모래땅을 뒤덮은 순비기나무 군락길, 홀연 나그네의 땀을 식혀주는 호젓한 소나무 길.

자동차는 물론 자전거조차 도전할 수 없는, 오로지 걷는 사람들만을 위해 선물처럼 주어지는 길. 화순해수욕장에서 용머리 해안까지의 '화순 해안길'은 올레코스 중에서도 명품 길이다.

본디 사람이 걷는 길이 그러했다. 콘크리트가 없이도, 중장비를 동원하지 않아도, 폭이 넓지 않아도 된다. 두 발로 디딜 수 있고, 몸의 중력을 받아낸다면 길이 된다. 가끔은 한 발만 디뎌도 된다. 왼발과 오른발 사이에 길은 존재하므로.

"자장면 시키신 분" 화순 암반길에 둘러앉아

계절의 여왕 오월의 마지막 날, 서울에서 내려온 사무금융노련의 여성간부 스무 명이 눈부신 오월의 햇살을 받으면서 코발트빛 바다가 끝없이 이어지는 해안길을 걸었다. 조직일과 가사일을 병행하면서 가열차게 살아온 이들은 어느덧 자기가 떠나온 회색빛 도시 서울을 잊었고, 무거운 짐과 걱정들을 부려놓았다. 처녀로, 소녀로, 어린아이로 되돌아간 것이다.

첫 번째, 두 번째 해수욕장에서는 천상의 조각품 같은 퇴적암층에 눈길을 주느라, 무릎까지 적시는 파도와 발장난을 치느라 여념이 없던 그녀들. 세 번째 해수욕장에서는 누가 먼저랄 것도 없이 평평한 암반 위에 앉았다. 한둘이 드러눕는가 싶더니, 어느새 스무 명이 죄다 드러누웠다. 태양이 꽤나 눈부셨지만 대신 살랑거리는 해풍이 햇볕을 누그러뜨려 주었다. 누군가가 소리쳤다.

"아, 좋다. 아, 행복하다!"

또 다른 여자가 소리쳤다.

"하늘을 올려다봐. 정말 환상적이네!"

거꾸로 선 산방산의 초록이 눈으로 쏟아질 듯 밀려든다. 우주의 치맛자락에 폭 감싸인 듯한 느낌! 여행작가 김남희의 표현이다.

한비야는 제주를 두고 '만만한 아름다움'이라고 규정했다. 아기자기하고 여성적이어서 위압감이나 두려움 대신 평화와 위안을 준다고, 그러면서도 절대적인 아름다움을 지닌 풍경이라고. 뜨겁게 달궈진 암반에 드러누워 자연 선탠과 암반 찜질을 즐기면서 여자들은 한비야의 견해에 전적으로 동의했다.

아름답되 만만하다는 건 얼마나 큰 미덕인가. 사람도 그렇다. 사회적

으로 존경받고 역사적으로 평가받는 거목 중에도 직접 만나면 뜻밖에 소탈하고 인간적인 분들이 있다. 그런 분들은 사람을 찍어 누르는 위압감이나 거북살스러운 현시욕이 없어서 편안하고 친근하다. 더한 존경심과 애정을 느끼게 된다. 화순의 풍경은 겸손한 거인, 친근한 위인 같다.

만만한 거인에게 응석을 부리고 싶어진 걸까. 이곳에서 점심을 먹으면 얼마나 좋을까, 탄식하는 소리가 들린다. 대한민국 도보여행의 강점이 뭔데. 어느 곳, 어느 시간, 어떤 종목이나 배달이 가능하다는 게 아닌가. 당장 근처 화순반점에 자장면 스무 그릇을 시켰다. 여자들이 찜질을 즐기는 사이에 순비기 언덕 위로 배달차가 나타났다. 아아, 그날 파도소리를 음악 삼아 형제섬을 반찬 삼아 먹은 자장면의 맛을 필설로 어찌 형용하랴. (물론 종이 한 장, 나무젓가락 한 개도 해변에 버리지 않고 오히려 있던 쓰레기까지 치운 것은 올레꾼이라면 당연한 일임에도, 굳이 덧붙이는 것은 올레지기의 노파심 때문.)

풍경은 아득하고 소리는 가까워

"정말, 이 코스, 죽음이네, 죽음!"이라는 한 참가자의 말에 나는 거드름을 피웠다. "죽을 곳이 또 있으니 여기선 죽으면 안 돼요." 송악산을 염두에 둔 말이었다. 그도 그럴 것이 나 자신도 송악오름을 처음 만난 날, 온몸을 타고 흐르는 전율을 느꼈으니까. 송악산 전망대는 관광객처럼 몇 차례 가봤지만, 송악산에 오른 건 지난해 여름 예비답사 때가 처음이었다.

그 뒤 올해 설을 앞두고 탐사를 맡은 동철이와 사흘간 무박 3일로 중산간 코스를 예비답사하면서, 바람 부는 날 송악산에 올랐다. 본디 일본 열도와 한반도 사이에 낀 제주섬은 일본에서 시작된 태풍이 한반도로 상륙하는 걸 온몸으로 막아내는 '바람의 파수꾼'. 대한민국 최남단인 마라도를 코앞에 둔 송악이야말로 바람막이의 최전방일 수밖에.

그곳에서 나는 갈대처럼 흔들리면서 온몸으로 바람을, 바람의 존재를 느꼈다. 하늘의 구름도, 바다의 물살도, 오름의 들풀도, 억새도, 망아지의 갈기털도 죄다 흔들림 속에서 존재했다. 심지어 돌멩이마저 흔들리고 있었으니…… 그날 송악에는 모든 것을 무화한, 바람만이 존재했다.

꽃피는 윤사월 다시 오른 송악은 완연히 다른 모습이었다. 오름을 올라가는 길은 아직도 붉은 기운이 가시지 않아 활화산 같았다. 깊게 아가리를 벌린 분화구는 붉은 땅 색깔 때문에 마치 지옥의 불구덩이처럼 보였다. 동행한 후배 오한숙희는 영감이 느껴지는 곳이라고 감탄사를 연발했다.

송악은 발치에 엎드린 제주 바당을 시시각각 다른 넓이와 각도로 눈앞에 펼쳐냈다. 바다 풍경은 교향악처럼 풍부하고 다채로웠고 현란했다. 오름 정상의 시비에 적힌 '(이곳에서는) 해녀들의 노랫소리가 들리고, 어부들의 고기 잡는 소리가 들린다'는 시구는 옛사람의 과장이 아니

었다. 풍경은 아득하고 소리는 가까웠다.

5월의 마지막 날, 송악은 또 다른 매력을 보여주었다. 지난번 왔을 때는 붉은 흙과 코발트빛 바다가 눈길을 붙잡더니, 이번에는 초록물이 한껏 오른 들풀이 미풍에 흔들렸다. 초록에 물들것네,의 그 초록이다. 초록은 연두에서부터 검푸른 초록까지 수십 가지 색으로 변주되고 있었다.

내려오는 길에 노조간부 엄마와 일곱 살짜리 아들아이의 대화를 본의 아니게 듣게 되었다.

"엄마, 여긴 하느님에게 칭찬을 참 많이 받은 곳 같아요."

"왜 그렇게 생각하는 건데?"

"칭찬을 많이 받았으니까 이렇게 아름다운 거지요."

"아름다운 게 뭔데?"

"빛나게 예쁜 게 아름다운 거예요."

자연을 보는 아이의 눈이 어른보다도 예민하고, 남자아이의 감수성도 결코 여자아이 못지않다는 걸 올레길을 하면서 확인하게 되었다. 다만 자라면서 때가 묻고 잘못 길들여지는 것일 뿐.

세상일에 지친 어른들이 순식간에 근심 걱정을 놓아버린 곳, 빛나도록 예쁜 곳, 바로 6코스이다.

Part 2

길치, 걷기에 빠져들다

비양도에서 흘린 눈물

　오십이 넘어서 '길을 만드는' 여자가 되었지만, 본디 나는 걷기를 즐기는 편이 아니었다. 걷기에 빠져든 건 뜻밖의 계기에서 비롯되었다.

　2003년 4월 1일, 〈시사저널〉에 새로운 발행인이 부임했다. 부도난 회사를 인수한 사주는 정상화 국면에 접어들자 새로운 발행인 영입을 시도했다. 그 배경은 당사자만이 알 일이지만, 우리는 편집권 독립을 내세우는 편집국 간부들과 까칠한 기자들을 길들이려는 사전 정지작업으로 해석하고 반대의사를 표명했다. 1년 넘게 월급도 못 받으면서 지켜온 매체였고, 편집국 독립은 면면한 전통이었기에.

　그러나 사주는 편집국의 완강한 반대를 무릅쓰고, 중도적이되 진보적인 매체의 색채와는 판이한 보수적인 인물을 발행인으로 임명했다. 당시 나는 2년 가까이 편집장직을 맡고 있었다. 편집장은 편집국 기자들을 총지휘하면서 발행인과 긴밀하게 소통하는 자리였다. 그러니 편집국 정서나 노선과 동떨어진 발행인이 부임하면, 후배 기자와 발행인 사이에서 샌드위치가 될 수밖에 없었다.

사표냐 타협이냐, 기로에 선 마흔일곱

편견도 갖지 말고 주눅도 들지 말자. 길게 보고 차분하게 생각하자. 입술을 깨물었지만, 새 발행인과의 면담 이후 깊은 혼란과 갈등에 빠졌다. 꼭 집어서 말할 순 없지만, 오랜 직장생활 경험에 비추어 나는 직감했다. 우리 두 사람은 절대 소통할 수 없으리라는 것을. 함께 일한다면 피곤한 일이 자주 생기리라는 것을.

며칠을 고민하다가 우선 편집장직을 물러나겠노라고 보직사퇴서를 제출했다. 비록 경영이 흑자로 돌아섰다고는 하나 어려운 시절을 함께 해온 선후배들이 마음에 걸려 차마 사표를 던질 수는 없었다. 이유는 또 있었다. 늙지도 젊지도 않은 어중간한 나이, 사십대 중반의 아줌마 기자가 바람 부는 광야로 걸어나가는 건 '미친 짓'이었다.

결국 어중간한 절충점으로 택한 게 보직사퇴였다. 몸과 마음이 두루 고달픈 편집장 계급장을 떼고 몸만 굴리면 되는 평기자로 돌아가자고 마음먹었다. 새 발행인에게는 새 술은 새 부대에 담는 게 좋을 듯하니 현장으로 돌아가겠다는 명분을 내세웠다. 그러나 세상경험이 풍부한 발행인은 내 핑계를 받아들이지 않았다.

사표냐 편집장이냐. 선택의 기로에 섰다. 중간은 없었다. 생각할 시간이 필요했다. 휴가원을 써서 사무 직원에게 맡겨놓고는 회사를 나왔다. 멍하니 공원 벤치에 앉아 있노라니 문득, 제주가 그리워졌다. 고향을 가슴 저리게 사랑하면서도 고향에 내려가는 건 꺼리던 나. 긴박한 출장이나 집안일이 있을 때에만 잠깐 다녀오는 게 고작이었다.

그런데도 그 순간, 왜 제주를 떠올렸던 걸까. 20년 넘게 해온 신문사 기자질을 때려치우고 본업인 시인으로 돌아간다는 친구 영선이의 전화를 일주일 전에 받았기 때문일까. 상처 입은 들짐승이 제 굴로 은신하듯 뼛속 깊이 외롭고 지친 나머지 고향에 기대고 싶었던 걸까. 참으로 모를 일이었다.

윗분들의 재가가 떨어지지 않았는데도 집에 들러 간단한 세면도구만 챙겨 김포공항으로 향했다. 그날의 제주행이 내 삶의 방향을 틀어놓을 줄 어찌 알았으랴.

파라다이스로 가는 뱃길 15분

그날 저녁, 친구 영선이에게 부도 이후 겪은 마음고생과 최근 일들을 폭포수처럼 쏟아냈다. 제주 바당을 닮아 태평스럽게 만화책이나 읽던 간세다리에서, 이십 년 세월을 특종경쟁에 쫓기며 사는 사이에 어느덧 일중독자가 되어버린 나. 시간이 흐를수록 편해지기는커녕 더 지독한 마음고생을 겪는 고달픈 내 처지를 하소연했다.

네 심정 내가 다 안다는 듯 영선이는 내 말이 거의 끝나갈 무렵에사 나지막하게 말했다.

"너, 내일 비양도 가보지 않을래?"

비양도! 제주에서 가장 젊은 화산섬, 천 년밖에 안 된(세상에, 천 년을 두고 '밖에'라는 수식어를 쓰다니) 화산섬 비양도! 중국에 있는 오름이 어느 날 갑자기 날아와서 한림 앞바다에 들어앉았다는 섬, 협재해수욕장에서 바라다보면 아련한 꿈처럼 떠 있던 섬, 탤런트 고현정의 컴백 드라마 '봄날'의 촬영지로 더 많이 알려진 섬.

다음날 우리는 비양도행 배 시각에 맞춰 일찌감치 한림항으로 갔다. 배도 자그마했지만, 올라탄 승객은 더 적었다. 그곳 전경초소에서 근무한다는 앳된 사병 둘, 중년의 여자 둘, 제주시 아들네집에 다녀온다는 비양도 해녀할망이 승객의 전부였다.

항구에 묶어둔 밧줄이 풀리는가 싶더니, 배는 새하얀 물보라를 일으키며 푸른 바다 한가운데로 나아갔다. 먼 바다에 그림처럼 떠 있던 비양도가 조금씩 다가왔다. 섬은 비양봉 오름이 전부라고 해도 될 만큼 타원형으로 아담하고 날렵했다. 사방으로 펼쳐진 비취빛 바다는 햇살에 적셔져 눈부시게 빛났다. 우리가 채 닿기도 전에, 비양도가 하늘로 다시 날아가버리면 어쩌나, 은근히 조바심이 났다. 지나치게 아름다운 곳엔 끝내 닿지 않을지도 모르니.

한림항에서 비양도까지 운행시간은 15분. 그러나 그 15분은 단순히 이 지점에서 저 지점으로 이동하는 15분이 아니었다. 남루한 일상의 공간에서 파라다이스로 건너가는 15분이었다. (서울에 돌아온 뒤 한 시인이 비양도에서 사흘간 멍하니 햇볕을 쬐다가, 미뤄둔 책을 읽다가, 마지막 날엔 그리운 사람들에게 편지를 쓰겠노라고 적은 글을 우연히 보았다. 그 심정이 충분히 이해가 갔다.)

포구 입구에는 노인들이 햇볕을 쬐면서 해초들을 말리고 있었다. 아이들은 어린 동생을 손수레에 태우고 신나게 내달렸다. 비양도의 평화롭고 느린 풍경이, 날카롭게 날이 서고 시퍼렇게 독이 오른 나를 포근하게 감싸안았다. 언니가 끄는 배달 손수레를 타던 어린 날, 나도 저 같았으리라. 마음이 절로 편안해졌다.

덩달아 우리 걸음걸이도 느려졌다. 이런 곳에서 재기재기* 걷는 건 왠지 어울리지 않는 짓 같았다. 늘짝늘짝* 걸어서 잘생긴 당산나무를 지나 작은 표지판을 따라서 비양봉 산책로로 접어들었다.

산책로 입구에는 보랏빛 들꽃들이 지천으로 깔려서 우리를 반겼다. 식물 이름 외우는 데에는 젬병이어서 아예 알려 들지 않는 나였지만, 그 꽃만큼은 이름을 불러주고 싶었다. 영선이가 '갯무꽃'이라고 일러주었다. 꽃잎을 씹어보니 정말 무 냄새가 물씬 났다. 이래서, 갯무꽃이구나.

비양봉을 오르자니 발길 머무는 곳마다 '뷰 포인트'였다. 높이에 따라

재기재기 빨리빨리
늘짝늘짝 느릿느릿

내려다보이는 풍경은 조금씩 달라졌다. 바다가 한쪽만 보이더니, 양쪽으로, 나중에는 사방에서 보였다. 탄성이 흘러나왔다. 근심과 걱정은 저만치 밀쳐둔 채 점점 풍경에 녹아들어갔고, 마침내는 우리도 풍경이 되었다.

드디어 비양봉 정상. 에메랄드빛 바다가 사방에 펼쳐졌다. 세상에서 가장 넓은 비단폭을 팽팽히 당겨놓은 듯했다. 한라산과 한림항이 아스라이 보일 뿐, 그야말로 일망무제의 바다였다.

하얀 등대 옆에 앉아 오래도록 바다를 바라보았다. 넘치는 바닷물이 바짝 메마른 가슴으로 흘러드는 듯했다. 바닷가에서 나고 자랐지만 바다를 제대로 본 게 언제인지 까마득했다. 흘러가는 뭉게구름, 솜털구름을 넋을 잃고 바라보는 건 또 얼마 만인가. 뜨거운 눈물이 한쪽 볼을 타고 흘러내렸다.

조용필이 부른 노래의 한 구절처럼, 고향을 떠나 고단하고 각박한 도시에서, 뒤처지지 않고 살아남으려고 오랫동안 발버둥쳤다. 허둥지둥, 허겁지겁, 엎치락뒤치락, 전쟁처럼 살아온 나날이었다. 그러다보니 부장도 되고 편집장도 되었지만, 고장난 기계처럼 몸은 망가졌고 영혼은 춥고 쓸쓸했다. 어른인 나는 바다를 까맣게 잊고 살았지만, 내 안의 어린아이는 바다를 늘 그리워했는지도 모른다.

'다시는 너를 불쌍하게 놔두지 않을게. 가끔은 하늘도 올려다보고 노을도 지켜보게 해줄게. 이곳 바다와 하늘을 두고 너에게 약속할게.'

그날, 어른인 나는 내 안의 아이에게 울면서 약속했다.

어른인 나는 바다를 까맣게 잊고 살았지만, 내 안의 어린
아이는 바다를 늘 그리워했는지도 모른다.
　'다시는 너를 불쌍하게 놔두지 않을게. 가끔은 하늘도
올려다보고 노을도 지켜보게 해줄게. 이곳 바다와 하늘
을 두고 너에게 약속할게.'
　그날, 어른인 나는 내 안의 아이에게 울면서 약속했다.

"다신 널 불쌍하게 하지 않을게"

이틀 뒤 상경해보니 허락도 구하지 않고 무단으로 편집국을 비웠다고 난리였다. 결심한 대로 사표를 제출했더니 위, 아래에서 모두 황당해했다. 편집국 기자들이 필사적으로 만류했다. 새 발행인과 일해본 뒤에 판단해도 늦지 않다고, 아니다 싶으면 그때 함께 싸우자고.

뜻을 굽히지 않자 그들은 직원총회를 열어 나를 압박했다. 몇 시간에 걸친 마라톤회의 말미에 나는 절규했다. "회사는 이미 정상화됐고, 굳이 내가 없어도 되는 상황이다. 난 이 회사의 평생 노비가 아니다. 나도 개인적으로 행복해질 권리가 있다."

그동안 세 차례나 사표를 냈다가 되물린 전력이 있었기에 이번에도 그러다 말겠거니 낙관하던 주위에서는, 내 단호한 태도에 적이 놀라는 눈치였다.

본디 나는 마음이 무르고 약한 편이다. 그러나 후배의 호소에, 선배의 조언에 마음이 흔들릴 때마다, 비양도의 하늘과 바다를 떠올렸다.

보름 뒤인 4월 말, 비로소 사표가 수리되었다. 회사에 입사한 지 15년 만의 일이었다. 회사 이메일 대신 개인 이메일 개정을 열면서 아이디를 '자유인'으로 정했다. 오랜 꿈이 자유인이 되는 것이었기에.

천년의 섬, 비양도 《신증동국여지승람》에는 고려 목종 5년(1002년)과 10년(1007년)에 "산이 바다 한가운데서 솟아나왔다"는 기록이 있다. 그러나 지질학적으로는 훨씬 오래된 섬이라고 한다. 제주 서쪽의 협재해수욕장에서 보면 손에 잡힐 듯 가까운 섬이다.

섬으로 들어가는 배는 제주시 한림항에서 떠나는데, 하루 두 차례 떠나고 역시 두 차례만 한림항으로 돌아온다(09:00, 15:00시 출발, 09:20, 15:20시 도착). 자동차를 배에 싣고 들어갈 수 없으며(그래서 섬의 평화가 유지되는 것이다), 손수레가 주요 이동수단이다.

48가구에 80여 명 정도 거주하는데, 주민들은 땅이 좁은 탓에 주로 어업에 종사한다. 선착장 부근 바다에서 해녀들은 물질을 해서 전복과 소라, 오분자기, 돌문어를 잡거나, 톳과 우뭇가사리 따위의 해초를 채취한다.

바닷가 산책로에서는 '애기 업은 돌'을 비롯해서 기기묘묘한 기암괴석들을 볼 수 있다. 비양봉을 포함 섬을 한 바퀴 도는 데 두어 시간이면 넉넉하지만, 일출과 일몰을 감상하려면 하루쯤 묵는 게 좋다. 섬에 민박집이 여러 집 있고, 보말죽이 맛있는 '호돌이식당'을 비롯해 식당도 두어 곳 있다.

이곳 비양도초등학교는 단언컨대 '대한민국에서 가장 아름다운' 학교다. 하지만 젊은 부부들이 일자리를 찾아 자꾸 섬을 떠나는 바람에, 재학생은 오로지 5학년 남학생 한 명뿐이다.

이제야 보이네, 발아래 들꽃이

　자유에는 그만한 대가가 따르리라는 걸 짐작 못 한 건 아니었다. 그러나 자유인의 생활은 예상했던 것보다 훨씬 심란했다. 5월 1일 노무현 대통령의 〈국민과의 대화〉 생방송에 패널로 참석한 것을 끝으로 나는 모든 사회활동을 접었다. 처음 며칠은 날아갈 것 같았다. 날마다 종종걸음을 치면서 오가던 방화 전철역 입구 돌벤치에 걸터앉아 봄볕을 쬐는데, 행복감이 스멀스멀 온몸을 간질였다. 출근시간에 늦을세라 발걸음을 재촉하는 이들을 안쓰럽게 바라보면서 만끽하는 자발적 실업자의 여유라니!

　그러나 언젠가부터 가슴이 답답하게 조여오기 시작했다. 아무것도 하기 싫었다. 세상만사가 시들하게 느껴졌다. 아침밥 먹고 침대에 기어들어가고, 점심 먹고 난 뒤에 또다시 침대로 직행하는 나날이 계속되었다. 자는 것도 아니고 눈을 뜬 것도 아닌 가사상태의 연속. 그러다보니 저

녘에는 말똥말똥 잠이 오지 않았다. 잠 못 이루는 밤이면 잡념과 망상에 시달렸다. 직장에서 속을 썩이던 후배의 얼굴이 떠올라 벌떡 일어나는가 하면, 마감을 못 하고 끙끙거리는 악몽을 꾸기도 했다.

주변의 만류를 무릅쓰고 제 손으로 사표를 냈는데도, 뭔가 모를 힘에 떠밀려서 사표를 강요당한 기분이었다. 짐을 꾸릴 때 금세 울 듯한 표정을 짓고서도 한 달이 넘도록 전화 한 통 걸지 않는 후배들이 야속했고, 나 없이도 잡지가 버젓이 발행되어 매주 가판대에 깔리는 현실에 부아가 치밀었다.

난 그동안 뭐였나, 차압당한 내 인생은 어떻게 돌려받나. 그 직장에 뼈를 묻을 것처럼 불철주야, 멸사봉공 일하느라 퇴직 이후의 대비는커녕 변변한 취미조차 없는 나였다.

"잠 못 잔 귀신이 쐬와시냐? 하긴 잠빚은 저승 강도 갚아야 헌댄해라(잠 못 잔 귀신이 쐬웠니? 하긴 잠빚은 저승에 가서도 갚아야 한다더라)."

친정어머니는 허구한날 잠만 자는 나를 처음엔 불쌍해하더니 시간이 갈수록 한심해하는 눈치였다. 내 방문을 빼꼼하게 열어보고선 침대에 딱풀처럼 눌어붙은 딸을 향해 "누가 그만두랜해시냐? 경 말려도 경 말을 안 들어놓곤(누가 그만두라고 했니? 그렇게 말려도 말을 안 듣더니만)." 혀를 차면서 되돌아나가곤 했다.

지옥이 따로 없었다. 이래선 안 되겠다 싶어서 평소 친하게 지내는 정신과 전문의 정혜신 원장에게 전화를 걸었다. 정 원장은 내 이야기를 인내심 있게 경청하더니 차분한 어조로 조곤조곤 내 증세를 분석해주었다.

사고로 팔이 잘린 사람도 한동안은 자기에게 닥친 현실을 좀체 인정하려 들지 않는단다. 정신적인 문제도 마찬가지란다. 오래된 관계를 정리하려면 살아온 세월만큼 시간이 걸린단다. 간절하게 이혼을 원해놓고도 정작 이혼한 뒤에 정신적으로 방황하고 고통을 겪는 사람들이 뜻밖에도 아주 많단다.

아하, 그렇구나. 정 원장의 조언 덕분에 당혹하거나 절망감에 빠지지 않은 채 내 자신의 심리상태를 객관화시킬 수 있었다. '지금 네가 겪는 혼란스러운 감정은 오랜 세월 익숙해진 존재와 이별한 뒤에 치르는 통과의례니 그 감정조차도 껴안고 달래주렴. 그래야만 제대로 떠나보낼 수 있단다.'

내 감정을 이해하게 된 연후에야 침대에서 일어날 기력을 회복했다. 바깥 공기를 쐬고 싶은 욕구가 비로소 일었다. 집 근처 개화산으로 올라갔더니, 나뭇잎은 벌써 야들야들한 유록이고 꽃은 곳곳에서 벙싯거렸다. 날마다 아침저녁으로 산에 올랐다.

산등성이 어디에나 서 있는 늘푸른 나무들은 사람에게 상처받은 내 마음을 다독거려주었다. 말없는 나무가 주는 위로가 수백 수천 마디 사람의 말보다 더 크게 다가왔다. 들꽃은 거대담론에 매몰된 내게 작고 낮은 것이 얼마나 아름다운가를 일깨워주었다.

참 묘한 일이었다. 걷다 보면 그 모든 증오, 미움, 한탄, 연민이 다 부질없이 느껴졌다. 송곳 하나 꽂을 틈 없던 가난한 마음밭이 어느덧 넉넉해지는 듯했다. 흙탕물로 뿌옇던 마음의 호수는 앙금이 가라앉아 어느새 말갛게 되었다.

적어도 걷는 순간만큼은 '강 같은 평화'가 찾아들었다. 걷기는 마음의 상처를 싸매는 붕대, 가슴에 흐르는 피를 멈추는 지혈대 노릇을 했다. 자연이 주는 위로와 평화는 훨씬 따뜻하고 깊었다. 보이지 않던 꽃들이, 눈에 띄지 않던 풀들이, 들리지 않던 새소리가 천천히 걷는 동안에 어느 순간 마음에 와닿았다. 개화산 산책은 육체를 단련하는 시간일뿐더러, 정신을 샤워하는 시간이기도 했다. 걷기는 온몸으로 하는 기도요, 두 발로 추구하는 선禪이었다.

걸어도 걸어도 여전히 고픈 걸음

더 길게, 더 오래 걷고 싶었다. 발은 멈추려 들지 않는데, 길은 늘 허무하게 끝나고 말았다. 히딩크식 표현을 빌리자면 여전히 걷기가 고팠다.

그럴 즈음에 후배 오한숙희가 나를 꼬셨다. 전국을 돌면서 '수다 콘서트'를 하는데 자기를 따라다니면서 팔도유람을 하자는 것이었다. 불감청이로되 고소원이었다. 여자끼리니 방을 따로 잡을 필요도 없고 밥 먹을 때 숟가락 하나만 더 놓으면 된단다.

그녀와의 만남은 2002년 어느 가을날 편집국으로 날아든 엽서 한 장으로 시작됐다. 사연인즉슨 자기는 오한숙희라는 사람이며 보따리장수

신세라서 터미널이나 기차역에서 시사지를 종종 사보는데 요즘 당신네 잡지 표지가 눈에 띄어 자주 집어들게 되었고, 들춰보니 여자가 편집장이라기에 격려의 박수를 보낸다는 것.

슬슬 지쳐가던 내게 그 엽서는 활기를 불어넣었다. 오한숙희라는 인물에 대한 호기심도 있었다. 그녀와 같은 대학을 다닌 내 친구가 20여 년 전에 이미 '너랑 죽이 잘 맞을 것'이라면서 그녀 이름을 입에 올린 뒤부터 그녀의 사회생활을 관심 있게 지켜보고 있었다. 우연이 아니다 싶었다.

즉시 감사의 답장을 보냈다. 그로부터 한 달쯤 뒤 그녀는 친한 선배인 이유명호 언니까지 대동하고 불시에 편집국을 습격했고, 우리 셋은 만나자마자 의기투합해 자매처럼 친해졌다(세 자매는 자기와 친한 사람을 새끼 쳐가면서 급기야 '십자매'로 발전했다).

발도장 찍으며 팔도유람

유쾌 상쾌 통쾌한 숙희와 전국 방방곡곡을 싸돌아다니는 것만큼 신나는 일이 또 있으랴. 본디 돈은 없어도 시간은 널럴한 게 백수의 장점 아닌가. 그녀가 공연할 때마다 따라나서서 그 지역에서 걷기 좋은 길을 걷기로 했다.

그해 봄과 여름 사이에 우리는 마산, 울산, 고창, 대구, 충주, 전주, 경주, 보길도, 영암…… 일일이 열거할 수 없을 만큼 많은 곳을 다니면서 원없이 걷고 원없이 웃어댔다. 소녀시절로 되돌아간 듯했다. 나는 야학과 신문사 일을 하느라고, 오한숙희는 소녀가장으로 과외를 뛰느라고 대학시절 여행 한 번 못 가본 처지였다. 결혼 이후에는 가정과 일을 병행하느라고 종종걸음하기에 바빴고.

그런 우리에게 자매 걷기 여행은 뒤늦게 누리는 호사요 모처럼의 사치였다. 가는 곳마다 독특한 풍광이 펼쳐졌고, 입맛을 돋우는 맛난 음식이 기다렸다. 절로 '금수강산 찬미자'가 되어갔다.

우리는 둘 다 분위기 있는 레스토랑이나 대형 음식점보다는 질펀한 인정이 살아 있는 재래시장에서 순대국밥이나 잔치국수 한 그릇 먹는 쪽을 좋아했다. 나는 시장통 출신이라서 그렇지만 너는 왜 그러냐고 물었더니 오한숙희 왈, 자기는 시장 입구에서 살았단다.

"명호 언니도 싸돌아다니는 거 무지 좋아하니까 셋이 나이 들면 용달 트럭 하나 사서 전국을 유랑하고 다니자. 명호 언니는 침 놓고 나는 수다 떨고 언니는 책 팔면 되잖아."

"그래. 전국 방방곡곡에 찜질방 없는 곳이 없으니 잘 걱정은 안 해도 될 거야."

"언니랑 나랑은 아마 전생에 난전에서 나란히 좌판을 벌였던 사이인가봐."

흔히 차만 있으면 어디에건 갈 수 있다고 하지만 오히려 정반대다. 차는 못 가는 곳도 많지만, 걸어서는 어디든지 갈 수 있다. 걸어서는 멀리 못 간다고 하지만 꼭 그런 것도 아니었다. 까마득하게 보이는 재 너머 마을도 걷다 보면 어느덧 곁에 있고, 당도한 마을마저도 언젠가는 까마득하게 멀어졌다. 옛사람들이 '진주라 천릿길'을 걸어서 과거를 보러 오르내린 것이 과연 불가능한 일은 아니었다.

그뿐인가. 걷기야말로 우리가 밟는 고장의 속살을 들여다보는 가장 유효한 방법이었다. 취재를 위해 버스로 택시로 휙 둘러봤던 곳이 두 발로 또박또박 밟으면 전혀 다른 모습을 드러냈다. 훨씬 매력적이고 쌩얼에 가까운 모습을.

그런 경험을 쌓으면서 나는 깨닫게 되었다. 걸어서 다녀보지 않고서는 그곳을 안다고 결코 말할 수 없음을. 두 발로 발도장을 찍은 곳만이 온전한 내 것이 된다는 것을.

© 시사IN포토

흔히 차만 있으면 어디에건 갈 수 있다고 하지만 오히려 정반대다. 차는 못
가는 곳도 많지만, 걸어서는 어디든지 갈 수 있다. 걸어서는 멀리 못 간다고
하지만 꼭 그런 것도 아니었다. 까마득하게 보이는 재 너머 마을도 걷다 보
면 어느덧 곁에 있고, 당도한 마을마저도 언젠가는 까마득하게 멀어졌다.

산티아고 길을 가슴에 품다

　자유인이 되면서 평생 걸은 것보다 더 많이 걸었지만, 허기는 여전했다. 길은 늘 아쉽게도 갈 만하면 끝났다. 길과 길들은 서로 이어지지 않은 채 끊기기 일쑤였다. 자동차들은 도처에서 경적을 울리면서 도보여행자를 위협했다.

　걷기에 깊이 빠져들수록 평화롭게 느릿느릿, 인간다운 존엄을 지키면서 걷고 싶었다. 무엇보다도 더 이상 걸을 수 없게 될 때까지 오래오래, 길에 머물고 싶었다. 잠깐 걸어도 이토록 몸과 마음이 치유되거늘, 몸과 마음이 지치도록 걷는다면 얼마나 행복할까, 싶었다.

그러던 중 운명처럼 한 권의 책을 만났다. 제주에 내려가는 길에 오한 숙희네 집에 들렀더니 책 한 권을 건네주었다. 한 여자가 세상에서 가장 길고 아름다운 길을 걷고 와서 쓴 책이란다. 세상에서 가장 길고 아름다운 도보여행 길! 그건 내가 그토록 원하는 길이 아니었던가.

얼핏 보니 표지는 촌스럽고 활자는 조악하고 편집은 거칠었다. 20년 전에 브라질로 이민 간 오십대 교포 여성이 여고 동창생들에게 이메일로 보내온 여행기를 친구들이 십시일반 돈을 거둬 비매품 한정판으로 엮어냈다니 그럴 수밖에. 저자가 워낙 오한숙희의 열성 팬이어서 직접 갖고 왔더란다.

마침 읽을 책을 갖고 나오지 않은 터라 얼씨구나 받아들었다. 비행기 좌석벨트를 매자마자 읽어내려갔는데, 그야말로 흥미진진, 손에 땀을 쥘 만큼 스릴 만점이었다. 여행전문가는 아니지만 산전수전 공중전까지 치러낸 아줌마의 내공이 고스란히 느껴지는 여행기였다.

저자는 옷 가게와 가정을 돌보느라 브라질 국내여행도 제대로 못 해본 전형적인 '투잡two job' 주부였다. 게다가 남편은 한국남자답게 엄청 보수적이었다. 날마다 다람쥐 쳇바퀴 돌듯 똑같은 일상을 반복하다가 어느 날 신문에 난 산티아고 기행문을 읽는데 왠지 꼭 가야만 할 것 같더란다. 남편에게 애원 반 협박 반으로 허락(!)을 받아내고 주말마다 주변 산을 오르는 예행연습 끝에 유럽행 비행기에 올라탔다. 오십줄에 접어든 여자가 난생처음 혼자 길을 나서서 장장 800킬로미터를 걷는 일에 도전한 것이다.

책을 읽는 내내 나는 그녀와 함께 울고 웃고 즐거워하고 마음 졸였다. 그녀와 함께 피레네 산맥을 넘어, 포도밭을 지나서, 대평원을 가로질러, 이윽고 여정의 끝인 산티아고 데 콤포스텔라에 이를 때까지.

'언젠가 나도 꼭 이 길을 걸어야지.'

책장을 덮으면서 결심했다. 천년 된 옛길과 아름다운 중세풍의 성당들과 친절한 사람들이 도보여행자들을 반긴다니 '산 좋고 물 좋고 정자 좋은' 격 아닌가. 여러 나라에서 온 친구들과 더불어 걸을 수도, 혼자서 고즈넉하게 걸을 수도 있는 길이라니, 걷기에 굶주린 내게는 '이보다 더 좋을 순 없다'였다.

결심은 시멘트처럼 단단했지만, 가뜩이나 얄팍한 저금통장을 헐어서 떠날 용기는 차마 내지 못했다. 대신 '산티아고' 타령을 가는 곳마다 해댔다. 어찌나 여러 번 말했던지, 너 거기 갔다 오지 않았니, 되묻는 이들마저 생겼다.

당장 실행에 옮기진 못해도 그 길을 가슴에 품는 것만으로도 행복했다. 그동안 꿈이 있었다면 지겨운 밥벌이, 고통스러운 기자일을 관두고 싶다는 것뿐. 그런데 새로운 소망의 씨앗이 내 마음의 정원에 뿌려졌다.

산티아고로 못 떠나는 게 아쉬울 뿐, 백수생활은 점점 자리를 잡았다. 주머니는 갈수록 가벼워지는데 마음은 점점 넉넉해졌다. 체질이 바뀌었다고 주변에서 놀릴 정도로 나는 백수생활을 즐겼다. 용돈이 떨어질세라 가끔 청탁받은 원고를 쓰는 게 일의 전부였다.

정치권에서 몇 번 유혹이 있었지만 꿈쩍도 하지 않았다. 무슨 결벽증 때문이 아니라 별로 흥미가 없어서였다. 일자리 제의도 두어 차례 있었지만, 그 역시 백수의 유혹에는 못 미쳤다. '주머니는 가볍되 시간은 넉넉한' 백수가 '주머니는 두둑하되 시간은 없는' 직장인보다 더 우아하고 인간적인 삶을 누릴 수 있었다.

백수가 된 지 어언 2년이 다 되어가던 2005년 봄날, 인터넷 매체 〈오마이뉴스〉의 오연호 대표에게서 전화가 걸려왔다. 긴히 만나서 의논할 게 있단다. 워낙 유명한 기자인데다 동종업계라서 두어 차례 만난 적은 있지만, 그닥 친한 사이도 아닌데 웬 의논이람? 더군다나 초야에 묻혀 사는 백수에게?

세종문화회관 커피숍에서 만난 오 대표는 뜻밖의 제안을 꺼냈다. 친일문제 전문가 정운현 편집국장이 친일청산위원회 사무처장을 맡게 되어서 새로운 국장감을 구하고 있는데, 내가 그 일을 맡아주었으면 한다는 것이었다. 가장 속도가 느린 매체에서 일해온 내게 가장 빠른 매체의 일을 맡긴다고?

    좀 엉뚱했지만, 꽤나 유혹적인 제안이었다. 2002년 처음 〈오마이뉴스〉가 출범했을 때만 해도 〈말〉지의 특종 기자 오연호가 미국에 다녀오더니 꽤 유니크한 실험을 하는구나, 정도로 가볍게 치부했다. 실험이란 게 대부분은 의미 있는 실패로 끝날 공산이 크기에.

    그러나 '모든 시민은 기자다'라는 모토 아래 파격적으로 시민기자제를 도입한 〈오마이뉴스〉는 만만찮은 저력을 발휘했다. YS의 고려대 특강 때에는 열댓 시간에 걸친 생중계 기사로 정치권과 언론계에 큰 화제를 뿌렸다. 어찌나 재미있던지 경쟁 매체에서 일하면서도 컴퓨터 화면에서 눈을 떼지 못했다. 그건 기존의 뉴스 생산방식에 대한 통렬한 야유였고, 도발적인 전복이었다.

    여기에 머물지 않고 〈오마이뉴스〉는 2002년 대선을 거치면서 의제를 주도적으로 생산해내는 영향력을 가지게 되었다. 처음에 대견스럽게만 여겼던 후발 주자에게 특종을 빼앗기는 일이 점점 잦아지면서 나는 맹렬한 질투심을 느끼곤 했다. 매체의 속성이 다르다고 자위하면서도 기자로서의 열패감에 시달렸다.

    더 나이 들기 전에 내가 모르는 세계를 한번쯤 경험해보는 건 어떨까, 마음이 흔들렸다. 모처럼 느끼는 기자로서의 욕망이었다.

    이틀 뒤 오 대표에게 제안을 받아들여 편집국의 청문회 절차를 밟겠노라고 통보했다. 일은 일사천리로 진행되었고, 나는 만 2년 만에 광화문통으로 다시 돌아왔다. 4만이 넘는 시민기자와 80명에 이르는 상근기자를 총괄하는 〈오마이뉴스〉 3대 편집국장으로서.

오 대표는 국장 임기는 2년이지만, 후배들의 신임에 따라 연임도 가능하다고 덧붙였다. 속으로 웃으면서 대답했다. 오연호 씨, 그럴 일은 절대 없을 겁니다, 끝나자마자 나는 스페인으로 배낭 메고 떠날 터이니.

첫 월급이 나오는 날, 사무실 근처 은행을 찾았다. 월급의 일부를 뚝 떼어내서 적금을 들었다. '산티아고 적금'이라고 이름 붙였다. 직장생활이 어지간히 힘들어도, 광화문의 공기가 아무리 숨 막혀도, 이 통장만 떠올리면 이겨낼 수 있으리. 꿈을 꾸는 것만으로도 행복한 법이니까.

광화문통에서 보낸 사계

인터넷뉴스를 만드는 일은 생각보다 더 재미있었다. 인쇄소에 원고를 넘기지 않고도, 발매 날짜를 기다리지 않고도, 독자들에게 따로 발송하지 않고도, 뉴스를 바로바로 유통시킬 수 있다는 건 신기하고도 짜릿한 경험이었다.

시사주간지에서 일하면서 시간 때문에 특종기사를 놓치거나 다른 매체에 빼앗긴 적이 얼마나 많았던가. 어렵사리 건져낸 특종을 보안이 새나갈세라 쉬쉬하면서 마감날을 기다려 인쇄하고, 시중 가판대에 깔리는 순간까지도 얼마나 마음을 졸여야 했던가. 독자의 손에 미처 닿기 전에 신문 방송에서 크레딧뉴스 출처도 안 밝히고 베껴먹는 통에 얼마나 속이 문드러졌던가.

허나 〈오마이뉴스〉의 뉴스 생산과 유통 방식은 완전히 달랐다. 기사를 쓰고, 사진 올리고, 제목과 부제를 달면, 끝이었다. 편집이 끝나자마자 곧장 컴퓨터 화면에 뜨는 기사, 곧장 이어지는 독자들의 댓글에 "어머 신기해, 정말 빠르네"를 연발하는 나를 후배들은 더 신기해했다. 맨해튼 빌딩숲 속에 출현한 부시맨이 따로 없었다.

아니, 이 여자가 먼저 이 길을!

입사한 지 한 달여쯤 됐을까. 이른 아침, 모니터가 뚫어져라 간밤에 시민기자들이 보낸 기사를 일별하는데 눈길을 확 잡아당기는 단어가 있었다. 산, 티, 아, 고.

김남희라는 시민기자가 현지에서 보내온 산티아고 도보여행기였다. 이름이 낯익었다. 기억을 더듬어보니 《소심하고 겁 많고 까탈스러운 여자 혼자 떠나는 걷기 여행》이라는 책을 펴낸 여행작가였다.

내가 그토록 소원하던 그 길을 이미 걷는 한국여자가 있다니. 그녀가 부러워서 배가 다 아파왔다. 유쾌 상쾌 통쾌한 가운데 감동의 눈물까지 자아내는 한비야의 것과는 달리, 그녀의 기행문은 사색적이고 은근히 마음에 스며드는 맛이 있었다.

미술부에게 스페인 지도에 산티아고 여정을 표시한 뒤에, 특정 지역을 마우스로 클릭하면 해당 기사가 뜰 수 있는지 물어봤다. 고민해보겠다더니 며칠 만에 해냈다. 편집국장의 취향을 편파적으로 반영한 편집이었지만, 기사도 좋고 독자의 호응도 좋았기에 일말의 거리낌도 없었다.

현지의 인터넷 사정이 열악해서 뜨문뜨문 보내오는 글을 아침마다 두근거리며 기다리는 건 일하는 즐거움 중 하나였다. 지난번에는 브라질 교포 여자와, 이번에는 김남희와 산티아고 길을 걸었다.

새로운 일과 동료들에게 익숙해지면서 슬슬 꾀가 났다. 전 세계에 흩어진 기자들이 시시각각 써올리는 기사를 검토하고, 기사의 비중을 판단하고, 안팎의 상담 요청에 응하는 게 편집국장의 일이었다. 곧이곧대로 하자면 온종일 컴퓨터 모니터를 들여다보고 자판을 두들겨야 할 판이었다.

예전의 나였더라면 그렇게 몇 달 일하다가 병원에 실려가거나 제풀에 나가떨어졌겠지만, 이번에는 '게으른 선장'이 되기로 결심했다. 항해사나 일등기관사의 일까지 하는 극성스러운 선장이 좋은 선장이 아니라는 걸 뒤늦게 깨달았기 때문이었다.

나는 후배 부장들을 세뇌시켰다.

"편집국장은 배로 치면 선장이야. 선장은 항해 내내 키를 잡거나 시시콜콜 갑판 청소까지 하는 게 아니야. 어디로 가야 할지 방향만 잡아주는 게 선장이야. 오랜 경험으로 배를 위협하는 빙산이나 암초가 없는지 판단해주고."

그럼에도 워낙 딸린 식구가 많은지라 '가지 많은 나무에 바람 잘 날

없는' 나날이 계속되었다. 단기간에 초고속 성장을 하면서 전 사회적인 관심을 모은 매체라서 과제가 산적해 있었고, 시민기자들의 요구와 제언도 다양하고 끝이 없었다.

입으로는 게으른 선장을 부르짖으면서도, 머릿속은 터져나갈 것 같았고 늘 무언가에 쫓기는 심정이었다. 아, 나는 전쟁터에 돌아오고야 만 것이다. 그것도 느슨한 후방이 아닌, 콩 볶듯 총이 울리는 치열한 최전방으로.

전투가 두려워서, 총질이 싫어져서 전장을 떠났었는데 대체 무슨 짓을 저지른 걸까. 서서히 숨이 막혀왔다. 걷기를 거의 중단한데다 회식이 잦은 탓에 체중은 대책 없이 불어나고 있었다.

나는야, 광화문의 게으른 산책자

숨통을 틔어야만 했다. 한동안 접었던 걷기를 재개했다. 회사에서 광화문 종합청사를 거쳐 청와대를 한 바퀴 돌고 난 뒤에 경복궁을 지나서 회사로 돌아오는 30분짜리 도보 코스를 택했다. 걸리적거리는 신호등도 많고 공해도 극심한 코스였지만, 멀리 갈 수도 오래 걸을 수도 없으니 달리 대안이 없었다.

국립민속박물관 뒷길을 지나면 길가에 도열한 은행나무가 잿빛 도시 한가운데서 계절을 알려주었다. 고운 연둣빛이 짙푸른 초록이 되고, 초록과 노랑이 반반으로 어우러지는 듯하더니, 이윽고 황금빛으로 물들었다.

이 길을 어슬렁거리면서 배회하는 동안 나는 '도시의 외로운 산책자'였다. 걸으면서 무엇을 먼저 해야 할지, 어떻게 문제 해결의 실마리를 찾아야 할지 생각하곤 했다.

걷기는 백수에게는 유일한 말벗이 되더니, 직장인에게는 최고의 조언자 노릇을 했다. 걷기의 힘은 무궁무진하고 그 변주는 다양하기 이를 데 없었다. 길 위에 길을 묻는다는 의미를 알 것 같았다.

하기야 산책에서 아이디어를 구하고, 영감을 얻고, 구원에까지 이른 이들이 얼마나 많았던가. 산책을 유난히도 즐기고 찬미했던 니체는 "창조력이 가장 풍부하게 흐를 때에는 언제나 나의 근육이 가장 민첩하게 움직이는 순간이었다"고 말했다. 18세기 프랑스 작가 루이-세바스티앙 메르시에는 "천자는 마차를 타고 천재는 걷는다"고 갈파했다. 두 사람 모두 사유가 걸음에서 비롯된다는 걸 체험으로 터득한 것이다.

베토벤도 악상이 잘 떠오르지 않을 때면 산책에 나섰고, 산책 도중에 악상이 불현듯 떠오르면 얼른 집으로 돌아와서 오선지에 옮기곤 했단다. 칸트의 시계추처럼 정확한 산책은 이미 교과서에까지 언급돼 있으니 말해 무엇하랴.

천재가 아닌 나는 그들처럼 창조적 아이디어나 예술적 영감까지는 아니더라도, 일의 홍수에 떠밀려가지 않는 분별력과 균형감각을 산책을 통해 얻을 수 있었다. 자잘한 일더미에 파묻혀 정작 중요한 현안은 깜

빡 잊어버렸다가 일과 아무 관련도 없는 풍경 속에서 문득 해결책을 떠올리는 경우도 많았다.

걷기 그 자체만으로도 좋았다. 세상에서 가장 분주하고 빠르게 변화하는 대한민국 서울의 한복판, 광속으로 전개되는 언론 전장에서 유일한 안식은 게으른 산책뿐이었다. 두 팔을 휘적휘적 내저으면서 두 발로 걷는 그 순간만큼은 자유로운 영혼이었으니.

이젠 진짜 떠나야겠다

그러나 시간이 흐를수록 짧은 산책으로는 달랠 수 없을 만큼 심신의 피로감이 쌓여갔다. 엉덩이가 아프도록 컴퓨터 앞에 붙어 있는 편집부 기자도, 사방팔방 취재현장을 누비면서 기사를 몇 꼭지씩 써대는 취재부 기자도 쌩쌩했다.

그러나 지휘관인 나는 틈만 나면 산책도 하고 바람을 쐬는데도 영 기운을 차리지 못하고 허우적댔다. 백수생활을 하면서 충전해둔 배터리가 다 닳아가는 느낌이었다.

그럴 즈음 앙상하게 잎을 떨구었던 은행나무에 새순이 돋는가 싶더니, 하나둘 초록으로 물들기 시작했다. 봄, 여름, 가을, 겨울, 그리고 또 다른 봄이 가고 있었다. 적금통장 내역을 찍어보았다. 호화여행은 어림없지만, 도보여행을 떠나기에는 충분한 돈이었다.

지친 장수가 전투를 지휘할 수는 없는 법이고, 그래서도 안 된다. 회사를 위해서라도 임기에 연연하지 말고 사표를 내야 한다고 생각했다. 무엇보다도 더 나이 들기 전에 산티아고 길을 걷고 싶었다.

애면글면 아등바등 살아온 내게 평화와 휴식을 선사하고 싶었다. 그 길 위에서 찾고 싶었다. 일에 치여 사느라고 잃어버린 나를. 그 길 위에서 묻고 싶었다. 인생 후반전을 어떻게 살아야 하는가를.

덜렁이에 길치가 그 먼 길을 가겠다고?

마음 같아서는 회사를 그만두는 즉시 비행기를 타고 싶었다. 그러나 가족도 설득해야 하고, 한 달 넘는 강행군에 대비해 체력도 길러야 했다. 정보도 더 수집하고 준비물도 차근차근 챙겨야만 했다.

게다가 방학에 휴가까지 겹치는 여름은 도보여행자, 순례자들이 가장 많은 계절. 가끔 알베르게^{순례자용 숙소}가 부족한 곳에서는 침대를 구하기도 어렵단다. 이제부터 시간이 남아도는 처지, 굳이 번잡한 휴가철에 끼어들 이유가 없었다. 디데이를 두 달여 뒤인 2006년 9월로 잡았다.

첫 번째 난관은 가족의 반대였다. 남편도 친정어머니도 반대하고 나섰다. 남편은 그동안 나돌아다니느라고 애들도 못 돌봤으니 이제부터 집에 들어앉아 살림이나 제대로 하라고, 어머니는 다 늙은 여자가 무슨 배낭여행이냐고 펄쩍 뛰었다.

돈 안 버는 대학생도 다녀오는 배낭여행을 내가 돈 벌어서도 못 간다니. 20년 넘게 뼈 빠지게 일하면서 휴가도 변변히 못 써봤는데. 분하고 서러워 거실에서 어린애처럼 대성통곡했다. 큰아이가 조용히 다가와서 물잔을 내밀었다. 물을 마시면서도 계속 훌쩍이는 내 등을 큰아이가 두들겼다. 어린애 달래듯이 토닥토닥. 어쭈, 이놈 봐라.

부모 속을 어지간히 썩인 놈이었다. 기자 노릇 하느라고 엄마 노릇 못한 죄값을 이자까지 보태서 치르게 한 아이였다. 초등학교 고학년부터 중학교를 마칠 때까지 노상 선생님께 불려다녔다. 친구들과 어울리지 못한다, 유리창을 깼다, 미술시간에 준비물을 안 가져왔다, 선생님에게 말대꾸하고 반항했다 등등.

중학교 3학년 때에는 기술선생님에게 혼이 난 뒤 사흘을 가출해서 애간장을 다 녹였다. 아파트 경내의 정자에서 휴지처럼 구겨져 자는 아이를 발견하는 순간 엄습한 감정은, 반가움도 분노도 아니었다. 그저 막막함뿐이었다. 이 질풍노도의 계절이 언제나 끝이 날까, 대체 끝이 있기는 한 걸까.

성적이 못 미쳐서 실업계 고등학교로 진학한 뒤에 오히려 아이의 반항기는 줄어들고 학교로 불려가는 일도 없어졌다. 전공을 살려 전문대학에도 진학했다. 그 녀석이 속삭이듯 말했다.

"엄마 걱정 마요. 엄마는 여행 갈 자격이 충분히 있으니까. 아무 걱정하지 말고 준비물이나 잘 챙기세요."

치밀어오르던 설움이 눈 녹듯 사라지고 가슴이 따뜻해졌다. 무릎 아래서 재롱 떨던 이후 처음으로 자식 낳은 보람을 느꼈다. 애물단지 아들놈이 든든한 동지처럼 느껴졌다. 순례길을 떠나기도 전에 커다란 선물을 받은 것이다.

"입 뒀다 뭐해? 물어보면 되지!"

쌍수를 들어 전폭적으로 지지해주리라 믿었던 십자매들 사이에서도 의견이 둘로 나뉘었다. 반대론의 선봉에 유시춘 선배가 섰다.

"명숙이가 길치 중에 길치인데다 좀 덜렁거리니? 맨날 물건 잃어버리기 일쑤고. 내가 쟤 신용카드 흘린 거 주워준 것만도 무릇 기하인데. 그나마 한국에서니까 여지껏 목숨 부지하고 살았지 외국에서는 어림도 없어. 야아, 기운 남아돌면 국토 종단이나 하서. 땅끝에서 임진각까지."

그러자 기다렸다는 듯 몇몇 여자가 끼어들었다.

"그래. 쟤는 저번에 자기네 집 오는 길도 제대로 못 가르쳐주더라."

"명숙이 넌 영어도 잘 못하잖아. 비야나 남희는 영어 도사잖아. 세계여행은 아무나 하냐? 스페인은 영어도 잘 안 통한다던데."

"나도 저번에 쟤가 흘리고 간 지갑 찾아줬잖아. 정작 쟤는 기억도 못하더라구."

하지만 이때 분연히 떨치고 일어나 나를 변호해준 여자가 있었으니, '바람의 딸' 한비야였다. 비야는 찬성론을 폭포수처럼 쏟아냈다.

"난 대찬성! 명숙 씨는 잘해낼 거야. 우선 명숙씬 사람을 좋아하고 친화력이 뛰어나. 세계 각국에서 모인 순례자들이 함께 걷고 한 숙소에서 자는데 제일 중요한 건 친화력이야. 영어 능통하고 무뚝뚝한 것보다는 영어가 서툴러도 친화력 있는 게 훨 나아. 게다가 만국공용어인 바디랭귀지가 있잖아. 명숙 씨 표정이 얼마나 풍부하고 제스처가 얼마나 다양해? 충분히 통한다구. 물건 잃어버리는 거? 신발 배낭 빼놓고는 다 싸구려로 갖고 가. 잃어버리면 현지에서 조달하면 돼. 길치? 도보여행에서는 아무 문제가 안 된다구. 입 뒀다 뭐 해? 물어보면 되지. 게다가 산간 오지도 아니고 순례자들이 많은 길인데 뭐."

지구를 두 바퀴 반이나 걸은 여자, 도보여행자들의 멘토인 한비야가 보증한다니 흐름이 반전될 수밖에. 여기에 왕언니인 김선주 선배가 쐐기를 박았다.

"여행 많이 다녀본 비야가 젤로 잘 알지. 명숙이, 덜렁거리긴 해도 외려 재미나게 다녀올 거야."

뒷담화지만 한비야가 나를 극력 비호하고 나선 데에는 다 그만한 이유가 있었다. 믿기 힘들겠지만 그녀는 상당한 수준의 길치다. 긴급구호팀장의 자격으로 대기업 회장을 만나러 갔다가 출구를 잘못 찾아서 회장님 화장실 쪽으로 들어가질 않나, 일화가 무궁무진했다. 농반진반으로 그녀는 말했다. 헤맨 것까지 합치면 지구를 세 바퀴는 걸었을 거라고.

잃어버리는 것도 마찬가지. 내가 모든 품목을 골고루 잃어버리는 스타일이라면 비야는 우산이나 안경 같은 특정 품목을 번번이 잃어버리는 편이었다. 내가 대형매장이라면, 한비야는 전문점이라고나 할까.

한강둔치에서의 지옥훈련

어쨌든 이날의 청문회를 끝으로 주변의 정지작업이 완료되었기에, 8월 초부터 본격적인 준비에 돌입했다. 두 눈 질끈 감고 배낭과 등산화를 비싸고 튼튼한 것으로 구입했다. 평소 같으면 엄두도 못 낼 고가였지만, 생존을 도모하는 차원에서 이 부문의 최고수인 백승기 선배(시사IN) 사진부장의 조언을 받아들였다.

다음 순서는 체력 쌓기. 산티아고 길 800킬로미터에 도전한다는 이야기를 듣고 짓궂은 여자 선배가 놀려댔다.

"동네방네 소문내놓고 끝까지 못 가면 창피해서 못 돌아오는 거 아냐? 다 늙은 여자가 너무 무리하지 말고 정 힘들면 살짝 돌아와. 돌아와서 숨어 있다가 날짜 맞춰 나타나면 되지 뭐."

농담이 현실화되지 않으려면, 첫째도 둘째도 체력을 강화해야만 했다. 〈오마이뉴스〉에서 일하는 사이에 체중이 많이 불었고, 그에 반비례해서 체력은 훨씬 떨어졌다. 특단의 대책을 강구해야만 했다.

우리집 근처 방화대교에서 여의도까지는 총 14킬로미터. 처음에는 왕복 8킬로미터를 걷는 데 만족했다. 그 정도로도 다리가 아프고 숨이 차

올랐다. 일주일쯤 지나자 몸에 탄력이 붙는 느낌이었다.

이번에는 여의도까지 14킬로미터를 편도로 걸어가기로 했다. 처음에는 보이지도 않던 국회의사당이 한참 걷다 보면 멀리 보이기 시작하고, 어느새 눈앞에 버티고 서 있었다. 고수부지 산책로는 차도처럼 신호등으로 막히는 법이 없었고 자연히 교통체증도 없었다. 내 두 다리는 자동차처럼 예고 없이 길에서 퍼지지도 않았다. 걷기는 가장 무력한 듯하면서도, 가장 강력한 이동수단이었다.

장거리 걷기의 체중 감소 효과는 천천히 진행되는 대신 요요현상이 전혀 없었다. 한 달여 만에 3킬로그램이 줄었다. 3킬로그램이면 고기로 치면 닷 근. 이유명호 선배의 말에 따르면 빠진 부위가 대부분 지방이라서 부피로 따지면 훨씬 크단다. 실제로 3킬로밖에 안 빠졌는데도 바지는 엄청 헐렁해졌다.

체력훈련을 하는 동안에 대형사고를 하나 쳤다. 여행용품을 사러 남대문시장에 나간 길에 그만 여권을 흘리고 만 것이다. 버스를 타려다가 문득 그 사실을 깨달은 나는 황망하게 시장통으로 돌아가서 내가 훑고 간 가게를 죄다 헤집고 다녔다. 한여름 뙤약볕 아래 보따리를 주렁주렁 든 여자가 땀을 뻘뻘 흘리면서 왔다갔다 하는 모습이란. 아마 미친 여자인 줄 알았을 게다.

여권은 끝내 찾지 못했고, 4년 사이에 두 번이나 잃어버렸다는 이유로 경찰서에서 조사를 받았는데도 출국 전에 재발급 받기가 아슬아슬한 상황이었다. 유시춘 선배의 불가론이 다시 탄력을 받았다. 다들 걱정스러운 얼굴들이었다.

그러나 4년여 동안 오롯이 간직해온 꿈을 그 정도 일로 접을 순 없는 노릇. 나는 버팅겼다. 여행 경험이 풍부한 박옥희 선배^{이프토피아 대표}는 허리에 매는 벨트쌕으로는 안심이 안 된다며 할머니들의 고쟁이처럼 주머니가 달린 팬티 석 장을 선물했다. 그런 게 있는 줄 미처 몰랐었는데.

십자매들과 전 직장 동료들은 산티아고 여정에 필요한 것들을 저마다 선물했다. 자기 대신 물건이라도 동행하게 해달라면서.

김선주 선배는 앙코르와트 사원에서 사왔다는 초록색 두건을, 후배 은주는 푸른 물고기 문양이 그려진 인도산 숄을, 명호 언니는 보자기로 직접 만든 빨간색 치마를, 백승기 선배는 산악인답게 성능 좋은 야광 랜턴을, 〈오마이뉴스〉 후배인 상규는 기능성 등산용 반바지를 선물했다. 산티아고 길을 떠나기도 전에 나는 행복했다.

마침내 2006년 9월 5일 오후, 오한숙희의 배웅을 받으면서 김포공항을 떠났다. 여름 기운이 채 가시지 않은 화사한 초가을날이었다.

자기 취향대로 배낭 꾸리기 　사실 배낭을 꾸리는 데에는 왕도가 없다는 게 내 생각이다. 양보할 수 없는 품목이 개인의 취향에 따라 조금씩 다르기 때문이다. 게다가 기껏 가져갔다 하더라도 아이템이 너무 많고 복잡해서 필요할 때 찾지 못하면 도로아미타불이다. 내 경우 코 고는 소리에 워낙 민감한지라 맨 먼저 고성능 귀마개를 챙겨넣었지만, 여정을 거의 마칠 무렵에야 찾았다. 너무 깊숙한 곳에 소중히 넣어둔 탓이다.

산티아고 여정에 무거운 노트북을 들고 갔다가 던져버리고 싶었다는 한국인 순례자의 경험담을 블로그에서 읽었다. 그럴 만도 하지. 가끔 큰 도시나 규모가 제법 있는 마을을 지나기도 하지만 어지간한 마을에선 인터넷이 안 된다고 생각하는 게 속 편하다. 기왕 아날로그적인 걷기에 나섰다면 대학노트 두어 권 들고 가서 들판에서, 산등성이에서 쉴 때마다 조금씩 기록하는 것도 또다른 맛이다.

다른 건 몰라도 판초 우의는 배낭, 등산화에 이어 필수 생존장비다. 산티아고 여정 내내 절반은 비를 맞고 다녔는데, 나는 '비가 거의 오지 않는다'는 관광청의 말만 믿고 우비를 두고 갔다가 엄청 고생한 끝에 여정의 후반부에 현지에서 구입했다. 그에 비하면 목욕용품이나 손톱깎이나 옷가지 따위는 지극히 사소한 아이템이다.

산티아고 여행을 위한 실용정보를 얻으려는 사람은 나 같은 덜렁이에게 훈수를 받기보다는 네이버의 '까미노' 카페 등에 올라오는 꼼꼼, 실속 정보를 보는 게 나을 것이다. 일러두고 싶은 건 필수 생존장비를 제외하고는 자신의 취향을 전적으로 존중하라는 것.

Part 3

산티아고에서
만난 사람들

피레네 산중에서 만난 흑기사

"······생 장 피 드 포르······."

비음이 잔뜩 섞인 프랑스어 안내방송이 흘러나왔다. 못 알아듣는 프랑스어이지만 역 이름만큼은 화살처럼 날아와 귓전에 꽂혔다. 꿈속에서 수없이 걸었던 그 길이 시작되는 곳, 등이 휠 것 같은 삶의 무게에 짓눌릴 때마다 마법의 주문처럼 불러냈던 곳에 마침내 당도했다.

2006년 9월 10일 오후. 일본을 경유해 파리의 후배네 집에 며칠 머무르다가 이날 비로소 국경행 열차에 올라탔다. 마지막 사탕을 아껴 먹듯, 산티아고 길을 눈앞에 두고 짐짓 여유를 부린 것이다.

생 장 피 드 포르St. Jean Pied de Port는 작은 간이역인데도, 키 큰 배낭과 등산복으로 완전무장한, 척 보기에도 순례자로 보이는 수십 명의 사람들이 역을 빠져나왔다. 이들 뒤만 따라가면 순례자에게 도보여행증명서를 발급해준다는 '산티아고협회'가 나오겠지, 절로 마음이 놓였다.

이끼 낀 성문을 지나 돌로 포장된 언덕길을 올라갔다. 길을 따라 펼쳐지는 마을 정경은 그림엽서 그 자체였다. 시곗바늘이 거꾸로 돌아간 듯, 마을은 중세의 분위기를 풍기고 있었다. 성문 주변의 카페와 레스토랑에 앉아 담소하는 순례자들, 바스크족 특산물로 가득 찬 식료품가게, 한가롭게 기웃거리는 관광객들의 여유로운 표정들. 이곳에선 시계조차 느릿느릿 가는 건 아닐까.

당신은 왜 이곳에 왔는가?

언덕배기 끄트머리에 산티아고협회가 자리잡고 있었다. 다들 배낭을 내려놓고 설레는 표정으로 차례를 기다린다. 흰 수염이 무성한 자원봉사자가 내게 영어로 묻는다. 이 길을 걸으러 온 목적이 무엇인가? 종교적 목적? 영적인 목적? 스포츠? 그 외에?

나는 잠시 머뭇거린다. 나는 왜 이곳에 온 것일까. 나를 찾기 위해서, 나를 위로하기 위해서. 그러나 입안에서만 뱅글뱅글 돌 뿐 선뜻 말이 떨어지지 않는다. 영적인 목적이라고 대답하고 만다.

그 남자가 문앞까지 나와서 내게 배정된 알베르게를 손가락으로 가리켜준다. 현관문을 열고 들어갔더니 할머니 한 분이 소박한 미소로 날

얼싸안는다. 한국 할머니처럼 키가 작고 체격이 아담해서 맘이 턱 놓인다. 들어가보니 거실에는 이미 여러 순례자들이 여장을 풀어놓고 담소를 나누고 있다. 다들 벼르고 벼른 산티아고 순례를 떠나는 기쁨에 달뜬 표정들이었다.

여장을 풀고 난 뒤 동네를 둘러보다가, 피레네 산봉우리가 올려다보이는 전망 좋은 레스토랑에 들어가 자리를 잡았다. 풀코스 '순례자 메뉴'를 시켰다. 12유로. 앞으로 샌드위치나 거친 음식만 먹을 작정이니 '마지막 만찬'을 즐기자.

해가 산 너머로 꼴깍 넘어가는가 싶더니 붉은 노을이 이내 온 마을을 적셨다. 피레네도 붉게 물들었다. 내일 저 산을 넘어 스페인으로 간다. 긴장과 설렘으로 온몸이 감전된 듯 짜릿했다.

한 방에 배정된 미국 여자 둘이 밤새 엄청난 성량으로 코골이를 하다가 신새벽부터 부스럭거리더니 길을 떠났다.

나는 마을 안에 있는 성당을 찾았다. 순례자들을 위해 일찍부터 문을 열어놓은 듯, 본당 안 성모상 앞에는 촛불이 벌써 여럿이다. 초록옷을 입은 성모마리아는 고혹적일 만큼 아름다웠다. 두 아이를 떼어놓고 긴 여행을 떠난 '비정의 모정'은 그녀 앞에 꿇어앉아 두 손을 모았다.

"제가 없는 사이에 제발 우리 아이들을 지켜주세요. 아이들을 돌보는 친정어머니를 지켜주세요. 건강한 모습으로 다시 그애들을 만날 때까지 저를 지켜주세요."

성모에게 두 아들과 어머니를 부탁하는 작은 의식은 산티아고 순례가 끝나는 날까지 계속되었다. 성 야고보의 전도길답게, 산티아고 길에는 가는 곳마다 크고 작은 성당이 반드시 하나씩은 나타났기에.

순례자는 거의 다 마을을 떠난 듯했지만 나는 우체국 문이 열리기까지 지루하게 기다렸다. 파리에서 며칠간 배낭을 메고 여행하면서 그 무게를 실감한 나는 책 두어 권과 당장 필요 없는 물건을 덜어내서 종착지인 산티아고 우체국으로 부치기로 결정했다. 김남희의 책에서 정보를 얻어둔 덕이다.

우체국 문은 10시가 넘어서야 열렸다. 영어라고는 한마디도 못 알아듣는 우체국 직원과 손짓 발짓을 동원해 어렵사리 짐을 부치고 나니 벌써 11시. 해가 중천에 걸려 있었다. 주변에 순례자는 보이지 않고, 대략 난감했다. 그래도 내 발은 하루속히 여정을 시작하기를 재촉했다.

'남희의 책에는 새벽에 길을 나서서 오후 두세 시쯤 도착했다고 씌어 있으니, 지금 출발해서 부지런히 걸으면 해 지기 전엔 도착할 거야.'

이곳 생 장 피 드 포르에서 피레네를 넘어 목적지인 스페인 국경마을 론세발레스Roncevalles까지는 무려 27킬로미터. 산행 경험이 부족한데다 출발의 흥분에 사로잡힌 나는 그것이 얼마나 무리수인가를 알지 못했다.

운토로 되돌아가라구?

피레네는 평화롭고 아름다웠다. 푸른 초장이 끝없이 펼쳐지고, 양떼는 절그렁 절그렁 방울소리를 내며 풀을 뜯고 있었다. 상쾌한 바람이 살랑거리며 목덜미를 간질였다. 가끔씩 자전거를 탄 순례자가 '부엔 까미노'(좋은 여행이 되기를 바란다는 인사말. 까미노는 스페인어로 '길'을 의미한다)를 외치며 지나쳤지만 걷는 이는 오로지 나 혼자였다. 완만하고 품 넓은 한라산을 닮은 피레네는 내 숨소리도 들릴 만큼 고요했다.

호젓한 산중에 사람 목소리가 들리는가 싶더니 홀연 산장이 나타났다. 아, 반가워라. 테라스에서는 순례자들이 삼삼오오 모여앉아 차를 마시고 있었다. 나도 홍차 한잔 시켜놓고 마을에서 산 샌드위치를 먹기 시작했다.

한참을 쉬었다. 한데도 사람들이 도통 움직일 생각을 하지 않았다. 나 먼저 가야지, 주섬주섬 배낭과 지팡이를 챙기는데, 옆자리의 여자가 어딜 가느냐고 묻는다. "론세발레스!" 당연한 걸 왜 묻느냐는 듯 당당하게 대답했다.

"No!" 그녀는 외마디 비명을 질렀다. 해는 아직 중천에 걸려 있고, 나는 기운이 펄펄 넘치는데 안 된다니. 서툰 영어로 갈 수 있다고 우기는데, 맞은편 테이블에서 책을 읽던 남자까지 가세해 나를 뜯어말린다.

벌써 오후 4시, 론세발레스까지는 아직도 17킬로미터가 남았으니, 하산하기 전에 날이 어두워지고 말 거란다. 아뿔싸, 내게는 핸드폰도 시계도 없었다. 이정표가 없이 노란 화살표만 있어서 거리가 얼마나 남았는지도 몰랐다.

그렇다면 당신들은? 알고 보니 이곳은 피레네의 유일한 산장 알베르게인 오리손 산장이었다. 모두들 이곳에서 오늘밤을 묵은 뒤 내일 오전에 출발할 예정이란다. 단번에 피레네를 넘고 싶었지만, 아쉬운 대로 나도 이곳에서 하루 묵어가기로 마음을 고쳐먹었다.

그런데 이번엔 알베르게에 침대가 없단다. "풀full." 산장 프런트의 여자가 단호한 표정으로 말했다. 황당한 표정으로 어쩔 줄 몰라하는 내게 그 여자는 짤막하게 덧붙였다. "운토로 가라."

운토? 옆에서 지켜보던 한 순례자가 여기에서 3킬로미터 떨어진, 이미 우리가 지나온 마을이란다. 맙소사, 전진도 아니고 돌아가라니. 이 무거운 배낭을 메고.

울상 짓는 동양여자가 딱해 보였는지 아까 차를 마시며 이야기를 나눴던 캐나다 남자 둘이 데려다주겠다면서 산장의 차를 빌렸다. 차는 구불구불 아찔아찔한 산길을 달렸다(걸으면서 올라올 때는 미처 몰랐는데, 차로 이동하면서 보니 무척이나 가파른 길이었다). 운토 마을 앞에 서더니, 남자들은 쏜살같이 튀어나가서 이 집 저 집 알아보고 다녔다. 마침내, 한 남자가 엄지손가락을 치켜들면서 됐단다. 야호! 동양여자를 구원해낸 흑기사들은 의기양양하게 돌아갔다.

우비도 없는데 느닷없이 폭우라니

저녁과 아침을 포함해 하루 숙박료가 25유로. 4,5유로만 내면 되는 알베르게와 1유로짜리 바게트 샌드위치면 족한데. 억울했지만 달리 대안이 없었다. 그런데 주인여자가 안내한 곳은 허걱, 예전에 필시 마구간으로 쓰였음직한 허름하고 엉성한 숙소였다. 빙 둘러가면서 침대를 놓고 천으로 칸막이를 둘러친 게 전부였다.

속옷과 양말을 빨아 너른 잔디마당 한가운데 걸린 빨랫줄에 널었다. 샤워까지 마친 뒤 마당의 의자에 앉아 느긋하게 책을 펴든 순간, 양철지붕 두드리는 소리가 나더니 주변이 갑자기 어두워졌다. 번쩍, 우르릉, 쾅쾅, 천둥 벼락 치는 소리가 멀리서 들려왔다. 얼른 숙소 안으로 몸을 피했다.

창을 살며시 열자 강한 장대비가 얼굴을 때리며 달려들었다. 땅과 하늘이 붙어버릴 만큼 줄기차게 쏟아지는 비, 비, 비…… 여주인은 '그까이 거' 하는 무심한 표정으로 숙소 안의 덧창들을 꼼꼼히 단속하고 나갔다.

제주도에서 나고 자라 변덕스러운 날씨에는 이골이 난 나였지만, 피레네의 변덕은 상상초월이었다. 불과 두어 시간 전 산장에서 차를 마실 때만 해도 햇살이 눈부셨는데. 민소매 반바지 차림으로 일광욕을 즐기던 순례자들도 있었는데.

산장에서 만난 사람들이 붙들지 않았더라면, 지금쯤 나는 깊은 산중

흰 수염이 무성한 자원봉사자가 내게 영어로 묻는다.
이 길을 걸으러 온 목적이 무엇인가?
종교적 목적? 영적인 목적? 스포츠? 그 외에?
나는 잠시 머뭇거린다. 나는 왜 이곳에 온 것일까.
나를 찾기 위해서, 나를 위로하기 위해서.

에서 천둥과 벼락에 벌벌 떨면서 장대비에 흠뻑 젖고 있을 테지. 게다가 내겐 우의도 없이 아들이 입던 홑겹의 윈드재킷 하나뿐. 배낭을 꾸리는 과정에서 상세정보를 얻기 위해 스페인 관광청을 찾았을 때, 스페인 전문가를 자처하는 관계자는 장담했다. "스페인 동북부 지역은 거의 비가 오지 않아요. 지난해에 딱 한 번 비가 왔죠, 아마." 그래서 막판에 우의를 빼놓고 온 것이다. 아, 딱 한 번이 바로 오늘이란 말인가.

빗소리만 들리는 아무도 없는 텅 빈 공간, 나는 침대에 엎드려 기도했다. 자연에 대한 나의 무지와 오만을 용서해달라고.

걸어서 국경을 넘다

다음날 아침, 푸르른 골안개가 피어오르는 피레네는 말갛게 세수한 듯 해맑았다. 간밤의 일이 꿈 같았다. 아름드리 나무들이 드문드문 서 있던 전반부와는 달리 중반 이후의 피레네는 자동차가 지나가는 너른 도로와 평평한 목초지가 대부분이었다.

그런데 덜렁대는 나는 또 실수를 저질렀다. 17킬로미터

의 산길을 걷기에 앞서 비상식을 제대로 챙기지 않은 것이다. 성모상이 있는 산마루에 이를 즈음엔 허기가 져서 허리가 꼬부라질 지경이었다.

사방으로 겹겹이 펼쳐진 피레네 산군이 한눈에 내려다보이는 산마루. 김남희의 책에서 가장 멋진 사진이 찍힌 곳인 듯했다. 그러나 금강산도 식후경. 배고픔 때문에 정신이 혼미했다.

조금 더 걸음을 옮기니 자애로운 눈길로 피레네 산군과 산자락 마을 들을 굽어보는 성모상이 반긴다. 그 발치에는 순례자들이 남긴 가족사 진과 소망을 적은 카드들이 돌멩이로 꼬옥 눌려져 있다.

성모상 옆에 걸터앉아 배낭을 샅샅이 뒤졌다. 앗, 비닐봉지에 든 볶은 곡식이 나왔다. 한국을 떠나던 날 집으로 불러 마지막 점심을 차려준 오한숙희가 헤어질 때 쥐어준 것이었다. 오드득 오드득 곡식을 씹어먹 으며 성모마리아에게 말을 걸었다. 제발, 여행 잘 끝나게 도와주세요. 살아서 돌아가게 해주세요.

론세발레스 3.2킬로미터. 마지막 표지판이 나온 뒤에도 길은 끝날 기 미가 보이지 않았다. 배낭의 무게는 갈수록 어깨를 파고들었다. 오늘도 순례자는 한 사람도 보이지 않았다. 마지막 비상식을 입에 털어넣는 순 간, 비닐봉지가 바람에 날아갔다. 한동안 허공에서 춤을 추더니 골짜기 아래로 휘익 사라져간다. 문득 지독한 외로움이 엄습해왔다. 무엇이 나 를 이 낯선 피레네로 이끈 것일까. 왜 나는 그토록 열렬히 떠나고 싶어 했던 걸까.

오후 6시가 다 되어갈 무렵, 비로소 숲 사이로 뾰족탑이 언뜻 비친다.

드디어 론세발레스에 다다랐다. 내 두 발로 국경을 넘은 것이다. 도 경계도 못 넘어본 내가 나라의 경계를 넘다니. 지치고 힘들고 우울했던 마음은 삽시에 사라지고 뿌듯하고 벅찬 기분이 밀려 들었다.

알베르게   산티아고 길을 걷는 순례자들을 위
해 싼 값으로 제공되는 집단숙소다. 대개 3~5킬로미터에 하나씩 나오
는데, 자연부락이 없는 곳에서는 간격이 더 벌어지기도 한다. 대부분
종교단체나 수도회, 지방자치단체에서 운영한다. 수도자나 '호스피탈
레로'라고 불리는 자원봉사자가 운영, 청소, 안내 등을 맡는다.

최근 들어서는 산티아고협회의 엄격한 심사와 인증을 거친 개인 알
베르게도 생겨나는 추세다. 작게는 3유로, 많게는 7유로씩 받지만, 알
아서 기부하라는 곳도 더러 있다. 돈 없는 여행자들은 이런 곳을 무료
알베르게로 생각한다. 순례길의 상징이 조개껍데기인지라, 조개를 회
사마크로 삼고 있는 셸 석유회사와, 코카콜라가 알베르게 운영자금을
지원해주고 있다.

알베르게는 시설과 여건이 저마다 조금씩 다르다. 수영장이나 아름
다운 정원이 딸린 알베르게가 있는가 하면, 그저 잠잘 수 있는 게 전부
인 알베르게도 있다. 한 방에 2명이 자는 곳에서부터 100명 넘는 사람
들을 한 공간에 재우는 알베르게도 있다. 보편적으로 침대 하나에 간단
한 샤워, 간단한 취사가 가능하다고 보면 된다. 가끔 부엌이 없는 알베
르게도 있다.

지정된 알베르게에 도착해 산티아고협회에서 발급한 도보여행증명
서를 내밀면 도장을 쾅 찍고 침대를 배정해준다. 모든 알베르게에서는
오로지 1박만 허용된다. 마지막 도착지인 산티아고 데 콤포스텔라에서
는 예외이지만.

야맹증 남자와 손전등 없는 여자

　중세풍의 아름다운 돌다리로 유명한 주비리Zubiri. 돌다리 부근에서, 나를 곤경에서 구해준 '오리손의 흑기사'들과 우연히 마주쳤다. 그들은 운토로 되돌아간 내 안부가 궁금했다면서 뛸 듯이 반가워했다. 내가 다른 알베르게에서 묵는다는 걸 알고 못내 아쉬워하더니 저녁식사라도 함께 하잔다.

　순례자들은 대개 팀을 이루고 있다. 남편과 부인, 시누이와 올케, 오랜 동네친구, 직장동료, 애인, 고교 동창생, 아버지와 아들, 어머니와 딸, 형제자매 등등. '나 홀로 순례자'는 열에 하나나 될까. 대부분이 유럽, 북미, 남미에서 온 사람들. 동양인은 '가뭄에 콩나기' 식으로 드물었다.

　인근 레스토랑에 모인 순례자들은 캐나다 퀘벡 사람들과 프랑스인들이었다. 영어밖에 모르는 나를 의식해서 영어로 시작한 대화는 자리가 무르익으면서 리드미컬하고 빠른 프랑스말로 옮겨갔고, 대학에서 교양 불어를 배운 게 고작인 나는 거지반 알아들을 수 없었다. 웃고 떠드는 이들 사이에서 외롭고 서글펐다.

과연 끝까지 해낼 수 있을까. 낯선 땅, 낯선 사람들 틈에서. 알베르게로 돌아와 침낭 안으로 파고들었다. 고단해서 녹아떨어진 순례자들은 요란하게 코를 골아댔다. 맨 먼저 챙겨넣은 고성능 귀마개는 대체 배낭 어느 구석에 있는 걸까.

어두운 산길에서 나타난 사나이

새벽녘. 침대에서 뒤척이다가 살그머니 알베르게를 빠져나왔다(대부분의 알베르게는 일정 시간이 되어야만 나갈 수 있다). 차라리 걷자. 걷다 보면 날이 밝아오겠지.

그런데 예측은 빗나갔다. 마을을 벗어나자 환해지기는커녕 더 짙은 어둠이 막아섰다. 시커먼 나무들이 터널을 만들고, 발밑엔 물이 찰랑거렸다. 계곡인 듯했다.

이른 새벽에도 랜턴이 필요하다는 걸 미처 몰랐다. 야간에 걸을 일이야 없겠지 싶어 막판에 랜턴을 빼놓은 게 후회막급이었다. 지독한 어둠을 뚫고 나갈 방법이 묘연했다. 나아갈까 돌아갈까, 망설이는데 저쪽에서 뭔가 바스락거리는 소리가 났다.

사람이다! 와락 겁이 났다. 어둠 속에선 짐승보다 더 무서운 게 사람이라지 않던가. 세상에서 가장 평화로운 길이 내겐 어찌 된 게 심장 떨어지는 일들의 연속일까. 언니들의 조언대로 국토대장정이나 할 걸 그랬나. 순간 후회가 밀려왔다.

"페레그레노^{순례자}?"

팽팽한 정적을 깨고 그쪽에서 말을 건네왔다. 랜턴 불빛과 함께 모습을 드러낸 그는 노란 등산복 차림에 무거운 배낭을 짊어진 청년이었다. 순, 례, 자!

선량해 뵈는 잘생긴 청년은 멕시코에서 온 펠리페였다. 야맹증이라서 랜턴을 켜고서도 산티아고 사인을 못 찾겠단다. 랜턴은 있지만 야맹증인 남자와 시력은 좋지만 랜턴이 없는 여자. 우리는 힘을 합쳐 길을 찾기로 했다.

펠리페는 다리를 심하게 절뚝거렸다. 저런 다리로 800킬로미터의 길에 도전했나? 첫날 피레네 코스를 일곱 시간 만에 주파했는데 그때 무리해서 근육이 손상된 것 같단다. 그러고 보니 첫날 늦게 출발한 때문에 오리손에서 발길을 멈추고 운토에서 체력을 비축한 후 피레네 코스를 이틀에 걸쳐 완주한 게 잘한 일이었다.

며칠 계속 내린 비로 길은 온통 진흙투성이였다. 가뜩이나 숨은 그림 찾기처럼 조그맣게 보일락말락 표시된 산티아고 사인은 진흙 때문에

찾기가 더 힘들었다. 풍경에 집중하지 않으면 놓치기 십상이었다.

마음은 오래된 습관을 지긋지긋해하는데도 몸은 세포 깊숙이 습관을 새겨두는 걸까. 하늘을 찌를 듯한 고층 빌딩숲 속에서 '나 좀 봐달라'고 아우성치는 커다란 간판과 번쩍거리는 안내판에 익숙해진 내 눈과 귀는 새로운 환경을 낯설어했다.

하루 이틀 사흘…… 산티아고 사인을 놓치지 않으려고 풍경과 사물에 집중하노라니 흩어진 마음과 떠돌던 생각은 어느덧 '지금' '이곳'에 머무르게 되었다. 귓전을 맴돌던 휴대전화 벨소리가 어느 때부터인가 사라졌다. 숨가쁘게 돌아가는 세상과 연결된 플러그를 뽑아버린 채 나는 언플러그드 세계로 완전히 이동한 것이다. 자연만이 휴식을, 느림만이 평화를 줄 수 있다는 걸 비로소 깨달아가고 있었다.

팜플로냐에서는 여왕처럼

고풍스러운 대학도시 팜플로냐Pamplona를 눈앞에 두고, 근육 통증 때문에 멈추는 게 더 고통스럽다는 펠리페를 떠나보냈다. 멕시코시티에서 컴퓨터회사를 운영한다는 펠리페는 좋은 길동무였다. 그러나 게으른 순례를 원하는 나와 멈출 수 없는 그는 함께 갈 수 없었다. 인생길이 그렇듯 순례길도 만남과 헤어짐이 반복될 수밖에.

수많은 작가들이 헌사를 남겼던 팜플로냐는 '보석 같은 도시'이다. 그들은 오래된 성곽, 고풍스러운 수도원, 세월의 축적을 증언하는 중세풍의 대학, 황소축제가 벌어지는 시내 중심가의 포도鋪道, 그 도로에 즐비하게 늘어선 작고 깜찍한 가게들, 도시만큼이나 우아하고 아름다운 옷감 따위를 찬미했다.

하지만 시장을 보러 시내에 나간 나는 다른 이유로 팜플로냐에 홀딱 반했다. 이 도시에서는 '보행자 우선'이라는 구호가 실제로 이뤄지고 있었다. 시내 곳곳의 횡단보도에서 여러 차례 빨간 신호등에 걸렸지만, 차들은 신호등 색깔에 관계없이 사람이 눈에 띄면 일단 멈춰 섰다. 그러곤 완전히 건너갈 때까지 얌전하게 기다렸다.

신호가 채 바뀌기도 전에 보행자를 깔아뭉갤 듯한 기세로 밀어붙이는 자동차의 권력에 길들여진 내게는 무척이나 낯선 풍경이었다. 속도가 지배하는 자동차왕국에서 철저하게 복종과 순응을 강요당해온 신민으로서는 황송하기 짝이 없는 대접이었다. 처음엔 오히려 불편했지만 이내 적응한 나는 여왕처럼 우아하게 산보를 즐겼다. 간세다리의 느긋함을 도시 안에서 맛보는 건 참으로 멋진 일이었다.

되찾은 보행의 자유를 한껏 만끽하면서 알베르게에 돌아오니 순례자 열댓에 가스불은 달랑 두 개. 한 시간 남짓 기다린 끝에 값싼 토마토를 양껏 넣은 스파게티를 만들어 2유로짜리 포도주를 곁들여 나 홀로 만찬을 즐겼다. 디저트는? 달콤쌉싸름한 고독감!

설거지를 하는데 체격이 산만 한 젊은 남자가 말을 걸어왔다. 자기는

남아프리카공화국에서 온 스테판이란다. 덩치에 어울리지 않게 한시도 쉬지 않고 떠들어대는 그가 처음엔 왕재수였지만 가만 들어보니 아는 게 꽤 많은 친구였다. 산티아고 자료도 이것저것 많이 챙겨왔다.

　그는 다음날 오전에 팜플로냐 시내를 찬찬히 둘러보고 길을 떠날 예정이란다. 유서 깊고 볼거리 많은 팜플로냐는 잠깐 스쳐가기엔 퍽이나 아쉬운 곳이었다. 팜플로냐에서 오바노스까지 21킬로미터를 걸을 계획이었지만, 스테판을 따라서 시내 관광을 하기로 마음을 바꿨다. 일정표대로만 하는 여행은 진정한 여행이 아니다. 그건 해치워야 하는 숙제일 뿐.

산티아고 사인   세계 각국에서 순례자들이 몰려오기 때문에 산티아고 길에서는 만국 공통의 기호인 화살표로 진행방향을 표시한다. 노란 화살표가 가장 일반적이지만, 가끔은 하양과 빨강의 이중선으로 표시하기도 한다. 순례자의 상징물인 조개껍데기 문양도 자주 등장한다.

화살표는 나무나 돌멩이에 그려지는 경우가 많지만, 기상천외한 장소에도 가끔씩 출몰한다. 목장의 출입문, 전신주, 허름한 농가의 담벼락, 헛간 한 귀퉁이, 번잡한 대도시 신호등 밑, 허허들판에 우뚝 솟은 송전탑 한구석, 마을로 진입하는 다리 밑, 고속도로 인터체인지 표지판 아래, 무심코 내려다본 땅바닥, 포도밭 이랑과 이랑 사이.

흐르는 물과 무심한 하늘에만 없는 것이 바로 산티아고 사인이다. 산티아고협회에서 발행된 팸플릿은 순례자에게 이렇게 주문한다.

'풍경과 사인에 마음을 집중하라.'

부침개와 파울로 코엘료

스테판과 팜플로냐 시내에서 '간세다리 관광'을 즐기다가 오후 늦게 출발했기 때문에 시주르 메노르Cizur Menor에서 발길을 멈춰야만 했다. 대부분 순례자들이 팜플로냐에서 묵어가기 때문에, 팜플로냐에서 불과 5킬로미터밖에 떨어지지 않은 이 마을에는 묵어가는 순례자가 드물다.

한적한 알베르게에 들어서는데 마당에서 빨래를 널던 여자가 물었다.

"혹시 한국 분?"

오랜만에 듣는 한국어가 반가워 얼른 고개를 끄덕였다. 그녀는 안에 대고 큰 소리로 누군가를 불러냈다. 또 다른 여자가 방에서 얼굴을 내밀었다. K와 M, 두 사람은 지난해 중국 여행길에서 만나 의기투합해 1년간 세계여행을 계획하고, 첫 여정으로 산티아고 순례길을 택했단다. 고향 까마귀라더니, 한국말과 한국사람이 어찌나 정겹던지.

다음날 아침, 한국여자 셋은 함께 길을 나섰다. 경사가 완만하고 품이 넓은 피레네와는 달리 페르돈 언덕은 좁고 가팔랐다. 피레네에선 바람처럼 내 곁을 스쳐지나가던 자전거족들이 이곳 페르돈에서는 애물단지를 끌고 가느라 끙끙거렸다. 인간사만사 다 새옹지마라니까, 속으로 웃음을 깨물었다.

바람 한 점 없는 날, 언덕 위의 풍력기는 한 폭의 정물화 같았다. 미동도 하지 않는 풍력기를 보노라니 숨이 턱 막혀왔다. 이글거리는 불덩어리 같은 스페인의 태양과 쇳덩어리 같은 무거운 배낭의 협공을 견디면서 간신히 언덕 정상에 올랐다. 그곳에선 말잔등에 올라타 칼을 휘두르는 순례자들이 당장이라도 산 너머 내달릴 듯 생생한 모습으로 우리를 반겼다. 사진으로만 봤던 순례자 형상의 철조각상이다. 산화철을 이어붙여 만든 평면 조각상인데 놀랍도록 역동적이다.

멀리 눈길을 주니 겹겹이 산 그림자, 올려다보니 시리도록 푸른 하늘. 비행기 하나가 하얗게 꼬리를 남기면서 저편 하늘로 사라져갔다. 먼 곳에 두고 온 사람들이 문득, 마음에 사무쳤다.

순례자들을 사로잡은 '코리안 팬케이크'

페르돈 언덕을 올라올 때는 더워서 힘들었는데, 하산할 때에는 가랑비가 흩뿌렸다. 서귀포와 제주시만 해도 그랬다. 겨우 한 시간 남짓한

거리지만, 한라산을 경계로 기후가 늘 정반대이다시피 했다. 제주시에 비가 오면 서귀포는 쨍쨍하고, 제주시가 맑으면 서귀포에는 비가 내리는 식이었다.

서둘러서 옷을 껴입었다. 북한산을 오를 때 전문 산악인이 일러주었다. 등산은 호흡이 가장 중요하고, 다음은 체온 조절이라고. 체온 조절을 위해서는 입고 벗기를 게을리 하지 말아야 한다고.

두어 시간 비를 맞으며 하산했더니 숙소에 도착할 즈음에는 몸이 으슬으슬 떨려왔다. 한국 처자들을 만나고 나니 고국 음식이 새삼 간절해졌다. 따뜻한 오뎅 국물, 고소한 부침개가 생각났다.

"우리 만난 기념으로 부침개 해먹자."

내 제안에 그녀들은 귀찮다면서 바게트 샌드위치나 만들어 먹는단다. 하지만 나는 연장자의 직권으로 밀어붙였다. 시에스타 시간이 끝나기를 기다려 호박, 양파, 밀가루 등속을 샀다. 이 정도 재료라면 충분히 부침개를 해먹을 수 있다.

주머니 사정이 넉넉한 순례자들은 인근 레스토랑이나 바로 향했다. 그러나 대부분은 딱딱한 바게트빵이나 간단한 통조림으로 끼니를 때웠다. 요리에 도전하는 팀도 여럿 있었다. 알베르게 부엌의 가스레인지는 두 개뿐이어서 우리는 밀가루 반죽을 해놓고도 한참 기다려야만 했다.

드디어 가스레인지가 우리 차지가 되자, 부침개는 속도 면에서 놀라운 경쟁력을 발휘했다. 프라이팬이 한번 달궈지자 일사천리, 접시에는 부침개가 고소한 냄새를 풍기며 쌓여갔다.

페르돈 정상에서 가쁜 숨을 몰아쉬던 뚱뚱한 네덜란드 여자는 냄비 속의 달걀이 삶아지기만을 턱을 괴고 기다리고 있었다. 저 체격에 얼마나 배가 고플까. 딱해서 우선 요기라도 하라고 권했더니 사양한다. 한 번 더 권했다. 망설이다가 접시를 받아든 그녀는 한입 먹더니 감탄사 연발이다. 오리손 산장에서 만난 아이슬란드 여자가 자기도 먹어도 되느냐고 묻는다.

그럼, 되고말고. 부침개야말로 우리 조상들이 가난한 살림살이에도 이웃에 돌릴 요량으로 넉넉히 장만하던 음식 아닌가. 얼른 접시를 내밀었다. 그러자 차갑게 식은 빵을 베어 물던 순례자들이 너도나도 끼어들었다. 무척 맛있다면서 무슨 음식이냐고 묻기에, 엉겁결에 '코리안 팬케이크'라고 대답하고 말았다. 세 여자가 만든 코리안 팬케이크는 뜨거운 호응 속에 순식간에 동이 났다. 덕분에 우리 셋은 '까미노의 천사들'이라는 과분한 찬사를 받게 되었다.

까미노의 천사들, 세 명의 코리안 우먼, 그러나 나는 쉬임 없이 달려온 삶에 넌더리나서 느릿느릿 길을 걷기로 마음먹은 중년여자였고, 그네들은 기한 안에 되도록 많은 곳을 둘러보려 부지런히 걷는 젊디젊은 처자들이었다. 코드도, 속도도 맞을 리 만무했다. 부침개 파티를 마지막으로 그녀들을 떠나보냈다. 다시 혼자가 되었다.

이곳에서 그 남자를 만날 줄이야

길 위에서 우연한 만남은 꼬리를 물었다. 9월 17일 정오를 갓 넘어설 무렵, 멀리 언덕 위에 따뜻한 햇살을 받으며 졸듯이 엎드려 있는 마을이 시야에 들어왔다. 시라쿠이Ciraqui다. '얼룩배기 황소가 게으른 울음을 우는' 들판을 지나 동네로 들어서니 어귀에 커다란 방송국 차가 서 있었다. 심심산골에 웬 중계차? 호기심에 다가가보니 검정 티셔츠에 검정 바지 차림의 남자와 베이지색 정장 차림의 여자가 카메라 앞에서 이야기를 나누고 있었다.

남자 얼굴이 낯익었다. CNN 뉴스 기자? 배우? 일단 카메라부터 들이댔다. 헌데 그 남자가 나를 향해 손짓하는 게 아닌가. 순간 당혹스러웠다. 초상권 갖고 문제 삼으려는 걸까? 여러 사람이 몰려들어 사진을 찍었는데 하필 나만 갖고 그러지? 그를 향해 걸어가는 사이에 낯익은 순례자에게 물었다.

"저 남자 누구지?"

"파울로 코엘료잖아!"

세상에, 이럴 수가! 저 스타일리시한, 마치 배우나 앵커 같은 사람이 작가 파울로 코엘료라고! 그가 쓴 책의 표지들이 휘리릭 스쳐갔다.《순례자》《연금술사》《11분》……《순례자》는 산티아고 순례길을 알고 나서 일부러 찾아서 읽은 책이었다. 산티아고 길에서 영감을 얻어 쓴 코엘료의 처녀작《순례자》는 내 꿈을 활활 타오르게 만든 불쏘시개였다. 그런 그를 다른 곳도 아닌, 산티아고 순례길에서 만날 줄이야.

그는 뜻밖에도 같이 사진을 찍자면서 어디서 왔느냐고 물었다. 기자로 일하는 동안 국내외 거물급 인사들을 숱하게 인터뷰했지만, 뜻밖의 장소에서 뜻밖의 인물을 만나니 긴장과 흥분으로 떨렸다. 한국에서 왔다니 퍽이나 반가워했다. 다음 주에 한국 측 출판사 관계자와 만날 예정이란다. 그의 책에 대해 뭔가 한마디 해야 할 것 같아서 두서없이 횡설수설 '콩글리시'로 이야기를 늘어놓았다.

코엘료가 무슨 일을 하느냐고 되물었다. 엉겁결에 그만 '작가'라고 대답하고 말았다(주변에서 '불우의 명저'라고 놀려대는 책《흡연 여성 잔혹사》를 썼으니 영 틀린 대답은 아니다). 그는 기회가 되면 당신 책을 꼭 읽어보겠다고 덕담을 건넸다. 촬영이 재개되면서 두 작가(?)의 미니 대담은 끝났다.

돌아서면서 '백수시절에 영어공부 열심히 해둘 걸' 진심으로 후회했다. 흥분도 가라앉힐 겸 고픈 배도 채울 겸 동네의 작은 바에 들어가서 샌드위치와 커피를 시켰다. 영어를 곧잘 하는 바 주인에게 코엘료 이야기를 했더니 나보고 '럭키 우먼'이란다. 이 마을을 좋아해서 일 년에 한두 번은 꼭 들르는 코엘료 덕분에 마을에 방문객들이 많아지고 손님도 늘었다면서 연신 싱글벙글이다.

코엘료와의 인연은 여기서 끝나지 않았다. 구정을 앞둔 올 1월 하순, 서울에 사는 선배가 들뜬 목소리로 전화를 걸어왔다.

"명숙아, EBS에서 코엘료 다큐멘터리 하는 거 봤니? 코엘료랑 너랑 얘기하는 장면 여러 번 비치더라!"

이게 무슨 소리야?

마침 한 올레꾼이 녹화를 해놓았다면서 시디를 보내왔다. 코엘료와 이야기를 나눌 때 방송 카메라는 쉬고 있는 줄 알았는데, 비디오는 물론 오디오^{음성}까지 따고 있었던 모양이다. 화면에 비친 동양여자는 보기에도 무척이나 무거운 배낭을 짊어진 채 "당신 책을 읽었다. 당신의 첫 번째 책과 두 번째 책은 내게 메시지를 던졌다"며 서툰 영어로 떠들어댔다. 맙소사, 첫 번째 책과 두 번째 책은 또 뭐야? 《순례자》와 《연금술사》의 원제가 생각나지 않아 버벅거린 것이다.

그 시디를 보면서 김선주 선배와 후배 은주가 새삼 고마웠다. 당시 나는 김선주 선배가 선물한 녹색 두건을 쓰고 은주가 준 인도산 푸른색 숄을 반바지 위에 두르고 있었다. 동양인이 드문 산티아고 길에서 복색까지 희한한 동양여자가 나타났으니 코엘료와 방송 카메라가 주목한 게 틀림없었다.

올가을 책이 나오면 나는 그에게 책과 함께 편지를 부칠 생각이다. 2006년 산티아고 길에서 우연히 만난 두건 쓴 한국여자가 쓴 책이니 한글을 몰라도 간직해달라고. 산티아고 길보다 더 아름답고 평화로운 길을 만들었으니 한번 와서 걸어보시라고. 제주올레도 산티아고 길처럼 당신에게 또다른 영감을 줄지 모른다고.

산티아고 길에서 영감을 얻어 쓴 코엘료의 처녀작 《순례자》는
내 꿈을 활활 타오르게 만든 불쏘시개였다.
그런 그를 다른 곳도 아닌, 산티아고 순례길에서 만날 줄이야.
올가을 책이 나오면 나는 그에게 책과 함께 편지를 부칠 생각이다.
산티아고 길보다 더 아름답고 평화로운 길을 만들었으니
한번 와서 걸어보시라고.
제주올레도 산티아고 길처럼 당신에게 또다른 영감을 줄지 모른다고.

길에서 길을 묻는 순례자들

산티아고 길에서는 '회자정리 거자필반會者定離 去者必返, 만나면 헤어질 때가 있고 헤어진 사람도 다시 만날 때가 있다'을 절로 깨우치게 된다. 팜플로냐 직전에 떠나보낸 펠리페와, 팜플로냐에서 만난 스테판을 에스테야에서 한꺼번에 다시 만났다. 어라, 나보다 늦게 만난 두 사람은 어느새 죽마고우처럼 친해져 있었다.

피레네를 넘으면서 근육을 다친 펠리페는 며칠 만에 보니 더 절뚝거렸지만, 기필코 완주해서 멕시코 남자가 얼마나 강한지 입증하겠다며 전의를 불태우고 있었다. 국가 대표를 자임하는 그의 오버가 우스꽝스러우면서도 귀여웠다. 스테판은 내게 장담했듯이 완벽한 단주 모드에 돌입해 있었다. 말술이라면서 한 방울의 와인도 입에 대지 않는 그가 신통방통했다.

국적도, 성도, 세대도, 직업도 달랐지만 우리에겐 한 가지 공통점이 있었다. 긴 인생길에서 잠시 '브레이크 타임'을 갖는 중이라는 것. 펠리 페는 변호사인 부인과 오랜 별거 끝에 법적 이혼 절차를 밟는 중이고, 스테판은 몇 년간 근무하던 무역회사를 그만둔 뒤 다른 직장으로 옮길까 이참에 아예 직업을 바꿀까 고민 중이었다. 인생 전반전을 일중독자로 죽을 둥 살 둥 달리다가 기진맥진한 나는 후반전을 어떻게 풀어나갈까 답을 구하는 중이고. 우리는 길 위에서 길을 묻는 순례자들이었다.

'나만의 노래'를 찾아 떠난 가수, 이사벨

이사벨을 만난 건 하루에 무려 29킬로미터에 도전하는 날, 호젓한 산길에서였다. 눈부신 은발에 보기 좋을 만큼 통통한 체격의 그녀가 먼저알은 체를 했다. 진작부터 당신과 이야기를 나누고 싶었다면서. 나를어떻게 알지? 어리둥절했다. 그녀가 수줍은 미소를 지으며 말했다.

"코리아의 수키는 유명하잖아요? 팬케이크도 잘 만들고, 사람들도 잘웃기고."

빈대떡의 명성이 산티아고 길에 쫙 퍼졌나보다. 그녀의 고백이 이어졌다. 당신은 항상 즐겁고 활기차게 사는데, 자기는 겨우 스물아홉인데도 매사 우울하고 늙은 기분이란다. 그 나이에는 다 그런 거라고 위로했다. 미래에 대한 막연한 불안과 유신이라는 암울한 시대상황에 짓눌린 내 젊은 날 또한 얼마나 칙칙하고 황폐했던가. 내 묵은 사진첩 속에 등장하는 나어린 여대생은 마치 인생을 다 산 여자처럼 어둡고 무거운 표정이었다.

캐나다 퀘벡 출신이라는 이사벨은 팝싱어였다. 어려서부터 소원이던 가수가 되어 세계 여러 나라를 돌면서 공연도 많이 했단다. 그러나 언제부터인가 대중과 적당히 타협하면서 매너리즘에 빠진 자신을 발견하게 되더란다. 그토록 좋아했던 노래가 슬슬 지겨워지더란다. 산티아고 순례에 나선 것도 자기가 진정 부르고 싶은, 자기만의 노래를 내면에서 불러내기 위해서라고 했다.

소망을 말하는 그녀의 눈동자에는 불안의 그림자가 어른거렸다. 순례가 끝날 때까지 해답을 얻지 못하면 어떡하나 걱정하는 듯했다. 나는 힘주어 말했다. 이사벨, 언젠가는 너만의 노래를 부르게 될 거야. 간절한 소망이 우리를 산티아고 길로 이끌어냈듯이.

로그로뇨의 아름다운 밤

각자의 행군 속도와 취향에 따라 이리저리 흩어졌던 순례자들도 큰 도시에서는 합류하게 된다. 지류로 흐르던 강물이 큰 바다에서 한데 만나듯이. '포도의 왕국'으로 불리는 로그로뇨Logrono에서는 수확철을 맞아 포도축제가 대대적으로 열리고 있었다.

알베르게에 여장을 푼 순례자들은 삼삼오오 짝을 지어 시내 중심가로 진출했다. 먹거리도, 볼거리도, 오래된 성당도 다 그곳에 있기에. 이사벨과 나도 그중 한 사람이었다.

간단히 요기하면서 한잔할 요량으로 시내 중심가 카페의 야외 테이블에 앉아 있는데, 펠리페와 스테판을 비롯해 낯익은 얼굴이 잇따라 모습을 드러냈다. 순례자들의 번개모임이 즉석에서 이뤄졌다.

먼저 독일 청년 로자. 유니폼처럼 등산복 차림 일색인 순례자들 사이에서 단연 튀는 옷차림에 귀걸이, 코걸이까지 했다. 헐렁한 윗도리는 인도네시아, 알라딘풍의 바지는 인도, 머리에 두른 터번은 파키스탄산. 복장이 말해주듯 그는 아시아 전역을 돌아다니는 중이다.

그 옆에 앉은 통통한 몸집의 사내는 프랑스인 구르몽. 제법 규모가 큰 투자회사에서 부하직원 70명을 지휘하는 마케팅 담당 매니저다. 사람을 다루고 관리하는 일에 극심한 스트레스를 느낀 나머지 회사에 한 달 휴가를 내서 '스톱' 중이란다. 그의 용기와 회사의 배려가 모두 부럽기만 하다.

좌중에서 가장 어린 야코프는 폴란드계 독일인. 형과 함께 길을 떠나왔다. 법대에 진학한 '범생이' 형과는 달리 어릴 때부터 말썽꾸러기였단다. 고교시절 마약에 취해 고층 빌딩에서 유리창을 깨고 뛰어내리기도 했다니 알 만하다. 고향에 레스토랑을 내겠다는 그는 자기 가게에 오면 포도주는 공짜로 대접하겠단다.

미국 아가씨 재닛이 야코프에게 그렇게 퍼주면 망한다고 놀린다. 스

우리에겐 한 가지 공통점이 있었다. 긴 인생길에서 잠시 '브레이크 타임'을 갖는 중이라는 것.
우리는 길 위에서 길을 묻는 순례자들이었다.

물일곱 살 그녀는 한국의 외국인학교에서 2년이나 연극을 가르친 '지한파'. 내가 한국인이라는 걸 알고서는 대뜸 "오우, 아줌마!"라고 놀려댔다. 재닛은 걷다가 덥고 지치면 한국의 찜질방에서 마시던 차가운 식혜를 그리워했다.

그녀는 복장 불량이었다. 순례자들은 거개가 약속이나 한 듯 밑창이 두꺼운 등산화로 걷다가 알베르게에 도착하면 샌들로 바꿔 신는데, 그녀는 아쿠아슈즈 하나로 버텼다. 소나기가 퍼붓건, 가파른 산길을 오르건 관계없이. 어찌나 짠순이인지, 나랑 엄청 죽이 잘 맞는데도 다른 알베르게에서 잘 때가 많았다. 한 마을에 무료와 유료 알베르게가 함께 있으면 아무리 시설이 후져도 무료 쪽으로, 무료 알베르게가 없으면 몇 킬로미터 떨어진 딴 마을로 가겠다면서 짐을 챙겼다.

오스트리아에서 온 할머니 두 분도 빠지지 않았다. 늘 생글생글 웃는 두 사람은 자매지간 같았지만 알고 보니 오래된 친구 사이. 각기 스물아홉과 서른한 살 때 작은 도시의 교향악단에서 연주자로 만났는데 결혼하고 다른 도시에 살면서도 30년 넘게 친하게 지내왔단다. 몇 년 전부터 편지를 주고받으면서 이번 순례를 준비했다는 그들은 육십대 초중반의 나이인데도 꼭 수학여행을 떠나온 소녀 같았다.

순례자들 중에는 애인끼리, 부부끼리 온 커플들이 많고 심지어 순례길에서 눈이 맞아 애인이 된 커플들도 있었다. 하지만 다른 사람들과 어울리지 않은 채 둘이만 찰싹 붙어 다니거나 길고 고단한 여정 때문인지 투닥거리기 일쑤여서, 그닥 부럽다는 생각이 들지 않았다. 반면 친구나

자매 커플들은 서로 아끼면서도 주위 사람들과 스스럼없이 어울리곤 했다. 오스트리아 할머니들을 보니 서울의 십자매들이 더 그리워졌다.

분위기 메이커는 단연 벤이었다. 호주 출신인 그는 화가 로트레크처럼 하체가 기형적으로 짧았다. 그는 "어릴 때 아버지 무릎 위에서 까불대다가 떨어져 목을 다쳐서 더이상 자라지 않았다. 그런데도 난 까부는 걸 멈추지 않았다"며 좌중을 웃겼다. 자신의 불행을 이렇듯 '쿨'하게 말하기까지 그는 긴 고통의 강을 건넜을 것이다.

자리가 무르익자 벤은 몸을 좌우로 흔들면서 노래를 불렀다. 로자가 어깨에 둘러멨던 북을 두드리고, 가수 이사벨은 코러스를 넣었다. 나머지는 백 댄서. 축제를 즐기려고 모여든 사람들이 순례자의 즉석 공연에 아낌없이 박수를 보냈다. 로그로뇨의 밤은 그렇게 깊어갔다.

축제를 즐기는 스페인 사람들은 한창인데 순례자들은 아쉽게 축제의 밤을 끝내야만 했다. 밤 10시만 되면 제깍 문을 닫아거는 알베르게의 엄격한 규칙 때문이었다. 로그로뇨 대성당 주위의 고풍스러운 돌길을 발소리도 요란하게 달려가자니 원장님 허락 없이 몰래 밤마실을 나섰다가 수도원으로 급히 돌아가는 중세의 수녀가 된 기분이었다.

아슬아슬하게 알베르게에 당도해 물을 마시려고 식당에 가보니 두 커플이 남아 있었다. 길에서 몇 차례 만나 낯익은 아버지와 아들, 그리고 한쌍의 연인 커플이었다.

아버지는 식탁에 가이드북을 펴놓고 내일 걷게 될 길과 마을을 아들

에게 설명하고 있었다. 이 커플을 며칠 전 길가 바에서 만났을 때 할아버지와 손주 사이인 줄 알았다. 한쪽은 머리가 하얗게 셌고, 다른 한쪽은 뺨에 홍조를 띤 앳된 소년이었기에.

독일인 엔지니어인 아버지는 종착지인 '산티아고 데 콤포스텔라' 스탬프가 찍힌 도보여행증명서를 보여주면서 네 번째 순례길에 열두 살 아들을 데리고 왔다고 자랑했다. 긴 인생길을 헤쳐 나갈 힘과 지혜를 선사해준 순례길을 아들에게도 걷게 하고 싶었단다.

연인 커플 중 남자는 나를 보자마자 묻지도 않았는데 오늘 빨래는 자기가 다 해서 널었다고 호들갑이다. 오스트리아 여자와 독일 남자인 이 연인은 직장상사와 부하직원으로 만난 사이. 그래서였을까. 힘든 산행이 끝난 뒤에 남자가 여자에게 자기 빨래를 맡기곤 했다. 여러 번 두고 보다가 "걷느라고 지친 건 마찬가지인데 자기 빨래는 스스로 하지 그러냐"고 충고했다. 여자가 미소 지으며 남자친구를 교육시켜 줘서 고맙단다. 그으럼. 한국 아줌마들이 얼마나 오지랖이 넓은데.

방으로 돌아왔더니 다들 자고 있다. 한 방에 이층침대 6개, 나까지 열두 명, 빈 침대가 없다. 서너 명은 벌써 요란하게 코를 곤다. 아, 배낭 어딘가에 있는 귀마개를 찾아야 할 텐데…….

바   산티아고 길에서 만나는 바는 순례자들에게는 사막의 오아시스 같은 존재다. 한국의 바와는 개념이 다르다. 구멍가게와 간이 음식점과 찻집과 술집을 두루 버무려놓은 바는 작은 마을에서는 없어서는 안 될 '참새 방앗간'이자 '복덕방'이기도 하다.

순례자들은 이곳에 모여 지친 다리를 쉬고, 알베르게나 길에 관한 정보를 나누고, 주린 배를 채우고, 필요한 물품을 보충한다. 와인이나 맥주를 시키면 계란찜이나 생선절임 같은 스페인 특유의 토속 안주를 공짜로 제공하는 곳도 있다.

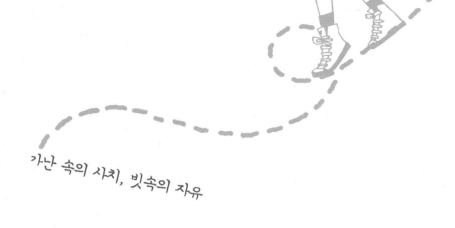

가난 속의 사치, 빗속의 자유

　　로그로뇨 번개모임 때 우리는 10월 15일 낮 12시 산티아고 대성당 앞에서 만나기로 약속했다. 그날은 성축일이어서 대규모 미사가 열린단다. 스테판과 펠리페, 나, 우리 삼총사는 다시 헤어졌다. 함께 나누는 기쁨도 컸지만, 혼자만의 여유와 즐거움을 누리고 싶었다.

　　포도밭이 점점 보기 힘들어지고 땡볕이 내리쬐고 푸석푸석 흙먼지가 날리는, 남도길 같은 황톳길이 끝없이 이어졌다. 하루, 이틀, 사흘……. 피부는 점점 구릿빛을 띠고, 살들은 몸을 떠나갔다. 후배 상규가 큰맘 먹고 사준 등산용 반바지가 갈수록 헐렁해진다. 몸이 가벼워질수록 몸은 더 오래 걷기를 원했다.

여느 때와 다름없는 고단한 행군이 계속 되던 어느 날 오후. 뒤에서 오던 젊은 여자가 나를 불러 세웠다. 혹시 당신 이름이 수키냐고 묻는다. 고개를 끄덕였더니 당신에게 온 '빅 메일'이 있단다. 우체국도 없는 순례길에 웬 편지? 그것도 큰 편지라니? 그녀는 손가락을 들어 내가 지나온 길을 가리켰다.

'Courage Sooki힘내라 수키'

나뭇가지나 막대기로 쓴 듯한 글자가 땅바닥에 그려져 있었다. 누군지 짐작할 만했다. 두어 시간 전에 길가 잔디밭에서 푸른빛 숄을 식탁보 대용으로 깔고 바게트 샌드위치를 먹는데, 한 순례자가 다가와 함께 해도 되겠느냐고 물었다. 와이 낫Why not!

'와인의 고장' 프랑스 보르도 지방에서 왔다는 남자는 수통에서 물 대신 와인을 따랐다. 내게도 권했지만, 눈물을 머금고 금주중이라고 사양했다. 새끼오징어 통조림 샌드위치와 와인으로 '풀밭 위의 점심식사'를 마친 그는 먼저 길을 떠났다.

발신자는 틀림없이 그 남자일 터. 걷다가 지친 그는 자기 뒤에 걸어올 지친 길동무에게 용기를 주려고 비둘기를 날린 것이리라. 지극히 아날로그적인 방식으로. 가슴이 따뜻해진다. 졸지에 배낭 무게가 절반으로 줄어든 것 같다. '사람이 꽃보다 아름답다'는 노랫말이 실감난다.

음치녀, 서양남자 감동 먹이다

눈이 멀 만큼 아름다운 대성당이 있는 부르고스를 지나 본격적인 메세타 구간^{대평원 지역}으로 접어들었다. 부르고스에서 레온까지 무려 181킬로미터에 이르는 길이다. 산티아고 여정에서 어떤 이들은 가장 지루하고 혹독한 길로, 어떤 이들은 가장 매력적이고 인상 깊은 길로 기억하는 묘한 곳이다.

초가을의 메세타는 명상하기 딱 좋은 공간이었다. 끝없이 펼쳐진 대평원은 여름에는 해바라기가 장관을 이룬다지만, 초가을에는 밀마저 죄다 거둬들인 허허벌판이었다. 햇볕을 가릴 나무그늘 하나 없고, 아기자기한 샛길 하나 없이, 묵묵히 한 방향으로만 뻗어 있는 길. 주목할 풍경도, 사인을 놓칠 염려도 없는 메세타이기에 더욱 생각에 집중할 수 있었다.

마음의 도마 위에 한 번씩 올려놓아본다. 미워했던 사람, 사랑했던 사람, 실타래처럼 얽힌 인연, 언론사에서 일하는 동안 끈질기게 따라붙었던 갖가지 송사, 날아갈 듯한 행복과 생손을 앓는 고통을 동시에 안겨준 큰아이, 단신으로 월남해서 한평생 술 하나에 마음을 의지하다 결국 암으로 세상을 떠난 외로운 함경도 사내 우리 아버지…….

분노는 옅어지고 그리움만 짙어진다. 미움은 사라지고 더 이상 사랑할 수 없음만이 안타깝다. 강물 위에 떠운 종이배처럼 흘러갈 일에 왜 그리 마음 상하고 애를 끓였을까. 대관절 무엇을 위해 뜨는 해, 지는 노

을 바라볼 여유조차 없이 살았던 걸까. 가장 아끼고 소중히 여겨야 할 자신에게 왜 그리도 무심했을까. 자기 자신도 사랑하지 못한 내가 세상을, 다른 사람을 제대로 사랑할 수 있었을까.

주구창창 걷노라니 생각마저 끊어지고, 그 빈자리에 노래가 들어섰다. 주변에 소문난 음치지만 아무도 없으니 체면 차릴 일도, 눈치 볼 이유도 없었다. 레퍼토리는 발라드, 트로트, 동요를 지나 구전민요로 이어졌다. '진주난봉가' '아리랑' '새야 새야 파랑새야'가 절로 흘러나왔다. '새야 새야'는 어릴 적 동네에서 고무줄놀이를 하면서 불러보곤 처음이었다. 메세타의 쓸쓸한 분위기와 잘 어울리는 이 노래를 나는 두 번, 세 번 온몸으로 불러제꼈다.

"브라보!"

난데없는 박수소리가 뒤에서 들렸다. 뒤돌아봐도 눈길이 닿는 곳까지 아무도 보이지 않기에 마음 놓고 불렀는데, 이게 웬 망신살인가. 핀란드에서 왔다는 남자는 "아름다운 노래다. 슬픈 노래 같은데 어느 나라 노래냐?"고 물었다. 노래에 깃든 슬픈 정조가 다른 나라 사람에게도 전달되다니, 그것도 음치가 부르는 노래가. 노래의 힘은 역시 위대하다.

산티아고에 조금씩 가까워질수록 순례자들 사이에는 부상자가 늘어났다. 알베르게는 종합병원을 연상케 했다. 열 발가락 모두에 물집이 잡힌 사람, 근육이 파열된 사람, 인대가 늘어난 사람, 잦은 설사에 시달리는 사람, 오랜 변비로 고생하는 사람 등등.

순례를 시작하면서 스스로에게 다짐했다. 정성을 다해 몸을 돌보고 자신과 대화를 많이 하겠다고. 가장 소중히 여기고 맨 먼저 돌봐야 할 것에 무관심을 넘어 학대까지 일삼았던 지난날을 반성하는 뜻에서. 무엇보다도 이 여정을 무사히 마치기 위해서.

매일 밤 침낭 속에서 머리끝에서 발끝까지 구석구석 마사지하면서 몸에게 말을 걸었다.

"오늘 참 수고했다, 사랑한다, 내일도 부탁한다."

한비야가 가르쳐준 비법이었다. 걸으면서 단련하고 자기 전에 돌본 덕분일까. 다행히도 몸은 상한 곳, 아픈 곳이 한 군데도 없었다. 레온을 지나 메세타를 벗어날 즈음에는 몸은 장기 레이스에 익숙한 '순례자 모드'로 바뀌어 있었다.

몸의 전환이 이루어질 즈음 '세계에서 가장 안전한 길'에 대한 확신도 어느 정도 생겼다. 알베르게에 도착하는 시간을 오후 2,3시에서 3,4시로, 다시 5,6시로 늦추었다. 길을 빨리 가기 위해서가 아니라 길에서 오래 머무르기 위해서.

포도주가 숙성하는 계절이 있듯이 생각도 익는 시간이 따로 있는 걸까. 이글거리던 태양의 위세가 한풀 꺾이고 짐승들도 제 집으로 돌아갈 무렵, 홀로 길을 걷는 것은 행선^{行禪}이요, 묵상이요, 기도였다.

다음 마을은 너무 멀고 눈앞의 마을에 들어가기엔 이르다 싶을 때는 언덕에 앉아 그리운 이들에게 소식을 전했다. 때로는 짧은 그림엽서를, 때로는 아주 긴 편지를.

타바코^{담배가게}에서 고심 끝에 고른 엽서에, 손으로 정성껏 써서, 행여 떨어질세라 우표를 꼭꼭 눌러서, 배낭에 소중히 간직했다가, 어쩌다 나타나는 노란 우체통에 조심스레 밀어넣는 맛이란! 청마^{靑馬, 시인 유치환}가 우체국 창가를 좋아했던 마음을 헤아릴 것 같았다.

길에서 보내는 시간이 많아지다 보니 먹는 패턴도 달라졌다. 덧창까지 꼭꼭 닫은 어두컴컴한 바나 레스토랑에서의 식사(햇볕을 차단하려는 스페인 사람들의 노력은 가히 필사적이었다)보다는 찬란한 햇살 아래서 직접 만든 '서명숙표 샌드위치'를 먹는 쪽을 즐기게 되었다.

어느 날, 옆으로 시냇물이 졸졸 흐르고 나무그늘이 시원해 뵈는 둔덕에 식탁보 대신 치마를 깔고서 바게트 샌드위치를 준비하는데 한가닥 아쉬움이 들었다. 참치 통조림과 토마토는 있는데 채소만 없었기에. 근데 이게 웬 떡? 아니, 웬 양상추? 둔덕 아래 텃밭의 야들야들한 양상추가 눈에 확 들어왔다. 마침 앞치마 두른 아주머니가 지나가기에 밭주인을 물어봤더니, 자기가 심은 거라면서 한 움큼 뜯어준다. 이로써 샌드위치의 조건이 완벽하게 갖춰졌다.

햇살을 받아 반짝거리며 몸을 뒤채는 시냇물과 물가에 심긴 푸른 나무를 번갈아 쳐다보면서, 샌드위치를 조금씩 떼어서 천천히 음미했다. 내 생애 최고의 점심식사였다. 두바이의 명물이라는 7성급 호텔의 전망이 이보다 훌륭하고 그 음식 맛이 이보다 맛있을쏘냐.

행복한 마음이 밖으로도 흘러넘쳤던 걸까. 차에 탄 사람들이 손을 흔들며 지나갔고, 길을 가던 순례자들은 엄지손가락을 치켜 올렸다. 독일 언론인 출신 알렉산더 폰 쇤부르크는 저서 《우아하게 가난해지는 방법》에서 가난해지는 그 순간 맘만 먹으면 우아하게 사는 길이 열리지만, 부자들은 부의 천박한 속성 때문에라도 우아해지기 힘들다고 역설했다. 이날 점심을 먹으면서 나는 그의 주장에 십분 공감했다.

한계령을 빼닮은 산중마을 만하린^{Manjarin}, 이곳 산중 알베르게는 일부러 촛불과 야외 화장실을 고집한다. 산중의 고요를 깨뜨리지 않기 위해서이다. 이 독특한 알베르게를 운영하는 주인장은 말했다.

"이곳은 완벽하게 조용한 곳이다. 고요는 자연이 준 귀한 선물이니 충분히 즐기라."

머리 위로 쏟아지는 별들 아래에서 순례자들은 무한대의 풍요로움을 느꼈다. 번쩍거리는 조명과 간판, 귀 따가운 소음으로 가득 찬 대도시에서는 결코 맛볼 수 없는.

빗속에서 사랑에 빠지다

10월 11일 아침. 해발 1300미터의 알토 데 폴로^{Alto de polo}에서 하룻밤 묵고 산장을 나서려는데 비가 쏟아지기 시작했다. 알베르게 페치카 앞에서 불을 쬐던 순례자들은 한결같이 난감한 표정이었다. 한 여자가 배낭만이라도 택시로 보내자고 제안했다. 여섯 명이 5유로씩 거둬서(택시를 대절하는 삯은 30유로) 15킬로미터 떨어진 트리야카스텔라의 알베르게로 짐을 부치기로 했다.

안개비를 맞으며 고난의 행군을 시작했다. 한 달 만에 배낭은 몸의 일부가 돼버린 걸까. 배낭이 없으면 홀가분할 줄 알았는데 정반대였다. 왠지 어깨가 허전하고, 마음도 헛헛했다. 시간이 흐르면서 빗발이 가늘어지니 후회가 밀려들었다. 배낭이 무사히 도착했을까? 만일에 대비해 카메라나 일기장은 챙겨둘 걸 그랬나?

추위도 이길 겸 걱정도 잊을 겸, 뛰어가기로 했다. 〈오마이뉴스〉에서 근무할 때 회사 마라톤대회에 두 번 참가했더랬다. 그때처럼 5킬로미터만 뛰자. 슬슬 달리기 시작했다. 한 달 사이에 5킬로그램쯤 빠진 덕분에 몸이 깃털처럼 가볍게 느껴졌다. 한라산을 관통하는 5·16도로를 꼭 닮은, 지그재그 아리랑도로가 나타났다. 앞서 걷던 순례자를 하나 둘, 따라잡았다.

비에 씻겨내린 순정한 초록으로 뒤덮인 산. 그 산을 내달리면서 무언가 핏줄기를 타고 흘러넘쳤다. 자유, 였다. 기쁨, 이었다. 그날 내리는

비에 씻겨내린 순정한 초록으로 뒤덮인 산.
그 산을 내달리면서 무언가 핏줄기를 타고 흘러넘쳤다. 자유, 였다. 기쁨, 이었다.
그날 내리는 빗속에서 나는 그저 오롯한 한 사람이었다.
이제 그 사람을 진정 사랑할 수 있으리라는 예감이 들었다.

빗속에서 나는 그저 오롯한 한 사람이었다. 누군가의 엄마도, 아내도, 딸도, 전직 기자도 아닌 그저 '서명숙'이라는 인간! 이제 그 사람을 진정 사랑할 수 있으리라는 예감이 들었다.

"당신의 까미노를 만들어라"

 사모스Samos의 알베르게는 수도원을 개조한, 운동장만 한 크기의 원룸이었다. 무거운 다리를 질질 끌면서 화장실 가는 발소리, 변기 물 내리는 소리, 뭘 잘못 먹었는지 밤새 게우는 소리…… 화장실과 가까운 아래칸 침대에 누워 있자니 갖가지 소음이 날 괴롭혔다. 며칠 전 폰페라라의 알베르게에서 밤중에 화장실에 가려고 이층침대에서 내려오다가 그만 발을 헛디뎌 대리석 바닥으로 굴러 떨어지고 말았다. 머리통이 깨진 듯한 사고의 충격 때문에 여기에선 화장실 가까운 자리를 잡았는데, 이번에는 소리가 문제였다.
 '내 다시는 알베르게에 오지 않을 테다.'
 그럼 호텔이나 호스탈²인 혹은 다인용이어서 호텔보다 저렴한 숙소로 가야 하나? 숙박비도 비싸거니와 썩 내키지 않았다. 차라리 밤중에도 내처 걸으면 어떨까. 다른 순례자들과 산티아고에서 만나기로 약조한 날짜는 사흘 뒤. 현재 남은 거리는 145킬로미터. 평소 내 속도대로라면 닷새는 족히 걸린다. 그렇지만 밤중에도 걷는다면 약속을 지킬 수 있을지도 모른다.

이 길을 맨 먼저 걸었다는 야고보 성인도 밤을 도와 먼 길을 좁혔는지도 모른다. 우리 조상님네도 호랑이가 출몰하는 깊은 산골짝을 한밤중에 걸어서 넘었다지 않은가. 하물며 호랑이가 서식하지 않는 이곳 스페인에서야. 지난겨울 여자 선배들이랑 강화도에서 밤새 걷다가 길가 정자에서 비박을 한 경험도 있었다. 까짓거 한번 해보자. 아님 말고.

별 아래 자고 달빛 따라 걷고

해는 산등성이 저편으로 넘어가고 유혹적인 푸른빛이 대지를 휘감을 즈음, 나는 새벽의 결심을 떠올리며 망설였다. 가게에서 비상용으로 구입한 라이터를 만지작거리다가, 드디어 배낭을 둘러멨다. 미지의 공간을 향해 발걸음을 뗐다. 순간 온몸을 관통하는 열정과 떨림! 미련과 두려움을 애써 떨쳐냈다.

얼마나 걸었을까. 사방이 어둑시근해져가는 가운데 '산티아고까지 100킬로미터'를 알리는 표지석이 나타났다. 걷다 보니 이런 순간도 찾아오는구나! 앞서간 이들도 비슷한 심경이었나보다. 지니고 다니던 손수건, 지팡이, 모자, 사연이 담긴 카드 따위를 표지석 위에 얹어놓았다.

한술 더 떠서 신던 등산화를 벗어놓은 이도 있다(대체 그 사람은 뭘 신고 간 것일까?).

거기까지는 좋았다. 얼마 지나지 않아 산티아고 사인을 놓치고 말았다. 금세 뭔가 튀어나올 것 같은 덤불숲이 앞을 가로막았다. 위아래로 종종걸음을 쳐봐도 산티아고 사인은 보이지 않았다. 마을로 돌아가기에는 너무 멀리 와버렸다. 그동안의 경험에 비추어, 잘못된 방향으로 나아가는 건 아니 가느니만 못했다. 차라리, 여기서 비박을 하자.

돌담으로 둘러쳐진 풀밭에 들어가 침낭을 깔았다. 백승기 선배를 좇아 비박이라도 한번 제대로 해볼 것을. 뒤늦은 후회였다. 침낭 안에서 목만 쏙 내밀고 올려다본 하늘엔 별이 총총했다. 어린 시절 엄마 무릎을 베고 평상에 누워 올려다보면 이마 위로 별이 우수수 쏟아졌더랬는데. 문득 친정어머니가 목메게 그리웠다.

매트리스도 깔지 않은 터라 시간이 갈수록 땅의 한기가 올라왔다. 배낭을 뒤져 옷이란 옷은 죄다 꺼내 입었지만 추위는 가시지 않았다. 왜 야간도보라는 엉뚱한 생각을 했을까, 후회막심이었다. 턱을 덜덜 떨면서 억지로 잠을 청하는데, 갑자기 눈부신 빛이 쏟아지는 바람에 선잠마저 깨고 말았다. 고개를 빼보니 반달이 훤하게 웃고 있었다. 달빛에 비친 침낭 주변은 밤새 내린 이슬로 온통 물텀벙이었다.

더는 잠을 이룰 수가 없었다. 달빛이 워낙 밝은지라 산티아고 사인을 찾을 수 있을 것도 같았다. 세상에! 그토록 찾아 헤매던 화살표는 사인을 놓쳐 허둥대던 지점에서 채 100미터도 떨어지지 않은 변전소 담벼락

귀퉁이에 숨어 있었다. 달빛을 칭송하는 글을 남긴 옛사람의 심정을 비로소 알 것 같았다.

내 넋을 홀랑 빼놓은 카사노바

추위를 견디느라 새우처럼 몸을 말고 잔 탓일까. 사지가 두들겨 맞은 듯 여기저기 쑤셨다. 무거운 배낭을 온종일 감당한 어깨는 무너져 내리는 듯했다. 이슬에 흠씬 젖은 등산양말을 벗고 맨발로 걸었더니 안 생기던 물집까지 생겨 고통스럽다. 어제 목표를 초과 달성했으니 오늘은 알베르게에서 자면서 호흡을 고르고 마지막 날 아예 '올나잇'을 하자. 또 한번 전략을 수정했다.

석양 무렵, 폰트 캄파냐 마을에서 레스토랑을 겸한 알베르게를 찾았다. 식당에서 흘러나오는 맛있는 냄새에 침을 꼴깍 삼켰다. 헌데 망할 놈의 베드가 또 없단다. 운영자는 1킬로만 더 가면 알베르게가 나온다고 친절하게 일러준다. 식당에 모여 있던 순례자들이 나의 불운을 자기 일처럼 안타까워했다.

까짓 1킬로미터쯤이야. 길은 삽시에 어두워졌다. 달빛에 드러난 길은 허연 바위투성이여서 관악산 입구 같았다. 서울을 생각하며 잠시 감상에 젖어드는데 난데없이 개 짖는 소리가 요란했다. 오금이 저려와서 그 자리에 못 박힌 듯 서 있는데 개들이 시퍼런 눈을 번쩍이면서 나를 향해 달려왔다. 한 마리, 두 마리, 세 마리!

'아, 겁대가리 없이 까불다가 객지에서 개죽음을 하는구나.'

순간 불빛이 번쩍이는가 싶더니 누군가가 창문을 열고 소리쳤다. 나는 인기척이 나는 쪽을 향해 힘껏 소리 질렀다.

"개새끼들 좀 묶어놔!"

물론 한국말이었다.

사내는 능숙한 휘파람으로 개들을 불러들인 뒤 벌벌 떨고 서 있는 내게 다가왔다. 열쇠를 절그럭거리면서. 맙소사, 맞은편이 알베르게였다. 그는 자신이 알베르게 운영자라면서 찾아오는 순례자가 없어서 일찍 문을 잠갔다며 미안해했다. 그의 안내로 들어가보니, 알베르게는 스무 개가 넘는 침대에, 샤워 부스만도 다섯 개나 되었다. 사람 팔자 시간 문제라더니, 아랫마을에선 침대 한 칸을 못 얻어서 쫓겨났는데 이번엔 알베르게를 통째로 쓰게 되었다.

한 시간쯤 지났을까. 어제 못 한 샤워까지 곱빼기로 한 뒤 느긋하게 잠을 청하려는데 문 두드리는 소리가 요란했다.

'아까 그 남자가? 엉큼하게 무슨 짓을 하려고? 차라리 그냥 걸을 걸 그랬나?'

겁에 질려 떠는데 샛된 여자 목소리가 들렸다. 이층 창문을 살며시 열고 내려다보니 순례자 커플이다. 한달음에 뛰어내려가서 현관문을 열어주었다.

헌데 이 커플, 참말이지 싸가지가 없었다. 고맙다고 요란하게 인사치레 한마디 하더니, 자기네끼리 애정표현을 하느라 옆사람은 도통 안중에도 없다. 툭 트인 공간에 달리 눈 둘 데도 없고, 에라 침낭 속으로 기어들어가는 수밖에.

참으로 긴긴 하루였다. 내 넋을 홀라당 빼놓은 이 마을의 이름은 얄궂게도 카사노바^{Casanova}였다.

이 행복을 나눠야만 해

생사의 고비를 넘긴 안도감 덕분일까. 다음날 알베르게에서 내다본 마을 풍경은 참으로 신선하고 풋풋했다. 어젯밤과는 딴판이었다. 마음먹기에 따라 풍경도 달리 보인다.

'이제 멜리데^{Melide}가 멀지 않았다. 맛난 문어요리를 먹을 수 있겠지.'

산티아고 관련 책자마다 빠지지 않고 언급된 문어요리, 뽈포의 맛이 궁금했다. 걸음을 재촉하는데 길가 풀밭 나무그늘 밑에 한 여자가 달콤한 휴식을 취하고 있다. 간, 세, 다, 리, 처럼.

가까이 다가가보니 두어 시간 전 바에서 만났던 헤니였다. 영국에서 나고 자랐지만 스페인이 더 좋아서 일 년의 절반은 안달루시아 지방에서 산다는 그녀. 우리는 느긋하게 쉬다가 점심 무렵이 다 되어서야 멜리데에 입성했다.

동네 사람들에게 물어물어 찾아간 뿔포 요릿집은 입구부터 '맛집'의 포스가 강력하게 느껴졌다. 김이 무럭무럭 나는 대형 화덕, 발 디딜 틈 없이 가득 들어찬 손님, 음식을 먹고 있는 손님들의 행복한 표정과 기다리는 손님들의 기대감에 들뜬 표정.

뿔포를 시켜놓고 기다리는데 험상궂은 인상의 사내가 헤니를 향해 구르듯 돌진해왔다. 둘은 서로 얼싸안고 볼을 부비고 난리였다. 지성적인 헤니와 각두기 같은 그 남자는 전혀 어울리지 않는 조합이었다.

그 남자가 한참을 떠들다 제자리에 돌아간 뒤 헤니는 말했다.

"일주일 전에 내가 묵었던 알베르게의 호스피탈레로야. 그날 나 혼자 묵었는데 어찌나 신경질적적인지 부엌에서 도마가 부서져라 칼질을 하는데 무서워서 죽을 뻔했어. 그런데 와인 한잔 나누면서 그의 말을 들어보니 그럴 만도 하더라구. 순례자들이 거의 찾지 않는 알베르게를 혼자 지키는데, 어쩌다 온 손님들은 지독히도 까다롭거나 괴팍했대. 자기가 좋아서 시작한 일이니 그만둘 수도 없고 무척 힘들다는 거야."

헤니는 그를 붙들어 설득을 했단다. 내일이라도 당장 짐을 싸서 당신도 순례길에 나서라고. 불행한 마음으로 남에게 봉사하기보다는 당신을 먼저 행복하게 만들라고. 알베르게를 놔두고 어떻게 가느냐고 망설이던 남자는, 다음날 새벽 배낭을 메들고 입구에서 헤니를 기다리더란다.

보기에도 먹음직한 뿔포 요리에 화이트 와인 반 병이 곁들여 나왔다. 기분 좋게 먹고 마시면서 나는 헤니에게 큰소리를 쳤다.

"앞으로 5년에 한 번씩은 땡빚을 내서라도 산티아고에 올 거야!"

헤니는 고개를 끄덕이더니 진지한 표정으로 말했다.

"우리는 이곳에서 참 행복했고 많은 것을 얻었어. 그러니 그 행복을 다른 사람들에게도 나눠줘야 한다고 생각해. 누구나 우리처럼 산티아고에 오는 행운을 누릴 순 없잖아. 우리, 자기 나라로 돌아가서 각자의 까미노를 만드는 게 어때? 너는 너의 길을, 나는 나의 길을."

머리에 번개를 맞은 기분이었다. 만들어져 있는 길만 길이라고 생각하던 나. 우리나라엔 왜 아름다운 걷는 길이 없나, 불평만 일삼던 내게 코페르니쿠스적 전환이 찾아왔다. 아, 내가 직접 길을 만들 수도 있구나. 산티아고 길을 걸으면서 어릴 적 걷던 내 고향 제주의 길을 내내 떠올렸는데…… 그곳에 길을 내면 되겠구나. 제주올레의 씨앗이 뿌려진 순간이었다.

헤니는 고개를 끄덕이더니 진지한 표정으로 말했다.
"우리, 자기 나라로 돌아가서 각자의 까미노를 만드는 게 어때?
너는 너의 길을, 나는 나의 길을."
제주올레의 씨앗이 뿌려진 순간이었다.

떠난 자만이 목적지에 이른다

마침내 '기쁨의 언덕'에 이르렀다. 10월 15일 정오께였다. 9월 10일 생 장 피 드 포르에서 출발한 지 35일 만이었다. 5킬로미터만 가면 산티아고 까미노의 종착지인 산티아고 데 콤포스텔라Santiago de Compostela다. 언덕에 올라서니 산티아고 시내가 신기루처럼 눈앞에 펼쳐진다.

순례자들끼리 다시 만나기로 한 약속도 중요하지만, 오랫동안 마음에 품어온 도시 산티아고에 피로에 찌든 몸과 마음으로 입성하고 싶지는 않았다. 밤새 걷느라 축축이 젖은 옷가지를 언덕배기 풀밭에 널어놓고 배낭 안의 살림살이들을 꺼내어 가지런히 정돈했다. 근처 샘에서 목을 축이고 고양이 세수나마 해본다.

휴대용 거울에 비춰보니 몰골이 말이 아니다. 스페인의 이글거리는 태양에 새까맣게 그을리고 잔주름이 자글자글하다. 하지만 눈빛만큼은

산티아고 대성당에 도착한 시각은 태양이 작열하는 오후 2시께였다. 배낭을 부려놓고 대리석 바닥에 벌렁 드러누웠다. 눈부신 햇살이 머리 위로 쏟아졌다. 누워서 올려다보는 성당은 몽환적이었다. 행복한 표정의 순례자들이 꿈결 같은 풍경 사이로 흘러다녔다. 완벽한 자유와 충만감이 온몸에 흘러넘쳤다.

형형했다. 수도승처럼 맑아진 얼굴이 스스로 흡족했다.

'영광의 문' 앞에서

사흘간의 강행군으로 지칠 대로 지친 다리와 물집투성이의 발을 질질 끌다시피 하면서 산티아고 대성당에 도착한 시각은 태양이 작열하는 오후 2시께였다. 웅장하면서도 섬세한 쌍둥이탑은 하늘 끝까지 닿을 듯한 포즈로 서 있었다.

순례자의 마지막 코스인 '영광의 문'을 찾아 두리번거리는데 누군가 내 이름을 불렀다. 로그로뇨에서 노래하던 벤과 그의 친구들이었다. 그들은 성당 마당에 진을 치고 뒤늦게 도착하는 이를 맞고 있었다.

그들 옆에 배낭을 부려놓고 대리석 바닥에 벌렁 드러누웠다. 눈부신 햇살이 머리 위로 쏟아졌다. 누워서 올려다보는 성당은 몽환적이었다. 행복한 표정의 순례자들이 꿈결 같은 풍경 사이로 흘러다녔다.

이곳에 도착하는 순간 허벅지의 통증도, 쓰라린 물집도, 끈질기게 따라붙었던 피로도 씻은 듯 사라졌다. 완벽한 자유와 충만감이 온몸에 흘러넘쳤다. 오랫동안 소망해온 대로 걸어서 산티아고에 온 지금, 생애 어느 때보다도 행복하다. 지금 있는 그대로의 나를 사랑한다. 그리고 이 순간 쏟아지는 햇볕을 즐기고 있다. 더 이상 무엇을 바랄 것인가.

오랫동안 소망해온 대로 걸어서 산티아고에 온 지금,

생애 어느 때보다도 행복하다.

지금 있는 그대로의 나를 사랑한다.

그리고 이 순간 쏟아지는 햇볕을 즐기고 있다.

더 이상 무엇을 바랄 것인가.

밤이 이슥해지면서 대성당 주변은 또 다른 매력을 발산했다. 으슥한 골목에 들어선 바와 레스토랑에는 순례자들이 삼삼오오 모여앉아 산티아고가 자랑하는 '순례자 메뉴'를 즐기면서 술잔을 기울였다. 펠리페와 스테판도 반갑게 재회했다. 우리는 밤늦도록 이야기를 나눴다. 산티아고 길에서 얻은 것, 깨달은 것, 변화된 것, 그 모든 것들에 대하여.

이야기에 기분 좋게 취해 미리 정해둔 숙소로 돌아가는데 흥거운 음악소리가 들려온다. 대성당 마당 한켠에서 민속 밴드의 아코디언 반주에 맞추어 한 여성이 열정적인 춤을 선보이고 있다. 빙 둘러선 사람들은 박수로 화답한다. 성聖과 속俗의 유쾌한 공존. 순례자와 관광객의 발길이 끊이지 않는 산티아고 대성당만이 지니는 매력이다.

대성당에서 도보로 1, 2분 거리에 위치한 자그마한 호텔에서 하룻밤 묵었다. 사흘 동안 145킬로미터를 주파한 지독한 강행군에 대한 보상이었다. 창문을 열어젖히니 성당의 첨탑이 푸른 불빛 속에 또렷이 윤곽을 드러낸다.

정말 이곳에 왔구나!

스스로 대견해서 가슴이 터져나갈 것 같았다. 떠나는 자만이 목적지에 이를 수 있는 법이다.

다음날 산티아고 우체국에 가서 출발지인 생 장 피 드 포르에서 부친 짐을 찾고 나니, 더 이상 할 일이 없다. 마음이 헛헛하고 허탈했다. 산티아고에서 90킬로미터쯤 동쪽으로 더 가면 스페인의 땅끝마을 피니스테레Finisterre라는데, 내친 김에 그곳까지 가보자.

물어물어 버스터미널에 갔더니 다행히 하루에 서너 차례 피니스테레까지 가는 버스가 있단다. 뜻밖에, 버스 안에서 반가운 친구들을 만났다. 알베르게에서 여러 번 마주쳤던 독일 남자 보르도와 브라질 여자 후비아. 두 사람은 길에서 만나 사랑에 빠진 '까미노 연인'이었다. 알베르게 생활에 진력이 난 우리는 땅끝마을에서 민박집에 묵기로 했다.

버스는 느릿느릿 달린 끝에 두 시간 만에 피니스테레 항에 도착했다. 햇빛 찬란한 산티아고와는 달리 땅끝마을에는 보슬비가 내리고 있었다. 비에 젖은 어부의 동상이 순례자들을 맞이했다.

처음 와보는 곳인데도, 피니스테레가 낯설게 느껴지지 않았다. 그렇구나! 이곳은 내 고향 서귀포를 쏙 빼닮았다. 내륙을 관통하는 기나긴 도보여행 끝에 만난 푸른 바다였다.

시즌에는 관광객과 순례자로 넘쳐난다는 피니스테레는 철지난 관광지의 쓸쓸함이 곳곳에서 묻어났다. 빈 테이블이 바다를 향해 나란히 도열한 텅 빈 레스토랑, 포구에 묶여 있는 작은 어선, 비에 젖어 펄럭이는 관광 안내 깃발, 마을 규모에 비해 생뚱맞게 큰 대형 슈퍼마켓, 문 닫은 곳이 더 많은 해변가 가게……. 술잔이나 기울이면 딱 좋을 분위기였다.

그러나 우리에겐 치러야 할 의식이 있었다. 석양 무렵 등대^{파두} 절벽에서 지니고 다니던 물건을 태우거나 바다로 던지면서 소원을 비는 것이 순례자의 오래된 관습이었다. 비바람이 분다고 의식마저 생략할 수는 없다.

등대 절벽에 선 보르도는 순례길 내내 함께한 지팡이를 아쉬운 듯 어루만지더니 바다를 향해 힘껏 집어던졌다. 들고 다니던 지팡이를 잃어버린 지 오래인 나는 'Everyday Trouble^{날마다 말썽}'이라는 글귀가 새겨진 낡은 티셔츠를 꺼내들었다. 한국에서 아무 생각 없이 사서 입고 다니다 이곳까지 가지고 왔는데, 태워버리기에 안성맞춤인 물건이었다.

하지만 분쟁과 갈등이 없는 세상은 쉽게 찾아오지 않았다. 성냥으로 몇 차례 불을 붙였지만 불길은 이내 비바람에 잦아들었다. 지나던 순례자가 라이터를 빌려주어서야 겨우 불이 붙었다. 우리는 티셔츠가 잿더미로 변할 때까지 말없이 붉은 불길을 응시했다. 깊고 푸른 해벽^{海壁} 옆에서.

민박집으로 돌아오는 길, 나는 보르도와 후비아에게 말했다.

"난 피니스테레에 사나흘 더 머무를 거야. 이곳이 마음이 들어."

날마다 짐을 꾸려 길을 떠나다가 한 곳에서 머무르니 고향에 돌아온 기분이었다. 아침마다 빵가게 이층 민박집을 나서서 슬리퍼를 질질 끌면서 설렁설렁 마실을 다녔다. 마을길은 거의가 항구로 이어졌다. 올망졸망 비좁은 골목의 끝자락에는 선물처럼 푸른 바다가 기다렸다. 예전의 서귀포 솔동산이 그랬듯이.

부두 정면에 자리 잡은 바에는 주로 관광객이나 순례자가 드나들었지만, 모퉁이만 돌면 토박이들이 애용하는 바가 있었다. 바다에서 잔뼈가 굵은 거친 사내들이 건들거리면서 여급에게 짓궂은 농담을 툭 던지고, 몇몇은 모여앉아 내기 트럼프에 열을 올리는, '도라지 위스키 한 잔에 짙은 색소폰 소리가' 흘러나올 것 같은 곳.

책도 읽으면서 바에서 오전을 보내다가 오후가 되면 바닷가로 나갔다. 그곳 바위에 걸터앉아 망망대해를 하염없이 바라보곤 했다.

'서귀포 앞바다에는 섬이 다섯 개나 있는데…….'

바에서 알게 된 그곳 토박이 남자는 유럽 대륙을 돌아다니는 트레일러 운전사였다. 직업 덕분인지 영어가 유창했다. 한번 가면 보름쯤 걸리는데 일이 끝나면 고향에 돌아와서 바다를 봐야만 다시 떠날 기운이 생긴단다. 자고로 피니스테레만큼 아름다운 곳은 없다는 게 그의 지론이었다.

고향 사랑이 넘치는 그는 나와 몇몇 순례자들에게 '진짜 풍경'을 보여주겠노라고 했다. 그리고 항구 쪽 바다와 등대 쪽 바다, 두 바다를 한꺼번에 굽어볼 수 있는 산으로 우리를 안내했다. 비바람이 몰아치는 산마루에 서서 그는 자랑스럽게 말했다.

"잇츠 피니스테레It's Finisterre. 이것이 피니스테레다."

서귀포 삼매봉에 올라서면 코발트빛이라는 단순한 어휘로는 도저히 담아낼 수 없는 여러 빛깔의 바다가 다섯 개의 섬을 거느린 채 사방으로 펼쳐진다. 그 남자에게 그 바다를 보여주면서 뻐기고 싶었다. "이것이 서귀포다"라고.

고향 제주의 재발견. 산티아고 순례가 내게 준 뜻밖의 선물이었다.

느릿느릿 걸으면

행복하다

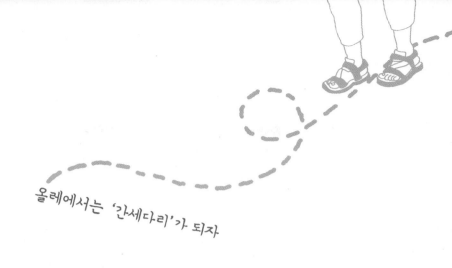

올레에서는 '간세다리'가 되자

　산티아고 길에서 모처럼 만난 한국 여자들과 헤어지기로 결심한 건 오로지 속도 때문이었다. 그들은 정면을 똑바로 주시한 채 빠른 걸음으로 쉬지 않고 걸었다. 마치 도보행군하는 군인처럼. 그래가지고야 피레네 산중에 핀 코르시카꽃이나, 휘파람새의 울음소리를 어찌 보거나 들을 수 있으랴.

　하기사 처음에는 나도 그랬다. 하지만 걷기의 역사가 길어지고, 자연에 깊이 매료될수록 걸음은 차츰 느려졌다. 이유명호 선배와 강화도 산길과 들길, 수로를 걸어다니면서 '느릿느릿 걷기'는 습관으로 정착되었다. 다이어트 책을 써낸 이 선배는 빠른 속도로 짧게 걷는 것보다는 느린 속도로 길게 걷는 쪽이 칼로리를 더 소모하는 방법이라고 거듭 강조했다.

산티아고 길을 걸으면서 '느린 걷기'는 단순한 운동 습관에서 확고한 신념으로 자리 잡았다. 한 달 치 여장을 꾸려넣은 무거운 배낭으로는 빠르게 걷는 게 애시당초 무리였다. 느리게 걷지 않고는 풍경에 집중할 수도, 생각에 머무를 수도 없었다. 그래서 순례자는 '빠름'보다 '느림'을 추구한다. 얼마나 빨리 여정을 끝내는가보다는 이 길에 얼마나 오래 머무르느냐에 존경이 바쳐진다.

여정의 종점인 피니스테레에서 우중산책 길에 만난 순례자가 내게 물었다. 언제 순례를 시작했느냐고. '9월 10일'이라고 자랑스레 대답했다. 그는 꽃 피는 4월에 프랑스 알자스 로렌 국경지대에 있는 집을 나서서 6개월째 순례중이란다. 어때 졌지? 장난스러운 웃음이 그의 얼굴에 피어올랐다.

세상에나, 아무리 천천히 걷는다 해도 꽃 피는 봄날 길을 떠나 가을에 목적지에 도착하다니. 사연을 듣고 보니 수긍이 갔다. 그는 말을 타고 순례길에 나선 것이다. 목초지가 나타나면 말 먹이를 충분히 마련해놓고, 말의 컨디션이 나쁘면 며칠씩 쉬면서, 쉬엄쉬엄 가야만 한다. 하지만 말 때문에만 속도가 늦어진 건 아니란다. 자신도 맘에 드는 마을이 나타나면 일주일이건 이주일이건 머물면서 마을 구경을 다 한 뒤에 떠났기에. 그게 여행 아니냐고 그는 씩 웃었다.

프리랜서 시나리오 작가이자 책을 여러 권 쓴 저술가라니 그럴 만도 하지만, 시간이 많다고 모두 느린 여행을 하는 건 아니다. 문제는 마인드다.

'간세다리'는 어릴 적 내 별명이었다. 천성이 게으르고 하기 싫은 일은 어떻게 해서든 피하는 나를 식구들은 "어구, 저 간세다리"라면서 한심해했다. 제주의 척박한 생존 조건에서 부지런함은 미덕이자 필수조건이었다. 그러니 '간세다리'는 부끄러운 낙인이었던 셈이다.

그러나 도시생활 30년은 타고난 간세다리를 일벌레로 바꿔놓았다. 삼십대 초반 유부녀 기자로서 직장을 옮기게 되었는데, 송별회 자리에서 직장 상사가 덕담과 함께 신신당부했다. 너무 열심히만 하지 않으면 자네는 기자로서 분명히 성공할 거라고, 제발 역량의 80퍼센트만 발휘하라고.

그의 말을 귓등으로 흘려넘겼다. 새 직장에는 유능한 동료들이 많았기에 그들에게 뒤지지 않으려고 더 악착스럽게 굴었다. 특종이나 좋은 기획거리를 다른 매체에 빼앗기면 잠을 이루지 못했다. 마감시간이 닥쳐오는데도 기사가 써지지 않아 벽에다 머리를 찧어댄 적도 있었다. 어느덧, 간세를 더 이상 피울 수 없는 '일중독자'가 되고 만 것이다.

뒤늦게야 일중독이 게으름보다 더 위험하다는 걸 깨달았다. 게으름 피우다가 죽었다는 사람은 없어도 과로로 죽거나 병에 걸린 사람은 주위에 많았다. 산티아고 길을 떠난 것도 일중독증을 치유하려는 본능적 몸부림이었는지도 모른다. 그곳에서 느린 걷기를 통해, 나는 비로소 간세다리로 돌아올 수 있었다.

'속도는 과연 행복한 질주일까'라는 의문을 던지는 책 《템포 바이러스》의 저자 페터 보르샤이트는 인류가 지나치게 빠른 속도에 휘둘리게 된 원인으로 '경쟁력'을 들고 있다. "남보다 더 빨리 하겠다는 욕심 때문에 속도는 그 자체로 하나의 가치가 됐고, 목적이 돼버렸다. 속도의 특권계층에 속하고 싶은 욕망은 일상생활에서 더 빠른 자동차, 더 빠른 컴퓨터를 사기 위해 돈을 벌도록 끊임없이 강요한다." 가속화 중독의 여러 징후를 세밀하게 탐색한 끝에 저자는 이런 결론을 내린다.

"인생에서 가장 아름다운 시간을 보내는 데는 시계가 필요 없다. 중요한 것은 시간이 주는 혜택을 이용하는 것이다."

제주올레 길을 만든 것도 속도에 치이고 일에 쫓겨 사는 나 같은 사람에게 휴식과 위안을 주기 위해서였다. 진정한 평화와 행복은 '느림'과 '여유'를 통해서만 찾아오는 것. 사람들을 '간세다리'로 만들어야만 했다. 적어도 평화의 섬 제주에서만큼은.

제주 조랑말처럼 꼬닥꼬닥

간세다리 정신을 형상화하는 이미지가 필요했다. 눈을 꿈뻑꿈뻑하면서 꼬닥꼬닥* 걸어가는 제주 조랑말을 상징으로 설정했다. 조랑말 '간세'의 아버지는 시사만평가 김경수 화백이다.

제주올레 길을 만든 것은 속도에 치이고 일에 쫓겨 사는 나 같은 사람에게 휴식과 위안을 주기 위해서였다. 진정한 평화와 행복은 '느림'과 '여유'를 통해서만 찾아오는 것. 사람들을 '간세다리'로 만들어야만 했다. 적어도 평화의 섬 제주에서만큼은.

그와의 인연은 〈시사저널〉 시절로 거슬러 올라간다. 2001년 편집장으로 취임하자마자 대대적인 지면 개편작업에 착수했고 처음으로 시사만평을 싣기로 했다. 여러 사람의 작품을 검토했지만 딱히 마음에 드는 게 없어 고민하는데, 눈썰미 뛰어난 시인 이문재가 김 화백을 추천했다.

〈조선일보〉 신인작가 발굴 공모전에서 대상으로 입상하고도 상금 천만 원만 달랑 따먹은 채 특채 입사를 거부하고, 〈대구매일신문〉과 〈내일신문〉에서 만평을 게재하는 괴짜란다. 그의 만평을 보았더니 메시지가 명쾌하고, 선은 유려했다. 무엇보다도 촌철살인의 유머감각이 우리를 사로잡았다.

제주올레 1코스 개장을 앞두고 팸플릿을 만들면서 맨 먼저 떠오른 인물이 김경수 화백이었다. 제주도 풍경 사진은 그동안 너무 많이 봐와서 식상해 있다. 젊은이들이 좋아하는 만화 기법으로 팸플릿을 제작하면 어떨까, 거기에 김 화백의 선과 유머감각을 곁들인다면!

오랜만에 연락해보니, 놀랍게도 그는 제주에 내려와서 살고 있었다. 5년 전에 제주에 여행차 왔다가 한림항 근처의 풍경에 반해서 눌러 살기로 결심하고, 한경면 저지리 예술인마을에 집을 짓고 정착했단다. 놀라운 인연이었다.

일이 많아서 곤란하다는 그에게 운동 삼아 한번 올레 길에 가보자고 꼬드겼다. 햇볕 와랑와랑한 8월 하순, 우리 남매가 열댓 번이나 오르내린 말미오름으로 그를 데려갔다. 제주에 살면서 숱하게 오름을 올랐다는 그도 알오름 정상에서는 넋을 잃었다. 오름의 나비와 꽃들을 재빠른 손놀림으로 스케치하는 그를 보면서 속으로 쾌재를 불렀다.

　그는 하산길 내내 집요하게 파고들었다. 서 선배의 여행 컨셉이 무엇인가, 왜 걷는 길을 만드는가, 올레 걷기는 다른 여행과 어떻게 다른가, 등등. 무더위에 지치고 짜증이 났지만 꾹 참고 인내심 있게 설명했다. 신중한 그는 고개를 주억거리면서 듣기만 했다. 여전히 '필'이 확 꽂히지 않는 모양이었다.

　그러던 중 '간세 부리면서 걸어야'라는 말이 내 입에서 튀어나왔다. 김 화백이 되물었다.

　"간세가 뭐예요?"

　"아니 제주사람 다 됐다고 자랑하더니 그것도 몰라? 게으름 피운다는 거지."

　그의 눈동자가 일순 반짝거렸다. 감이 온다는 증표였다. 며칠 뒤 그는 조랑말 스케치를 내게 들이밀었다. 산티아고 길에서 조개껍데기나 지팡이가 상징물이듯, 제주올레에서는 제주 조랑말을 상징으로 세우잔다. 제주도민에게 친근한 존재인 조랑말은 속성상 천천히 이동하는 동물이므로. 조랑말 이름은 '간세'로 붙이잔다. 좋구말구. 이렇게 제주올레의 캐릭터 간세가 태어났다.

9월 8일 1코스 개장행사에 앞서 올레꾼들에게 제주올레의 '간세다리' 노선을 주지시켰다. 그러나 해묵은 습관을 하루아침에 고치기는 어려운 일. 속도전에 익숙한 일부 올레꾼들은 초반부가 지나자 슬슬 눈치를 보면서 속도를 내기 시작했다. 덩달아 다른 사람들의 발걸음도 빨라졌다. 다급해진 나는 소리쳤다.

"올레지기가 들고 있는 푸른 깃발보다 앞서가는 올레꾼에게는 벌금 만 원씩 받습니다!"

참가자들이 와르르 웃으면서 깃발보다 앞선 이들에게 돈 내라고 소리쳤다.

2박 3일간의 〈시사IN〉 창간 독자행사 때의 일이다. 유난히 빨리 치고 나가는 그룹이 있기에 다가가서 신원을 확인해보았다. 서울의 유명한 도보클럽에서 선발대 격으로 온 남녀 여섯 명이었다. 왜 그리 빨리 걷느냐고 타박했다. 그쪽에서 외려 놀란다. 행사 때마다 선두주자가 엄청 빨리 걷는데다, 푸른 신호등이 켜질 때 한꺼번에 건너지 않으면 대열이 흩어져서 앞사람 발뒤꿈치에 바짝 붙어 걷는 게 버릇이 되었단다. 하기야 모든 행위는 환경의 산물이요 학습의 결과다.

아이들의 '간세다리' 학습 효과는 어른보다 뛰어났다. 〈시사IN〉 행사 때 문정우 국장은 초등학교 4학년인 아들 숙진이와 함께 참가했다. 사흘간 숙진이는 군말 없이 올레 1, 2, 3코스를 소화했다. 오름 주변에서 어슬렁거리는 소의 눈망울을 신기하듯 들여다보고, 말에게 쫓기기도 하면서. '올레 어린이'라고 칭찬해주었더니 숙진이는 수줍게 고개를 외로 꼬았다.

두어 달 뒤 문 국장과 서울에서 재회했다. 그는 다짜고짜 불평을 늘어놓았다.

"선배 땜에 애비 위신 다 구겼잖아요. 애한테 괜한 걸 가르쳐줘서는."

사연을 들어본즉 아빠가 잘못했다. 제주올레 이후 오랜만에 둘이 북한산에 올랐는데, 중반부를 넘어서면서 빨리 정상에 올라 한잔 마실 요량으로 속도를 내기 시작했단다. 뒤따라오던 숙진이가 준엄하게 혼내더란다.

"아빠, 벌써 잊었어요? 간, 세, 다, 리 정신!"

그러니까, 아이는 어른의 어버이라고 했지.

© 박성기

속도전에 익숙한 일부 올레꾼들은 초반부가 지나자
슬슬 눈치를 보면서 속도를 내기 시작했다.
덩달아 다른 사람들의 발걸음도 빨라졌다. 다급해진 나는 소리쳤다.
"올레지기가 들고 있는 푸른 깃발보다 앞서가는 올레꾼에게는 벌금 만 원씩 받습니다!"

© 시사IN포토

느릿느릿, 배 타고 오세요　　올레 개장행사가 홈페이지에 공지되고 나면 올레 사무실은 전화로 몸살을 앓는다. 그중 가장 많은 민원은 비행기표다. '제주=비행기'라는 등식이 확고하게 자리 잡은 탓에 제주행 비행기표 구하기가 점점 어려워지는 실정이다. 특히 수학여행철인 봄, 가을 주말쯤이면 비행기표 확보는 하늘의 별 따기만큼이나 힘들다. "비행기표가 없어요." "대기석도 다 동났대요." 올레꾼의 안타까운 음성이 전화기 안에서 흘러나온다.

빗방울님도 그중 하나였다. 그럼 배를 타고 오라고 했더니, "배요?" 화들짝 놀랐다. 체류 일정이 워낙 짧아서 비행기를 꼭 이용해야 하는 이들도 있지만, 비행기 이외의 탈것은 아예 떠오르지 않아 비행기만 고집하는 경우도 있다.

그럴 때마다 올레지기들은 조언해준다. 배를 타고 오시라고. 요즘 제주에 투입되는 배들은 조금씩 차이는 있지만, 대부분이 국제 규모의 페리호이다. 왕년에 인기리에 방영되었던 '사랑의 유람선'을 연상하면 된다. 속엣것까지 다 게워내는 지독한 멀미에 시달리면서 이쪽 끝에서 저쪽 끝까지 굴러다니던 연락선은 흘러간 옛말이다.

기왕 '간세다리'가 되기로 작정했다면, 제주 진입부터 간세다리로 시작하는 건 어떨까. 인천에서 저녁 7시 배를 타면 다음 날 아침 8시에 제주항에 도착한다. 어차피 집에서도 잠자는 시간, 배에서 자면 되는 것이다. 집에서 늘 자는 하룻밤과는 차원이 다른 하룻밤을 즐길 수 있다. 갑판에서 지는 노을을 보고, 밤바다를 배경으로 하늘에 총총히 박힌 별을 감상하며 폭죽놀이도 즐기고, 새벽에는 다도해의 비경과 더불어 해돋이를 보고, 싱싱한 아침햇살을 받으면서 한라산과 서서히 눈을 맞추는 진정한 '슬로 라이프' 여행이다. 항구에서 전형적인 제주식 아침식사를 즐길 수도 있으니 금상첨화다.

긴 뱃시간이 아무래도 부담스럽다면 목포까지 기차로 내려와서 목포 시내를 한 바퀴 둘러본 뒤에 배를 타면 된다. 그럴 경우 기차와 배, 목포와 제주를 한꺼번에 경험하게 되는 셈이다. 처음엔 "배요?" 하고 놀라던 빗방울님은 혼자 서울서 기차 타고, 배 타고, 그야말로 '산 넘고 물 건너서' 제주도에 도착했다. 오십대 중반의 중년여성이 말이다. 그녀는 말했다.

"비행기 표는 없고, 올레는 너무나 가고 싶고, 하는 수 없이 배라도 탔는데 배여행, 안 해봤으면 억울할 뻔했어요. 강추합니다."

올레꾼만의 비밀부호, 파란 화살표

 길을 걷는 사람에게 올레 길의 코스를 어떻게 알려줄 것인가. 개장을 앞두고 가장 고심한 문제였다. 이 길을 처음 걷는 도보여행자에게 이정표는 깜깜한 밤바다에서 만나는 등대의 불빛, 고단한 여정을 함께 할 유일한 친구이기에.

 원칙은 분명했다. '사람들이 헷갈릴 만한 갈림길에만 표시할 것, 크기는 되도록 작게 만들 것, 친환경 소재를 사용할 것, 주변 풍광과 어우러져 도드라지지 않되 눈에는 쏙 들어올 것.'

 휙휙 달리는 차 안에서는 이정표가 클수록 눈에 잘 띄겠지만, 도보여행자에게 커다란 표지판은 공해일 뿐이다. 도보 길의 이정표는 걷는 이의 눈높이에 맞게, 소곤소곤 말을 거는 느낌이어야만 한다.

몇 년 전, 초등학생인 둘째와 일산의 찜질방으로 가는 자동차 안에서였다. 일산 도심에는 비슷비슷한 높이의 건물이 빼곡히 들어찼고, 건물은 간판으로 포위되어 창문까지 가려질 정도였다. 아이가 머리통을 감싸쥐면서 소리쳤다. "아유, 시끄러워 죽겠네." 닫힌 자동차 안에서 뭐가 시끄러우냐고 물었더니 간판이 너무 많아서 시끄럽단다.

산티아고 가는 길의 이정표들은 정반대였다. 작고 나지막하고 예뻤다. 산티아고 길을 상징하는 노란 화살표와 조개껍데기는 바위와 나무와 건물 사이에서 숨바꼭질하는 아이처럼 살짝 살짝 나타났다. 지나는 이 없는 산골마을의 숲길에서, 파고드는 외로움에 뼛속까지 시린 순간에 정겨운 '산티아고 사인'이 나타날 때의 반가움이란!

산티아고 길에도 예외는 있었다. 레온 지방에 들어서는 순간 내 눈을 의심했다. 노란 화살표를 새겨놓은 커다란 표지석이 2, 3미터 간격으로 열댓 개나 늘어서 있었다. 쓸쓸한 들녘에 어울리지 않는 생뚱맞은 풍경이었다. 똑같은 이국적인 풍광도 이정표 하나에 느낌이 확 달라졌다. 지나치게 많은 표지석은 걷는 데 외려 방해가 되었다. 순례길을 찾는 사람이 많아지면서 이곳 지방정부가 과욕을 부려 빚어진 결과였다.

간판이 시끄러워요

올레 길에서도 산티아고 길처럼 화살표 표시만 사용하기로 했다. 글씨까지 집어넣다 보면 표지판이 커지기 마련이거니와, 외국어까지 병기하려면 표지판은 점점 커질 수밖에 없다. 이정표를 작게 만들려면 글자를 배제하고 만국공통의 기호인 화살표를 써야만 했다.

색깔은? 제주올레 길의 특징은 한 단어로 압축하면 '바당올레 하늘올레'. 어느 곳에서나 푸르른 하늘과 파란 바다가 보이는 것이 제주올레만의 장점이었다. 산티아고 길도, 네팔의 트레킹 코스도 바다가 없지 않았던가. '바당올레 하늘올레'를 찾아가는 길의 상징색은 당연히 파란색이어야 했다.

소재는? 주저할 것 없이 돌멩이로 정했다. 거무죽죽한 현무암 돌멩이는 올레 길에 지천으로 나뒹구는 가장 흔한 소재인데다, 제주다운 아름다움을 완성하는 제주의 정수이니 고민할 여지가 없었다.

나무에는? 산티아고 길에서는 숲속의 나무에 화살표를 그려넣는 경우가 많았다. 그러나 지난 10년 사이에 환경의식이 부쩍 높아진 우리나라에서 나무에 표식을 했다가는 거센 비난에 직면할 게 뻔했다.

조그마한 나무판을 이용하자는 의견도 나왔지만, 제주의 세찬 바람과 1년에도 몇 번씩 불어닥치는 태풍을 감안하면 비현실적인 안이었다. 땅속에 박아넣은 철 구조물조차도 태풍이 한번 휩쓸고 가면 획획 부러져나가는 제주 아닌가(지난봄에 개장한 지리산 둘레길은 아름답고 세련된 나무 표지판을 선보였다. 부러운 일이다).

돌멩이에 표시하는 것에 반론도 나왔다. 제주의 상징이자 자연유산의 일부인 돌멩이에 표시하는 건 자연훼손이므로, 자연을 사랑하는 제주올레의 정신에 위배된다는 것. 동철이가 재반론을 폈다.

"아름답고 가치 있는 돌에 표시하는 건 미인에게 반창고를 붙이는 격이어서 무조건 피해야 한다. 그러나 못생긴 돌멩이에 올레 사인을 그려 넣는 건 곱게 화장을 시켜주는 것이다. 올레 사인이 있기에 아무도 눈길을 주지 않았을 평범한 돌이 특별한 값어치를 지니게 된다."

그럼 돌멩이가 없는 오름이나 빈 들판에서는? 실제로 1코스가 개장된 후 알오름 정상에서 여러 올레꾼이 올레 사인을 못 찾아서 헤매고 있다는 전화를 사무실로 걸어왔다. 그렇다고 오름 위까지 무거운 돌멩이를 나를 수도 없거니와, 본디 그 자리에 없던 사물을 갖다 놓는 건 올레답지 않은 일. 오름과 숲에서는 나무에 푸른 리본을 매달기로 했다.

앗, 살표형이다!

파란 화살표와 푸른 리본. '제주올레 사인'은 이런 과정을 거치면서 만들어졌다. 올레꾼들은 걷다가 헷갈릴 만한 지점에서는 여지없이 나타나는 올레 사인을 두고 구세주를 만난 기분이라고 말한다. 돌멩이가 대부분이지만 가끔 빈 농가의 담벼락, 전봇대 밑둥에 살짝 숨어 있기도 해서 '보물찾기'를 하는 기분이란다.

종일 파란 화살표에 신경을 집중하면서 걷다 보면 푸른색이라면 덮어 놓고 올레 사인으로 착각하는 증세가 생긴단다(하기야 산티아고 길에서 마주치는 노란색 공사 표지판이나 누런 이끼마저도 내 눈엔 다 산티아고 사인으로 보였었다). 엄마와 함께 걷던 중학생 아들은 푸른 화살표만 나타나면 "앗, 살표형이다!" 소리치면서 반가워했단다. 걷기 싫다고 툴툴거리던 아들이 긴 코스를 완주한 데에는 '살표형' 덕이 컸단다. 그 아이 이름은 영표였다.

이십대 올레꾼 임주영은 제주시 그랜드호텔에 근무하면서 관광학을 공부하는 씩씩한 제주 여자. 제주도 출신이지만 서귀포 쪽 지리는 잘 몰랐단다. 그녀는 올레 길을 혼자서 여러 번 걸었다면서 이런 메일을 보내왔다.

"……특히 제가 사랑하는 건 올레 표지예요. 관광 공부를 하면서 리서치 주제가 올레와 올레 표지랍니다. 2코스 어디쯤엔가 서귀포 길가도로 담벼락에 화살표가 있는데 그 옆에 동네 주민이 서 있어요. 그 주민은 전혀 의식하지 못하는데 나만 아는 표지가 있는 거예요. 마치 비밀암호처럼. 안내자가 없어도, 낯선 길을 떠나는 데 소박하지만 든든한 비밀암호가 있다는 것이 올레의 또 다른 재미가 되는 것 같아요. 전혀 예상치 못한 곳에 덤덤하게 묶여 있는 리본이나 화살표를 보면서 길 위에서 웃을 때도 많았어요……."

올레 사인, 사람을 품다

　그러나 올레 사인에 아쉬움을 토로하는 올레꾼도 더러 있다. 자연의 일부인 돌멩이에 표시한 것 자체가 '이해할 수 없는 짓'이라고 강력히 비난하는 글이 인터넷에 올라오기도 했다. 올레꾼이 가장 아쉬워하는 건 역시 스프레이였다. 돌멩이는 정겨운데 스프레이만큼은 영 꺼림칙하다는 것이다.

　몇몇은 구체적인 대안을 제시했다. 돌멩이에 음각으로 화살표를 파넣자, 화살표를 새긴 동판을 돌멩이 안에 고정시키자, 등등. 비용이 만만치 않은데다 그조차도 자연훼손이기는 마찬가지여서 망설여졌다.

　최근 들어 올레를 사랑하는 자원봉사자들이 페인트칠을 도와주겠다고 나섰다. 손이 많이 가고 시간은 걸리지만 스프레이보다는 화학성분이 덜하므로 앞으로는 페인트와 붓으로 공들여 그릴 생각이다.

　화살표도 조금씩 진화한다. 처음엔 단순히 직선 화살표를 그려넣었다. 그러나 3코스부터는 동철이가 도안한 '사람 인人' 자를 형상화한 화살표로 바꾸었다. 공사장 표시와 혼동을 피할 수 있어서 한결 낫다는 올레꾼들의 평이다. 푸른 리본도 워낙 푸른색 투성이인 올레 길에선 잘 눈에 띄이지 않는다기에 제주 감귤을 상징하는 금빛 리본과 이중으로 맬 계획이다. 세월에 따라 올레 사인은 조금씩 업그레이드되겠지만, 가장 단순하고 소박한 언어로 갈 길을 일러주는 올레의 정신은 이어질 것이다.

나는 낙관한다. 올레꾼이 점점 늘어나고 올레를 사랑하는 이들이 많아지면, 당초 꿈꾸었듯이 친환경 소재로 파란 화살표를 그려넣는 묘수가 생겨나리라고.

쌩얼미녀도 얼굴은 씻어야지

2코스 개장행사 때의 일이다. '정말 아름다운 길이다', '행복하게 해줘서 고맙다', '제주에 백 번쯤 왔지만 이런 길은 처음이다' 등등. 참가한 올레꾼은 한결같이 제주올레를 아낌없이 칭찬했다. 단 한 사람을 빼놓고. 도보여행자 클럽 '유유자적'에서 왔다는 그는 말했다.

"정말이지 다 좋은데, 딱 한 가지가 아쉽네요."

"그게 뭔데요?"

"해안에 쓰레기가 엄청 많습니다. 바다 풍경이 워낙 아름다워서 쓰레기가 더 눈에 거슬려요."

허걱, 이럴 수가. 감사와 칭찬만 듣던 터에 그의 따가운 지적이 귀에 거슬렸다. 나도 모르게 고슴도치처럼 빳빳이 신경이 곤두섰다.

"그래도 육지 관광지에 비하면 훨씬 나은 편 아닌가요? 지난번에 안

면도에 갔더니 바닷가에 쓰레기 천지던데."

말해놓고선 아차, 싶었지만 이미 엎지른 물이었다. 그 남자, 올레를 만든 당사자 앞인데도 한치도 물러서지 않는다.

"제주올레를 세계적인 걷기 코스로 만든다면서요? 근데 겨우 안면도 랑 비교하시나요? 최소한 일본과 경쟁할 생각을 하셔야죠. 일본이 얼마 나 깨끗한지 잘 아시죠?"

처음엔 거북했지만 말인즉슨 맞는 말이었다. 길을 내는 데 급급해서 청소에는 신경을 못 쓴 게 사실이었다. 양볼이 화끈거렸다. 아무리 쌩 얼미인일지라도 세수는 깨끗이 해야 하는 법이거늘.

청소에 신들린 우리 강 계장

김형수 서귀포시장에게서 강명균 생활환경과 계장을 소개받았다. 처 음 만나기로 한 날, 그는 법환포구에, 나는 외돌개에 있었다. 그는 직원 들을 이끌고 차량으로 이동하면서 일일이 청소구간을 점검하면서 오는 길이었고, 나는 반대 방향에서 걸어가면서 그에게 길을 설명해야 했다. 가뜩이나 길치가 전화로 설명하려니 머리에 쥐가 날 지경이었다.

그런데도 강 계장은 끈질겼고, 내내 목소리가 밝았다. 이 친절한 공무 원은 어떤 사람일까, 궁금해졌다. 마주보면서 걸어오던 우리는 한 시간 여 만에 돔베낭 산책로에서 마주쳤다. 그는 인사를 나누자마자 탁구공처럼 통통 튀는 억양으로 말했다.

"이 길, 딱 제 체질이네요. 저, 걷는 거 되게 좋아해요. 백두대간도 다 다녀보고, 오름도 웬만한 데는 다 올라봤는데. 와우, 올레 길 정말 좋으네요."

순간 짜증은 휘리릭 증발하고 감동이 밀려들었다. 미화원 숫자가 워낙 부족한 탓에 서귀포시청에서는 경승지 주변이나 주요 도심 구간에 인력을 집중 투입하고 있었다. 올레 코스는 사람들 발길이 닿지 않는 무명無名의 해안이나 오름이 대부분이었다. 할 일 많은 그로서는 제주올레가 부담스러운 일거리일 수밖에. 그런데도 그는 새로운 놀잇감을 찾아낸 소년처럼 눈을 반짝였다. 한결 마음이 놓였다.

나중에 주변에 알아보았더니 그는 몇 년 전 공무원들이 '기피부서'로 여기는 생활환경과에 배치된 뒤 오직 쓰레기만을 붙들고 용맹정진해온 공무원이었다. 여러 차례 공동작업을 하는 사이에 친해진 그에게 참 대단하다고 칭찬했더니, 이제는 내가 고향 누님처럼 느껴지는지 제주어로 대답했다.

"연구허멍 허당 보민 이 일도 잘도 재미져마씸. 아맹해도 해사 될 일 아니우꽈. 덕분에 서귀포 바당이 깨끗해지난 나도 막 지꺼져마씸(연구하면서 하다 보면 이 일도 꽤 재미있답니다. 어쨌거나 해야 할 일 아닙니까. 덕분에 서귀포 바다가 깨끗해지니까 저도 굉장히 기뻐요)."

코스가 하나, 둘 늘어나면서 갈수록 높아지는 올레꾼의 눈높이에 맞추려다 보니 올레지기들은 원시상태에 더 가깝고 찻길과 부딪치지 않는 길을 자꾸만 욕심 내게 되었다. 이는 쓰레기를 치우는 생활환경과에 더 큰 부담이 될 수밖에 없었다.

그래도 강 계장은 얼굴 한 번 붉히지도, 짜증 한 번 내는 법이 없었다. 그저 코스를 최대한 빨리 확정지어서 청소에 필요한 시간을 충분히 확보해달라고 읍소할 뿐. 그는 제주올레 홈피에도 직접 글을 올려서 '청소를 일차 하고 난 뒤에라도 걷다가 쓰레기가 많은 구간이 발견되면 언제든지 연락을 달라'고 올레꾼들에게 부탁했다. 피하고 싶은 일을 자청해가면서 하는 강 계장을 보면서 나는 공무원에 대한 오래된 편견을 털어냈다.

한번은 그의 부탁으로 환경미화원 소양교육을 맡았다. 장학사와 교육 공무원, 새마을부녀회, 지역발전협의회, 생활개선협의회 회원을 대상으로 특강을 한 적은 있어도 환경미화원은 처음이었다. 더군다나 그들에게 올레는 일거리만 잔뜩 떠안기는 미운 시누이 아닌가.

1백 명이 넘는 미화원들이 한자리에 모인 교육관에 떨리는 마음으로 섰다. 미안하다고, 교육은 핑계일 뿐 오로지 감사인사를 전하기 위해 왔다고 말했다. 딱딱하게 굳은 그들의 표정이 다소 풀리는 듯했다.

그들에게 역설했다. 제주의 명품을 찾는 캠페인이 한창이지만 진정 최고의 명품은 제주 자연 그 자체라고. 오죽하면 세계유네스코위원회가 제주섬 전체를 세계자연유산으로 지정했겠느냐고. 여러분이야말로 그 명품을 책임진 명품 관리인이라고. 흐뭇한 미소가 그들의 얼굴 위로 번져나갔다.

세계자연유산에 쓰레기를 버린다고요?

정작 특강을 받아야 할 대상은 올레 길 해안가의 주민과 낚시꾼이었다. 코스를 답사하러 다닐 때마다 주변 풍경은 나를 절망에 빠뜨렸다. 바위 틈에 꼭꼭 찔러놓은 소주병, 소주팩, 고추장그릇, 컵라면 용기…… 널린 쓰레기는 간밤의 이곳 풍경을 능히 짐작하게 만들었다. 신의 걸작품이라는 주상절리 기정에 고물 텔레비전이 거꾸로 처박힌 진풍경(?) 앞에서는 할 말을 잃었다.

어느 날 돔베낭길 산책로에서 앞서 가던 소년이 먹던 음료수병을 바닥에 휙 버리기에 불러 세우고 한마디했다. 이 아름다운 산책로에 쓰레기를 마구 버려선 안 된다고, 저쪽 쓰레기통에 갖다 넣으라고.

그런데 이 소년 하는 말이 걸작이었다.

"무사마씸? 어른들도 막 댓겨부는데(왜요? 어른들도 마구 버리던데)."

딴은 맞는 말이다. 아이들은 보고 배운 대로 따라 한다. 게처럼 자기는 옆으로 기면서 자식에게 너만 똑바로 가라고 할 수는 없는 일이다.

경찰관 열 명이 지켜도 한 도둑 못 잡는다는 말이 있다. 쓰레기 투기도 마찬가지다. 열 명이 지켜도 버리는 한 명을 잡기 힘들 터인데, 하물며 버리는 사람이 백, 천이고 치우는 미화원은 하나인 바에야.

그래서 특강 끝머리에 나는 역설했다.

"세계자연유산에 쓰레기를 무단투기하는 사람에겐 벌금을 세게 물려야 합니다. 주차단속반이 주차위반 딱지를 끊듯이 미화원도 즉석에서 벌금딱지를 발부할 수 있어야 합니다."

환경미화원들은 "옳소!" "대찬성이요!" 박수로 화답했다. 누군가 "환경부장관으로 보냅시다!" 소리쳤다. 나도 얼른 되받았다.

"매일 명품 길을 걸을 수 있는 올레 대표가 훨씬 좋은데요."

다들 와르르 웃었다. 무거운 짐을 부려놓은 듯 홀가분했다.

올레꾼이 올레에서 지켜야 할 몇 가지

＊나뭇가지를 부러뜨리지 않는다.
＊꽃을 꺾지 않는다.
＊동물을 쫓거나 괴롭히지 않는다.
＊쓰레기를 함부로 버리지 않는다.
＊비닐봉지를 갖고 다니다가 눈에 띄는 쓰레기는 줍는다.
＊개인이 치울 수 없는 쓰레기가 눈에 띄면 올레 홈페이지 '클린방'에
  정확한 위치와 발견한 시간대를 적어놓는다.
  제주올레 홈페이지 www.jejuolle.org

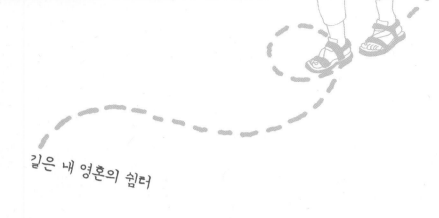

길은 내 영혼의 쉼터

올레꾼은 하루, 이틀 만에도 놀라운 변화를 보였다. 뼛속 깊이 기자체질이 박힌 나는 '기적적인', '신비로운'이라는 수식어를 별로 신뢰하지 않는다. 그러니 '놀라운' 정도로만 해두자.

"전 올레체질인가 봐요"

설날 전날, 한 여성이 올레 사무실로 전화를 걸어왔다. 올레를 걸으러 내려왔는데 여자 혼자 묵을 만한 숙소를 소개해달라면서. 널린 게 숙소지만 명절인지라 마음에 걸렸다. 하루만 우리집에서 묵겠느냐고 권했더니, 화들짝 놀라면서 반긴다. 그렇지 않아도 내게 주려고 직접 만든

케이크와 좋은 와인을 갖고 왔단다.

만나보니 저 체격에 어떻게 걸을까 걱정될 만큼 가냘프고 섬약한 인상의 여자였다. 싱글인 줄 알았는데 고등학생과 중학생 자녀 둘을 둔 사십대 초반의 이혼녀다. 그녀는 나이만 젊었지 몸은 영 시원치 않았다. 위염으로 커피도 못 마시고 녹차도 못 마시고, 못 먹는 것투성이였다. 유기농 밀가루에 유정란 계란으로 만들었다는 케이크와 함께, 고운 종이에 깨알처럼 적힌 레시피를 보여주었다. 이렇게 꼼꼼하니 위염이 걸리지, 싶었다.

어쩌다 보니 그녀는 제주에 머무는 나흘 동안 줄곧 우리집에서 지냈다. 날이 갈수록 얼굴이 밝아졌고 태도도 발랄해졌다. 빙그레 미소만 짓더니, 까르르 소리 내어 웃기도 했다. 1, 2, 3코스를 모두 돌더니, 마지막 날엔 예비답사에 동행해 송악산에 올랐다. 오름 위에서 바람을 맞으면서 그녀는 말했다.

"저, 참 행운아죠? 한 일 없이 이런 행운을 누리게 되니 고맙기도 하고 염치없기도 하네요."

"서울 가서 올레 전도사 하면 되잖아요."

"선생님, 참 이상해요. 몇 달째 병원약을 먹으면서 음식을 까다롭게 조절하는데도 차도가 없더니 여기서는 속쓰림 증세가 감쪽같이 사라졌어요. 저, 올레체질인가 봐요."

서울로 돌아간 그녀는 베란다 화분걸이와 열댓 가지 재료를 섞어 만든 만능 소스를 보내왔다. 얼마 전 안부 전화를 건 그녀가 말했다.

"예전보다는 많이 나아졌는데 속은 여전히 쓰려요. 저, 진짜 올레체질인가 봐요."

무적전설, 컴퓨터 폐인에서 건강 청년으로

굳이 멀리서 찾을 것도 없다. 제주올레 일을 돕는 자원봉사자 '무적전설'만 봐도 올레의 치유효과는 여실히 입증된다.

서울내기 박성기일명 '무적전설'가 제주올레 팀에 합류한 건 올해 1월 3일. 새벽에 서울 집을 떠나 첫 비행기를 타고 제주로 날아왔다. 〈시사IN〉 출범에 크게 기여했던 무적전설은 병역문제로 어차피 여름까지는 취직하기 어렵다면서 그사이에 제주올레 일을 돕겠다고 자원했다.

제주로 내려올 당시 무적전설은 심신이 피폐한 상태였다. 대학을 졸업하고 LG전자 PDA 개발검증QA 팀에 들어간 뒤, 온종일 회사에서 컴퓨터와 씨름하다 심야 통근버스를 타고 집에 돌아와서 잠깐 눈을 붙였다가 다음날 새벽에 출근하는 생활을 4년이나 했다. 열심히 일한 덕분에 팀장까지 맡았지만 비정규직이라서 80만 원밖에 받지 못했다. 그곳을 그만둔 뒤에 〈아시아경제신문〉에 입사해 정규직이 되었지만 6개월 만에 〈스포츠투데이〉와 통폐합되면서 다시 청년 백수가 되고 말았다.

창백한 안색에 척 보기에도 컴퓨터 폐인 같았던 무적전설은 제주도의 신선한 공기와 햇볕 속에서 건강한 청년으로 거듭났다. 그는 우스갯소

리처럼 말한다.

"올레의 치유효과는 저를 보면 압니다. 가장 확실한 증거가 저 아닙니까."

말 없는 자연이 나를 위로하네

몸만 아니라 마음도 치유해주는 게 자연이다. 제주도 초등학교 교사인 H. 그녀는 똑부러진 유능한 교사다. 그런 그녀가 지난해 엄청난 좌절감을 맛보았다. 큰아들이 게임중독에 빠져 공부를 소홀히 한 탓에 원치 않는 실업계 고교로 가게 되었던 것.

아무도 만나기가 싫더란다. 지난해 여름방학을 틈타 무작정 제주 해안 일주도로 185킬로미터를 걸었다. 몸을 혹사하면 할수록 이상하게 마음이 편해지더란다. 스스로를 옭아맸던 마음을 슬멋 놓아두게 되더란다. 그뒤 제주올레 소식을 듣고는 '옳다꾸나' 싶어서 빠짐없이 걷기 행사에 참여하고 있다.

서울에서 내려와 서귀포에서 사는 아가다^{세례명, 53세}도 사람으로부터 받지 못한 위로를 자연에서 받은 경우다. 그녀를 처음 만난 건 지난해 9월 올레 1코스 개장행사 날 시흥초등학교 정문 앞에서였다. 하얀 트레이닝복 차림으로 택시에서 내린 그녀는 수줍은 표정으로 "이사장님이시죠?

신문에서 봤어요. 아무것도 모르고 무작정 걸으러 왔어요"라고 인사를 건네왔다.

그날 이후 그녀는 올레의 개장행사, 번개모임에 꼬박꼬박 참석했다. 한번은 쑥인절미를 건네주기에 맛있게 먹었더니 이후로는 꼭꼭 챙겨왔다. 참 결이 고운 사람이로구나, 생각했다.

최근에야 아가다의 사연을 알게 되었다. 자기를 따라다니던 남편과 결혼해, 남편 사업이 번창한 덕분에 세상 물정 모르고 살았더란다. 남편은 무뚝뚝한 경상도 남자였지만 아내를 무척 아꼈다. 주변에서 금실 좋다고 죄다 부러워할 만큼.

그런데 건강했던 남편이 어느 날 갑자기 몸이 아프다면서 손수 차를 몰고 병원에 갔는데 그 길로 폐암 판정을 받고 입원을 하더니 8개월 만에 세상을 떠나고 말았다. 세상이 원망스럽고 아무것도 할 수가 없었다. 6남매나 되는 의좋은 형제들도 의지가 되지 않았다. 10년 넘게 얼굴을 마주 해온 이웃의 위로가 도리어 듣기 싫더란다.

아가다는 마음을 달래려고 떠나온 제주에서 바다가 좋고 하늘이 좋아서 한 달이나 혼자 머물렀다. 서울로 올라간 뒤에도 제주 생각이 떠나지 않아서 다시 서귀포로 내려왔다. 처음에는 낯선 곳이 두려워서 번화가에 집을 얻었더란다. 비슷한 풍경에 슬슬 싫증이 나던 터에 올레 길이 개장된다는 신문 기사를 본 것이다.

"1코스 참석하고 난 뒤로는 코스가 열릴 때마다 쫓아다녔잖아요. 길을 아니까 혼자서도 걷고, 심심하면 거꾸로도 걷고. 날마다 걷다시피 했어요. 얼마나 건강해졌는지 몰라요. 올레가 나를 살려줬어요."

(요즘 아가다는 적당한 집을 알아보고 있단다. 제주를 좋아하면서도 눌러 살 생각은 아니었기에 임시 거처만 정했었는데, 올레를 걸으면서 비로소 결심을 굳혔단다. 올레 길을 매일 걸을 수 있는 제주에서 여생을 보내기로.)

한나절 걷고 반평생 길을 바꾸다

올레 길을 걷고 나서 삶의 방식을 송두리째 바꾼 올레꾼도 있다. 통나무팬션 '써니데이 제주' 여주인이 그 주인공이다.

그녀는 제주에 정착해 사는 친구의 성화에 못 이겨 제주를 찾았다. 여럿이 함께 떠나기로 했지만, 비행기에 탄 건 두 여자뿐이었다. 정말 좋은 체험을 시켜주겠다는 친구의 꼬임에, 아무것도 모른 채 올레 3코스 공개행사에 참가하게 된 두 여자. 올레 행사가 열리는 날은 '하느님과 짰다'는 농담이 나올 만큼 늘 날씨가 좋았는데, 유독 이날만은 시작부터 가랑비가 흩뿌리더니 비가 갠 뒤에도 잔뜩 찌푸린 날씨였다.

두 친구 모두 남편이 오랜 직장생활을 마치고 퇴직해서 강남과 분당에 사는 이른바 중산층 주부였다. 둘 다 골프나 가끔 치고 에어로빅이나 다녔지, 걷기는 거의 해본 적이 없었다. 걷기에 익숙지 않은 터에 날까지 궂어서 중간에서 접었단다.

"근데, 참 이상한 일이죠? 꽤나 힘들어하면서도 친구들 말이 너무 좋았다는 거예요. 바다에 비가 내리는 것도, 비 맞은 새들이 나뭇가지 사이에 숨는 것도 처음 봤다면서요. 걸으면서 짧은 동안에 참 많은 걸 생각하게 됐다고 하더라고요. 집에서는 늘 뭔가 해야 할 일에 쫓겨서 생각할 여유가 없었다면서요."

놀라운 건 그 이후의 상황 전개였다. '생각을 참 많이 했다'는 친구는 남편과 의논한 끝에 집을 내놓기로 결정, 한 달 만에 분당 집을 팔아치우고 경기도로 이사를 감행했다. 직접 채소를 길러먹을 요량으로 너른 텃밭이 딸린 작은 농가주택을 구입했다. 대학생 딸 둘에게는 전공으로 꼭 취업된다는 보장이 없으니 재학 중에 자격증을 가급적 많이 따놓으라고 단단히 일러두고.

해외연수 보내달라고 조르던 딸들은 부모가 감행한 쿠데타에 처음엔 불평이 대단했다. 그런데 시간이 흐르면서 점차 원거리 통학에 적응하기 시작했고, 분당 시절보다 한결 철이 들었단다.

그 친구가 말하더란다. 진작에 시골 내려와서 마음 편하게 살 걸 서울에서 아등바등 버티면서 다른 부모들과 비교될까봐 자식 눈치 봐가면서 살아온 지난날이 후회된다고. 뒤늦게나마 이런 결정을 내리게 된 건 순전히 제주올레 덕분이라고.

단 몇 시간 걷기만으로 어떻게 그런 엄청난 변화가 가능하냐고 묻지 말라. 그게 가능한 것이 걷기의 힘이다. '두 발은 인간의 철학적 스승'이라고 말한 철학자도 있다. 걷다 보면 스스로 해답을 찾게 된다. 왼발과 오른발을 옮겨놓는 그 단순한 동작 사이에 어지럽게 엉킨 실타래를 푸는 실마리가 있다. 걷기는 마법의 세계로 들어가는 관문이다. 지극히 평범한 사람들에게도.

ⓒ박성기

ⓒ박성기

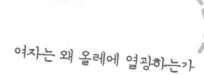

여자는 왜 올레에 열광하는가

    여자의 신화가 많은 땅이라서 그런 것일까. 제주올레를 찾는 올레꾼을 성비로 따지면 단연 여자가 많다. 사람들이 몇백 명씩 오는 코스 공개행사 때에도 60퍼센트는 넘는 것 같다.

    개별적으로 제주올레를 찾아오는 경우는 십중팔구가 여자다. 혼자서, 친구끼리, 이웃끼리, 교회 신도끼리, 동창생끼리. 여자들은 다양한 조합으로 올레를 찾는다. 직업이나 연령대도 천차만별이다. 갓 대학에 입학한 새내기 대학생에서부터 삼십대 직장여성, 사십대 오십대 전업주부, 쉰을 넘긴 여류화가, 일흔 넘은 은퇴한 교장선생님에 이르기까지. 많은 여자가 여자의 길, 제주올레를 찾는다.

엄마는 자유를 꿈꾼다

지난 9월 8일 올레 1코스 공개행사 때 말미오름에서 내려오는 길에 멋쟁이 아줌마 일행과 마주쳤다. 마치 소풍 나온 여학생처럼 상기된 얼굴이었다. 한 여자가 다가오더니 말을 건넨다. 양희은의 〈여성시대〉 방송에서 산티아고 이야기를 듣고 인터넷을 뒤져 내 블로그에 드나들기 시작했고, 급기야 제주올레 소식까지 접하게 되었단다. 동행이 모두 넷인데, 분당에 사는 이웃사촌이란다.

"같은 아파트에 오래 살다 보니 먼 친척보다 더 친한 사이예요. 모두 열두 명인데 우리 넷만 먼저 사전답사차 온 거예요. 곰국 팍팍 끓여놓고 밥주걱 내던지고요. 우리에게 이런 용기를 내게 해주시고, 이렇게 아름다운 곳을 보여주셔서 얼마나 감사한지 모르겠어요."

이야기를 나누다 보니 그렇게 말한 이유를 알 것 같았다. 집안일에서 벗어나, 부엌이라는 공간을 떠나 어디론가 훌쩍 떠나고 싶었지만, 엄두가 나지 않았다. 외국은 고사하고 국내도 여자끼리 다니는 게 왠지 눈치가 보일 것 같았다. 그런데 여자가 개척하는 길이니 여자끼리 떠나도 괜찮을 것 같더란다. 그 길이 아름다운 섬 제주의 길이라니 더욱 오고 싶더란다. 와보니 정말 오기를 잘했다고, 행복하다고, 감사하다고 그녀들은 몇 번이고 허리 숙여 인사했다.

나도 신혼 초 전업주부 생활을 2년여쯤 해봤지만 가사일은 해도 해도 끝이 없었다. 조금이라도 소홀하면 금세 티가 나지만, 잘해도 표는 나지 않는 일이었다. 스스로 '스톱'을 선언하지 않으면, 출퇴근도 정해지지 않고 근무장소도 따로 없는 365일 24시간 풀가동되는 직업. 승진도, 칭찬해줄 상사도, 더불어 일할 동료도 없는 고립된 직장. 그러니 일상에서 탈출해 현재의 공간에서 벗어나고 싶다는 욕구가 가장 강렬할 수밖에. 자녀를 어느 정도 키워낸 중년여성이 길을 떠나는 이유가 여기에 있다.

홀로 만끽하는 자유

올레에 가장 많이 출몰하는 여성은 역시 경제력과 시간 둘 다 구비한 젊은 독신여성이다. 이들에게는 곰국을 끓여놓고 가야 하는 의무도, 마음 쓰이는 자식도 없다. 맘만 먹으면 어디로든 날아다닐 수 있다.

서울에 사는 직장우먼 강민아(사보편집자, 30세)는 스스로가 인정하는 올레 중독자. 그녀가 본디 걷고 싶었던 건 산티아고 길이었다. 그러나 직장에 매인 그녀가 한 달씩이나 걸리는 산티아고 길을 걷기란 무리였다. '언젠가'를 기약하던 그녀는 〈시사IN〉에 실린 제주올레 기사를 보았다. 그리고 지난해 10월 독자 이벤트 행사에 참가해 1, 2코스를 걸었다. 다음은 민아가 내게 보낸 메일.

"그 무렵 저는 매일같이 고민해야 하는 기획회의도, 층층이 계속되는 보고도, 전화벨 소리도, 인터넷과 핸드폰에서 넘쳐나는 정보들로부터도 탈출하고 싶었습니다. 출퇴근길 자동차 소음과 복잡한 지하철이 없는 곳이라면 그곳이 천국일지 모른다고 때로는 생각했습니다."

　제주에서, 꿈꾸던 천국을 발견한 것일까. 그 뒤 민아는 계절마다 제주를 찾는다. 그녀가 제주에 간다고 할 때마다 주변 사람은 되묻는다. "또 제주 가냐?"고. 그러면 민아는 그들에게 똑같은 대답을 들려준단다.

　"바닥난 에너지 충전하려고!"

　절실한 심정으로 찾아온 사람만 올레에서 천국을 발견하는 게 아니다. 학교 잡지에 기사를 쓰려고 올레를 찾은 홍익대 3학년 김희선^{디자인학부 시각디자인 전공}. 그녀는 난생 30분 이상 걸어본 적이 없다는 생초보 올레꾼이었다.

　그런 그녀가 올레 6코스 행사에 참가해 무려 여섯 시간을 걸었다. 처음 출발할 때 인사하는 그녀를 잠깐 보긴 했지만 뒤처진 일행과 걷는 바람에 다시는 그녀를 보지 못했다. 알고 보니 내가 선두로 치고 나간 줄 알고 부지런히 쫓아간 것이었다.

　종착지인 하모해수욕장 솔밭에 이르러서야 내가 후미에 있다는 걸 알고 되짚어오는 그녀와 다시 만났다. 그녀는 혼자가 아니었다. 제주시에서 온 다른 여자 올레꾼과 걸으면서 십년지기처럼 친해진 것이다. 공항으로 가는 버스에 오르면서도 "이렇게 아름다운 길을 걷게 될 줄은 정말 몰랐어요. 서울에 가도 이곳 바다가 눈에 아른거릴 것 같아요"라면서 못내 아쉬운 듯 자꾸만 뒤를 돌아봤다.

홈페이지에서 '빗방울^{53세}'이라는 닉네임으로 맹렬히 활약하는 올레꾼. 계룡대에 산다는 그녀는 "올가을에 남편과 함께 떠나려고 했지만 더 이상 참을 수 없어서 내일 갑니다"라는 글을 올린 뒤 홀연 제주에 나타났다. 빗방울 역시 가고 싶었던 곳은 산티아고였다. 지난 한 해 동안 계속 준비하다가 족저근염 때문에 포기하고 속상하던 차에 제주올레를 알게 돼서 달려왔다. 주말 비행기표가 없어 발을 구르다가 '무적전설'이 일러준 대로 고속철 타고 목포에서 페리를 타고서.

빗방울은 무려 6박 7일 동안 제주에 머물면서 올레 코스를 완주하겠노라고 했다. 그러면서도 과연 혼자 해낼 수 있을지 모르겠다고 걱정했다. 소심하고 겁이 많은 편인데다 혼자 여행을 하는 건 처음이란다. 그녀에게 걱정하지 말라고, 올레 길은 산티아고 길보다도 더 안전하고 평화로운 길이라고 안심시켰다.

그녀는 엿새 동안 올레 코스를 다 걸었다. 올레 사인을 못 찾겠다고 울먹이며 전화를 걸어오기를 몇 차례(초여름 너무 빨리 자란 풀이 사인을 덮어버리면서 빚어진 불상사였다). 동생들이 긴급 출동해서 도와준 적도 있었다. 그런 와중에 그녀는 렌터카 관광에서는 맛볼 수 없는 제주의 진짜 인심을 경험했고, 제주 토속음식을 주민에게 대접받았다. 마지막 날 인사를 하러 온 빗방울은 첫날과는 인상이 완연히 달랐다. 제주 햇볕에 그을려 건강해 뵈는 그녀에게는 여신의 아우라가 느껴졌다. 엿새 동안의 걷기가 도시의 섬약한 가정주부를 강건한 대지의 여신으로 바꿔놓았구나, 속으로 짐작했다.

아니나 다를까. 대전으로 돌아간 빗방울은 올레를 걷고 싶어도 용기를 못 내는 '소심녀'들의 수호자가 되었다. 그녀는 홈페이지에 남겨진 글에 일일이 격려의 글을 남기고, 궁금해하는 점을 조근조근 설명해준다. 자기 같은 겁쟁이 주부도, 제주를 전혀 모르는 육지사람도 맘 놓고 걸을 수 있는 길이 올레 길이라면서. 그 길을 걷다 보면 어디서도 맛볼 수 없는 행복을 느끼게 된다면서.

여신은 우주와 통한다

왜, 여자인가. 남자도 속도에 치이고, 핸드폰 벨소리에 쫓기고, 산더미 같은 일거리에 치이고, 자동차 소음에 시달리기는 매한가지인데. 왜 여자가 압도적으로 제주올레를 찾는가.

어떤 이는 말한다. 여자가 시간이 많아서 그런다고. 그러나 꼭 그런 건 아니다. 가사는 절대로 시간이 남아도는 일이 아니다. 하려고 들자면 끝이 없는 일이고 세상에서 가장 정교하고 복잡하고 종합적인 일이다. 가정과 직장을 병행하는 여자는 여느 남자보다 훨씬 바쁘고 시간에 쫓긴다. 올레 길에서 우연히 마주친 부산여고 25회 동창생 20여 명. 올레 행사에 참가했던 친구가 '올레 전도사'가 되어 강추하는 바람에 다들 한번 가보자며 왔단다. 바쁜 중년의 커리어우먼은 올레를 걷는 이틀 동안 여고생으로 되돌아간 듯 발랄하기 그지없었다.

여자 혼자서 만만하게 걸을 곳이 없는 차에 제주올레가 생겼다고 말하는 이도 있다. 국토종단을 하다가, 국도변에 차를 세워놓고 호기심 반 놀림 반으로 수작을 거는 남자들 때문에 중도포기했다는 한 여성은 올레에서는 정말 마음놓고 행복하게 걸었단다.

나는 생각한다. 여성이 남성보다 자연친화적이고 덜 경쟁적이어서 평화로운 올레, 생태주의 올레를 좋아하는 게 아닐까, 라고. 남신이 전쟁의 신이라면 여신은 풍요의 신이다.

남자들은 걷기보다는 달리기를 좋아한다. 평화보다는 전쟁, 공존보다는 경쟁에 익숙하도록 긴긴 세월 교육받고 길들여져왔다. 산을 오르더라도 산의 너른 품에 오래 깃들이기보다는 경주라도 하듯 정상에 먼저 도달하려고 애쓴다. 심지어 그것도 성이 차지 않아 산이나 오름에서 달리기대회를 열기도 한다. 숲이 전하는 말을 들으면서 느리느릿 올라야 제 맛이 나는 게 산이거늘.

반면 여자들은 달리기보다는 걷기를 더 좋아한다. 업적지향이기보다는 관계지향인 여성의 속성은 인간만이 아니라 자연에도 적용된다. 길을 걸으면서 들꽃에게도, 풀에게도, 나비에게도 말을 건넬 줄 안다. 파도와도 몸을 섞을 줄 알고 바람과도 희롱할 줄 안다.

생명을 잉태하고 생명을 낳아본 여자는 우주에 깃든 모든 생명에 대해 본능적인 외경심을 갖는다. 여성은 태초의 자연이 그대로 살아 숨쉬는 올레 길에서 우주의 순수한 에너지에 쉽사리 감응하고 이 길에 깃든 평화의 메시지를 민감하게 받아들인다. 화순해수욕장 암반 길에서 하늘

을 이고 누워 바닷바람을 맞으면서 한 여자는 말했다. "자연이 너무 아름다워서 눈물이 다 난다"고. 실제 그녀의 눈에는 이슬이 맺혀 있었다.

관계지향의 여성은 사랑하는 이에게 올레를 보여주고 싶어한다. 그녀들은 남편, 아이, 친구, 자매, 직장동료, 동네 이웃, 친정엄마와 더불어 다시 올레를 찾는다. 여자의 올레가 계속되는 까닭이다.

관계지향인 여성의 속성은 인간만이 아니라 자연에도
적용된다. 길을 걸으면서 들꽃에게도, 풀에게도, 나비에
게도 말을 건넬 줄 안다. 파도와도 몸을 섞을 줄 알고 바
람과도 희롱할 줄 안다.

아이들은 걸으면서 자란다

다섯 살배기 아들이 제 마음이 주는 말을 엄마에게 전합니다.

"엄마…… 너무 아름다워요."

"어? 으응…… 응. 그러네. 근데 아름다운 건 어떤 거예요?"

"아…… 그건요, 예쁘다가 다섯 개 있는 거예요!!"

올레 6코스 개장행사가 끝난 뒤에 부산에 사는 한 여성이 제주올레 홈피에 올린 글이다. 사진 속에는 노란 비옷을 입은 아이가 해안가에서 발장난을 치고 있었다. 아, 누군지 알 만했다. 화순해수욕장을 지날 때 엄마 옆구리에 게딱지처럼 딱 붙어서 잰 발걸음을 옮겨놓던 그 사내아이였다. 다섯 살이란다. 형은 일곱 살인데 저 앞에 있다고 야무지게 대답했다.

두 아이를 용머리에서 다시 만났는데 여전히 씩씩했다. 종착지인 하모리 해수욕장에서는 하도 일행이 늘어지는데다 나는 제주시로 급히 이동하느라 그 애들을 다시 보지 못했다. 끝까지 잘 걸었는지 궁금했는데, 다 걸었다니 대견하다.

"엄마랑 아이랑 나누는 마음이 제주올레 길보다 더 아름답네요."

누군가 그 엄마의 글에 댓글을 달았다. 맞는 말이다. 제주올레 길이 아무리 아름답기로서니, 엄마와 아이가 함께 나누는 마음만 하겠는가. 그런 아름다운 관계를 이어주는 건 자연이다. 환경이 달라지니 관계의 방식이 달라지는 것이다.

"하지 마! 만지지 마! 거기 서!"

생각해보라. 집에서 엄마의 주업무는 한창 장난질이 심한 아이 뒤를 쫓아다니면서 감시하는 일이다. 해야 할 일은 산더미 같은데 조금만 눈을 딴 데로 돌리면 아이는 쇠붙이를 입에 집어넣지 않나, 라이터에 손을 데질 않나 금세 사고를 친다. 아파트 밖은 더 위험하다. 차는 이면도로에서도 경적을 빵빵거리면서 속도를 늦추지 않고, 아이는 아랑곳하지 않고 내달린다. 엄마의 신경이 칼끝처럼 곤두설 수밖에 없다. 그래서 절로 입에 붙은 말이 "하지 마", "만지지 마", "거기 서"이다.

그러나 올레에서는 아이와 엄마가 더불어 평화롭다. 유전자 정보에 각인되어 있기 때문일까, 자연에 깃든 마력 때문일까. 아이들은 누가 가르쳐주지 않아도 자연과 놀 줄 안다. 나비를 보면 나비처럼 팔랑거리면서 쫓아다니고, 바닷물을 보면 발을 담글 줄 안다. 그런 아이를 보면서 엄마의 입에는 절로 미소가 흐른다. 엄마 자신도 행복한데 아이는 더 행복해하니까.

대구에서 왔다는 한 엄마는 내게 말했다.

"참 신기하네요. 아무리 재미난 곳에 데려가도 삼십 분도 못 돼 나가자고 치마꼬리 붙잡고, 이거 사달라 저거 사달라 조르던 애가 여기선 한 번도 징징거리지를 않네요."

저만치에서 아이는 백사장으로 원정 나온 게를 쳐다보느라고 여념이 없다. 자연에는 똑같은 장면과 똑같은 사물이 단 하나도 없다. 실시간으로 움직이는, 살아 있는 동영상이다.

"엄마 이거 뭐야?"

아이가 볼레낭 나무에 주렁주렁 열린 붉은 열매를 가리키며 제 엄마에게 묻는다. 아이의 호기심에 부응하고 싶지만 엄마 본인도 모른다. 옆에 있던 제주도 출신 김차선 선생이 "볼레낭 열매야. 한번 먹어볼래? 얼마나 달고 맛있는데. 어릴 적에 제주도 아이들은 간식으로 이 열매를 먹었단다." 친절하게 설명해준다.

엄마가 말한다. "아무래도 제주올레 식물들에 대해 공부해야겠어요. 홈피에 각 코스별로 어떤 식물들이 있는지 사진과 설명을 올려봐주시면 안 될까요?"

대부분 부모가 하는 말이 있다(나 역시 그렇지만). 우리 애는 움직이는 걸 싫어해요, 컴퓨터 오락만 좋아해요. 그런데 잡지 〈생각쟁이〉에서 안산 ㄱ초등학교 학생 100명을 대상으로 실시한 설문조사 결과, 아이들이 진짜 하고 싶은 활동이 무엇이냐는 질문에 운동(20%) 놀이동산(20%) 등산(16%) 산책(9%) 여행(9%) 인라인 스케이트나 자전거 타기(8%) 기타(10%) 순으로 대답했다.

부모가 생각하는 것과는 달리, 아이들이 원하는 건 차가운 컴퓨터 기계가 아니라 부모와의 따뜻한 접촉이었다. 쇼핑이 아니라 몸을 움직이는 것이었다. 초등학교 어린이들은 대답했다.

"엄마 손을 잡고 걸으니 기분이 좋았어요."

"바쁘신 엄마 아빠가 날 위해 시간을 내주시는 게 너무 고마웠어요."

대자연에서 뛰어놀고 싶은 아이들을 학교 가라, 숙제 해라, 학원 가라, 들들 볶아서 실내에만 가둬놓은 채 컴퓨터 중독자로 만드는 건 따지고 보면 부모다.

올레 1코스 개장행사 때 적지 않은 엄마 아빠가 초·중학생 자녀는 물론 미취학 어린이까지 데려오자 은근히 걱정이 됐다. 아이에게 발목 잡혀 부모까지 걷지 못하는 건 아닌가, 해서.

허나 예상은 보기 좋게 빗나갔다. 시흥초등학교에서 광치기 해안까지 오름과 바다를 오르내리는 꽤 긴 코스인데도, 차 시간에 쫓겨 시흥-종 달 해안도로에서 작별인사를 한 유모차 어린이를 빼놓고는, 모두들 완 주했다. 외국에서 살아서 부모 따라 여러 나라를 여행했다는 세 남매는 "이제까지 다닌 곳 중에서 제일 아름다워요!"라면서 엄지손가락을 치 켜세웠다.

투덜이 둘째아들, 올레 열혈팬 되다

지난해 추석 때 엄마가 만든 올레 길도 보여주고, 컴퓨터에서 며칠이 라도 떼어놓기 위해 3박 4일 올레 행사에 둘째아이를 반강제로 참가시 켰다. 서울에서 내려온 아이는 걷기 좋아하는 엄마나 실컷 걷지 왜 자 기까지 걷게 하느냐면서 불평을 늘어놓았다. (이놈아, 종일 컴퓨터에 딱풀 처럼 붙어서 게임이나 하려는 네 속셈을 모를 줄 알구!)

첫날 시작부터 끝까지 아이는 계속 불퉁거렸다. 남 보기가 민망할 정 도였다. 한 대 쥐어박고 싶었지만, 올레지기 체면상 그럴 순 없는 노릇. 참느라고 무던히도 힘들었다. 다음날 본인이 불참을 강력히 원한다면 못 이기는 척 들어주려 했는데, 웬일인지 줄레줄레 따라나섰다. 쐐기를 박았다. 어제처럼 투덜대면 걍 내버리고 간다고.

둘째 날부터 아이는 조금씩 달라지는 듯했다. 울퉁불퉁한 해안자갈길 에서 자기보다 어린 초등학생 올레꾼을 도와주더니, 오후에 간식을 나뉘줄 때에는 자진해서 거들었다. 어제 목구멍까지 차오르던 말을 꾹꾹 참길 잘했다.

마지막 날, 부산에서 온 아줌마 올레꾼이랑 수다를 떨다 보니 아이가 보이지 않았다. 뒤돌아봐도, 먼저 간 일행에게 전화를 해봐도, 아이는 종적이 묘연했다.

'혹시나 했더니 역시로군. 이놈 게임하러 도망간 거 아냐?'

의심의 구름이 뭉게뭉게 피어올랐다. 의심이 확신으로 굳어갈 무렵, 아이에게서 전화가 걸려왔다.

"대체 엄마네 지금 어디 있는 거예요? 나 지금 월평리 마을 구멍가게에서 빌려서 전화하는 건데요."

세상에나, 아이는 월평포구에 종점 표지가 없어서 어디가 끝인 줄 몰라 마을 깊숙이 들어간 것이다.

반가운 마음을 감춘 채, 간세다리로 걸으라고 했는데 왜 그렇게 빨리 걸었느냐고 한소리 했더니 뜻밖의 대답이 돌아왔다.

"엄마, 강정에서부터 경치가 너무 좋아서 바다 쪽만 보면서 걸어가다 보니까 주위에 다른 사람이 하나도 없던데요."

떠나는 날 둘째아이는 공항에서 말했다.

"엄마, 제주올레 크게 키워서 나한테 물려주세요."

나는 대답했다.

"그래. 영어공부 열심히 해라. 올레를 더 국제화시켜야 하니까."

올레의 가능성을 인정해주는 아들이 대견해서 선선히 대답했다. 제주

올레야 개인의 소유물이 아니니 물려줄 수 없지만, 올레의 정신은 얼마 든지 상속 가능한 것이니까.

자연과 금세 친구 되는 아이들

육지에서 메일이 왔다. 지리산 근처에서 발달장애 청소년을 대상으로 대안학교를 운영하는 부부 교사가 보낸 것이었다. 아이들을 데리고 제 주올레를 걷고 싶단다. 오한숙희가 발달장애인 둘째딸 희령이를 데리 고 제주올레를 걸은 경험담을 홈피에 올려놓았는데, 그걸 보았단다. 주 저 말고, 걱정 말고, 오시라고 답장했다.

두어 달 뒤 그들 부부가 아이들 열댓 명을 이끌고 제주를 찾았다. 그 전날 1코스를 완주한 그들은 다음날 2코스를 마치고, 올레지기와 외돌 개 찻집 '솔빛바다'에서 접선했다. 아이들은 이틀간 강행군에도 조금도 지친 기색 없이 오히려 선생님을 놀려대고 있었다.

선생님은 내게 말했다. 주저 말고 망설이지 말고 오라는데도, 사실 걱 정이 많았다고. 저 아이들이 제대로 그 길을 완주할 수 있을까, 그 길에 서 무엇을 얻어갈 수 있을까 하고. 그러나 이틀간 아이들과 함께 올레 를 걸으면서 선생님은 깨달았단다. 그런 걱정이 기우에 지나지 않았음 을. 그리고 많이 반성했단다. 아이들에 대한 믿음이 아직도 부족했음 을. 아이들은 기대한 것보다 훨씬 더 자연을 즐겼고, 스스로 할 일을 찾아냈고, 시키지 않아도 자기보다 어린 동생들을 돌보더란다. '타인에 대한 배려'를 아이들은 자연에서 절로 배운다.

선생님은 아이들에 대한 믿음이야말로 올레가 준 선물이라고 고마워했다. 그런 선생님을 만난 것도 올레지기인 내게는 또 다른 선물이다. 우리가 감사인사를 나누는 사이에도 아이들은 천진한 표정으로 솔빛바다 데크 위를 구르면서 마냥 즐거워했다. "선생님, 간식은 언제 사주실 거예요? 약속하셨잖아요"라면서.

사촌지간인 부산의 중학생 둘이 엄마 아빠의 강요(?)로 올레를 걸으러 왔다. 고생 좀 해봐야 한다고 부모가 등 떠밀어 보낸 것이었다. 아이들은 월드컵경기장 찜질방에서 자고 편의점에서 삼각김밥을 사먹으면서 2박 3일 코스를 완주하고 집으로 돌아갔다. "아이가 부쩍 어른스러워진 것 같다"며 부모가 감사의 말을 전했다. 아이를 자라게 한 건 제주의 바당과 하늘, 바람이었겠지만.

호루라기 좀 그만 부세요

선생님과 아이들이 즐기는 여행과는 정반대로, 양쪽 다 고생인 관광도 있다. 수학여행 대부분이 그러지 싶다. 내 초등학교, 중학교 경험도 크게 다르지 않으니까. 경주 수학여행을 떠올리면 차에 올라타고 내리면서, 혼나고 줄 서느라고 지겨웠던 기억뿐. 사진으로만 보던 불국사와 첨성대를 실물로 보면서도 별다른 감흥은 없었다. 올레를 걷는 어린이나 청소년의 반응을 보면, 반드시 나이 때문은 아닌 것 같다.

문제는 여행의 방식 때문이 아닐까. 지난 5월 초 중문해수욕장에서 목격한 장면이다. 교복을 입은 여학생이 모래사장에서 밀려드는 파도 앞에서 깔깔거리고 있었다. 몇몇은 운동화와 양말을 벗어들고 두 발을 바닷물 속에 담그기도 하고.

단발머리 여학생 시절을 회상하면서 그네들의 화사한 봄날을 지켜보는데 난데없는 호루라기 소리가 요란하게 들렸다. 방파제 위에서 선생님이 힘껏 소리쳤다.

"야, 빨리들 올라왓! 이제 버스 떠난다."

주섬주섬 행장을 챙기면서 한 여학생이 볼멘소리로 내뱉는 말.

"우씨, 저놈의 호루라기, 지겨워 죽겠어."

저놈의 호루라기! 이 지점에서 저 지점으로, 이 포인트에서 저 포인트로 점點의 이동을 하는 속도전 관광에서는 필요불가결한 소품이다(요즘은 관광회사에서는 아예 호루라기 가이드를 고용한다). 선생님들도 아이들이 지겨워하는 줄 뻔히 알지만 대규모 인원을 정해진 시간에 다른 장소로 이동시키려면 달리 방법이 없단다.

그러나 선線으로 이어지는 올레 길에서는 얼마든지 서로의 속도를 존중하면서, 선생님이나 아이들이나 인간적인 여행을 할 수 있다. 더군다나 올레 길은 그 자체가 종합 학습 공간이다. 막 물질을 마치고 해녀올레를 걸어 올라오는 해녀할망을 만나고, 4·3사건 당시 무고한 양민이 학살당한 수마포 해안에서 제주섬을 할퀴고 간 시대의 아픔을 상기하고, 고려시대 최영 장군이 제주를 100년간 지배했던 원나라 목호 세력과 일대 전투를 치른 법환포구 막숙에서 역사를 배운다.

그래서 나는 선생님이나 학부모를 만날 때마다 권한다. 길은 만들어 놓았으니 제발 아이들을 데리고 올레를 걸으시라고. 아이들은 걸으면서 자란다. 그리고 걸으면서 배운다. 굳이 제주올레가 아니더라도 상관없다. 자연과 더불어 호흡할 수 있는 길이라면.

© 박성기

© 박성기

© 그린피스

아이와 함께 걸을 때 이렇게 해보세요

＊아스팔트 길이나 포장도로보다는 흙길이나 숲길을 택하세요. 어른보다 아이는 훨씬 자연친화적이랍니다. 돌멩이도 보고 파도도 벗하고 새소리도 들을 수 있다면 아이는 절대로 싫증을 내지 않는답니다.

＊아이의 보폭에 맞춰서 천천히 걸으세요. 어른 속도대로 치고 나가면 걷기에 대한 나쁜 기억 때문에 다시는 걸으려 들지 않습니다. 행복한 걷기를 하려면 풍경을 보고 대화를 나누면서 '간세다리'로 걸으세요. 아이는 모두들 뛰어난 '간세다리'이니까요.

＊가끔 운동화끈이 풀렸는지 살펴봐주세요. 운동화끈을 부모가 매준 것을, 운동화를 사준 것보다 더 감동적으로 기억하는 아이가 많답니다.

＊자주 산책하는 길에 핀 들꽃과 동식물 이름을 미리 알아두세요. 아이에게 좋은 학습이 될뿐더러 존경받는 부모가 되는 지름길이랍니다. 디지털은 아이가 더 익숙하지만, 아날로그에는 아무래도 기성세대가 강하잖아요.

＊야외 걷기에서는 생태교육, 환경교육을 자연스럽게 할 수 있습니다. 쓰레기를 주워담을 수 있는 비닐봉지와 젓가락을 들고 걷는 것도 좋은 현장 학습이 된답니다.

올레, 마음의 길을 트다

여성학자 오한숙희가 늘 강조하는 말이 있다. 부부 사이에 닫힌 대화의 문을 열려면 우선 대화의 현장부터 바꾸라고. 늘 쓰던 가구, 늘 쓰던 이불, 늘 산더미 같은 일들이 기다리는 집안에서 "우리 이야기 좀 하지" 하고 대화를 시작하면 백발백중 대화가 어긋날 수밖에 없다는 것이다. 환경이 의식을 지배하기 때문이다. 그래서 그녀는 강력히 권고한다. 하다못해 뒷산에라도 오르면서 말문을 트라고.

하지만 환경만 바꾼다고 부부간의 대화가 성공하는 건 아니다. 이제는 상대방 눈치 볼 일도, 배려할 마음도 생기지 않는 권태기. 오랫동안 대화다운 대화를 못 나눴던 터라 되려 두터워진 벽만 실감하는 경우가 많다. 여행길이나 식당에서 의견이 갈리면 지난 일까지 이자를 붙여서 외려 골이 깊어지고 만다.

내가 아는 전업주부 H는 냉소하면서 말했다.

"식구끼리 콘도 가서 사나흘 머무는 건 여자에겐 여행이 아니라 가사일의 연속일 뿐이에요. 집안 구조도 아파트랑 똑같고, 부엌에서 요리하고 치우는 것도 다 내 차지지. 공간만 달라졌지 내용은 똑같은데 그게 무슨 여행이에요?"

언니, 형부가 젊어졌어요!

올레 여행은 다르다. 그곳에서 그들이 만나는 건 살림때 덕지덕지 묻은 아줌마 티 팍팍 나는 부인, 날마다 야근과 회식에 절어 조로해버린 남편이 아니다. 마농밭*을 지나 해안가에 피어난 보랏빛 갯무꽃의 아름다움에 환호성을 지르는 그 여자를 보면서 처음 만났을 때 청초하던 그녀를 기억해낸다. 악근내 근처 봉댕이소에서 열심히 물수제비를 뜨는 그 남자를 보면서 그에게도 꿈 많은 소년시절이 있었음을 떠올린다. 그녀를, 그를 그렇게 만든 건 너나 내가 아니라 야속한 세월, 무정한 세상이었음을 인정하게 된다.

내가 아는 오십대 중반의 선배 부부가 지난가을 2박 3일간 올레를 걸었다. 여자 선배는 대기업체 홍보 담당 이사, 남편은 서울 유수의 명문대학 교수다. 둘 다 눈코 뜰 새 없이 바쁜 전문직 부부다.

부부는 올레를 보자마자 환호성을 지르더니 소꿉동무처럼 들꽃도 들여다보고, 파도에 발을 담그면서 내내 웃음꽃이 끊이지 않았다. 첫날엔 더도 덜도 아닌 딱 오십대 부부 같더니, 돌아가는 날에는 삼십대 후반의 늦된 신혼부부 같았다. 손수건으로 두건을 만들어 쓴 그들에게 놀려댔다.

"선배, 올레에 성금 두둑이 내놔야겠다. 둘 다 스무 살은 젊어 보이니. 두 사람 성형수술 비용, 보톡스 비용 합치면 아마 억대는 족히 될걸."

사랑한다면 올레로 오라

올레 4코스 개장행사 때에는 가수 양희은 선배가 남편과 함께 내려왔다. 형부는 몇 해 전 크게 병을 앓았고, 양 선배는 투병하는 남편을 안타깝게 지켜보면서 '당신만 있어준다면'이라는 노래를 직접 만들어 불렀다. 그 노래에는 평생 짝꿍이자 인생길의 길동무를 오래오래 곁에 두고 싶어하는 심정이 절절이 묻어난다. 지독한 아픔을 지켜보면서, 따뜻한 간호를 받으면서, 둘의 사랑이 더 깊어진 것 같다.

그런 두 사람에게도 의견 일치를 못 보는 문제가 있었다. 제주를 워낙 좋아하는 양 선배는 제주에서 여생을 보내고 싶어서 저지리 예술인마을에 땅까지 사놓았다. 그러나 바람을 워낙 싫어하는 형부는 바람 센 제주에는 절대로 안 내려간다면서 결사반대였다. 양 선배가 형부를 굳이 동행한 것도 훗날의 제주행을 위한 치밀한 포석이었다.

하필이면 두 사람이 걷는 날은 올레 행사 날로는 보기 드물게 궂은 날씨였다. 아침부터 하늘이 잔뜩 찌푸리더니 오후가 되면서 비바람까지 불었다. 본디 놀멍놀멍 쉬멍쉬멍 걷는 양 선배와 아직도 컨디션이 완전하지 않은 형부는 남들이 너댓 시간에 걷는 거리를 여섯 시간 만에야 다 걸었다. 폭우 속에서 참가자 300여 명 중 꼴찌로 대평 포구에 들어선 부부. 그런데도 형부의 표정은 밝았다.

행사가 끝난 뒤 양 선배에게 살짝 물어봤다.

"형부가 올레 길에 대해서 뭐래요?"

"바다가 환상적이더래. 제주에 여러 번 왔지만 이런 바다는 처음이래. 바람은 퍽이나 싫어하는데 바다는 무지하게 좋아하거든. 몇 번만 더 걸으면 넘어갈 것 같아."

열린 공간 올레에서는, 닫힌 마음이 열린다. 구겨진 마음은 반듯하게 다려진다. 자잘한 걱정거리는 시원한 바닷바람에 날려간다. 부부끼리, 연인끼리 대화하기엔 최적의 공간이요 최고의 세트다.

이십대 여성이 제주올레 홈페이지에 글을 올렸다. 오는 9월 제주올레로 신혼여행을 오겠다고. 어떤 예비신부인지 참 현명하다. 결혼 준비하면서 잔뜩 신경을 곤두세우다가 당일 번거로운 예식을 치르고 나서 국제선 비행기를 타는 건 이중삼중의 노역이다. 번거로운 출국수속에, 긴 비행시간에, 입국수속까지.

제주도도 똑같은 해외海外. 회색 도시를 훌쩍 떠나 자연으로 가는 건

매한가지다. 비자도, 출국수속도, 입국수속도 필요 없다. 두 시간이면 발리섬을 연상시키는 다랑이논과, 지중해 에게 해가 부럽지 않은 푸른 바다를 한꺼번에 볼 수 있다. 말도 통하니 쓸데없이 머리 굴릴 걱정을 하지 않아도 된다. 둘만의 밀어를 나누기에는 더없이 좋은 공간이다. 대화의 올레 아닌가.

올레여행의 끝은 재래시장에서

내 기억은 매일시장통에서 시작된다. 서귀포시 서귀동 587번지. 올레 2코스 중간인 이중섭 미술관에서 내려와, 구린새끼 골목을 지나서, 천지연 난대림 산책로로 올라가는 언저리에 '매일시장'이 있었다. 세계적인 여행전문책자《론리 플래닛》에 소개되어 외국 손님이 많이 찾는 '하이킹 인 호텔'을 비롯해 나폴리, 소렌토 민박이 들어선 자리다.

파를 다듬으면서 뭐가 그리 우스운지 깔깔거리는 시장통 아주망에게 둘러싸여 파 냄새가 매워 눈을 질끈 감은 어린 여자아이. 내가 기억해 낼 수 있는 최초의 풍경이다. 기억이 생긴 이래 매일시장은 내 삶의 공간이자 감수성의 젖줄이 되었다.

다친 다리를 쩔뚝거리면서 자릿세를 거두러 다니던 상이용사 출신 아저씨, 말이 끄는 구루마에 짐을 잔뜩 싣고 다니던 말 아저씨, 신새벽부터 삼남매에게 걸쭉하고 투박한 제주어로 욕을 퍼붓던 다라이 생선장수 홀어멍*, 고물장수 아저씨들로 넓은 마당이 늘 복작거렸던 고물상 황씨네 집, 우리집과는 라이벌이었던 '신대순상회' 아주망과 연하의 남편……
돌아보면 다들 소설에나 등장함직한 독특한 캐릭터들이었다.

시장통이 부끄러웠던 시장통 아이

매일시장에 얽힌 가장 끔찍한 기억은 '똥통에 빠진' 일이다. 초등학교에 입학하기 직전이었다. 지금은 이중섭 체육공원과 공중화장실이 들어섰지만, 당시 천지연 기정에는 도당집* 한 채가 위태롭게 매달려 있었다. 그 집 아이들은 성당 세례명인 안당^{안토니오}, 도마, 말따^{마르타}라는 괴상한(!) 이름으로 불렸다.

어느 날 시장 입구 공중화장실에 들어가려는데, 안당이 얼핏 보였다. 여자화장실 칸에 들어가서 오줌을 누는데 딸깍, 바깥에서 문이 잠기는 소리가 들렸다. 벌떡 일어나서 힘껏 밀었는데도 열리지 않는다. "문 좀 열어줍서게!" 아무리 소리쳐도 전혀 반응이 없었다. 가뜩이나 동작이 꺼벙했던 나, 힘껏 문을 두드리다가, 누군가 잘못 내깔린 소변으로 반질반질한 발판에서 미끄러지고 말았다. 푸세식 변소통은 미처 퍼내지 못한 똥과 오줌으로 가득 차 있었다. 나는 또래 중에서도 유독 키가 작은 편이었다. 끈적끈적한 겔 상태의 변소통 속으로 몸은 쑥쑥 빠져들어갔

•
홀어멍 과부
도당집 함석집

다. 목까지 거의 잠길 즈음, 젖 먹던 힘까지 쥐어짜서 소리소리 질렀다.

"살려줍서!"

발소리에 여기저기 문을 여는 소리가 요란하더니, 내가 들어 있는 칸의 문이 활짝 열렸다.

"어라, 여기도 없네."

그냥 나가려다 혹시나 해서 변기통 안을 들여다봤단다. 그의 눈에 띈건 얼굴만 내놓은 채 숨을 할딱거리는 꼬마 맹숙이. 그는 안당의 아버지였다. 그날 어머니는 똥독이 잔뜩 오른 나를 홀딱 벗겨서 공동수돗가에서 씻긴 뒤 똥떡을 만들어 온 동네에 돌리면서 푸념을 했다. 안당네를 원망할 수도, 고마워할 수도 없다고.

머리통이 굵어지면서 책 읽기에 빠진 나는 시장통에 사는 게 부끄러웠고, 시장통 사람들을 은근히 무시했다. 우리 가게 단골손님인 여관집 아주망은 어머니에게 "맹숙이가 손님은 바리지도 안행 책만 봠서라. 경행 무신 이박사 며느리 되젠 햄시냐(명숙이가 손님은 내다보지도 않고 책만 보더라. 그래서 무슨 이승만 박사 며느리가 되려는 거냐)"고 흉을 보았다. '맹숙이'는 선생님이나 공무원 아버지를 둔 아이들이 부러웠다.

인생은 역설의 연속이다. 그토록 매일시장을 싫어했던 내가 언젠가부터 사는 게 괴롭고 파김치처럼 축 처질 때는 으레 재래시장을 찾고 있었다. 시장상인들과 밀고 당기는 흥정 끝에 까만 비닐봉지 몇 개 들고 돌아올 즈음엔, 어느덧 나도 배추처럼 싱싱해져 있었다. 재래시장은 어쭙잖은 자기연민을 치료해주는 최고의 병원이었다.

스페인에서도 어느 곳에 가든지 웬만하면 그곳 시장을 꼭 들러보곤 했다. 산티아고 대성당 근처의 전통시장의 할머니들은, 어쩜 그리도 매일시장통 아주머니들의 표정과 흡사한지 신기했다. 닮은 건 표정만이 아니었다. 말만 잘하면(아니, 말을 못 하니 표정만 잘 지으면) 한 움큼 더 집어주는 인심도 똑같았다. 그 도시를 알려면 그곳 전통시장으로 가보라, 는 여행자 수칙은 어느 곳에서나 적용되었다.

제주도도 예외는 아니다. 아니, 제주만큼 그 수칙이 잘 들어맞는 곳이 또 있을까. 제주의 재래시장은 풍성한 채소와 신선한 생선을 싼값에 팔면서 덤으로 향토문화와 여성사, 근대사, 향토음식, 언어까지 들려주는 교육장이다. 제주의 파도와 바람과 태풍에 수십 년간 단련되어 어느 계절에 어느 마을에서 키운 어떤 채소가 맛있는지 훤한 제주 할망의 레시피를, 그 비바람 부는 변방에서 눈물겹게 살아낸 민중의 자서전을, 생생한 제주어로 접하는 곳이 재래시장이다.

서귀포 오일장은 집에서 가까워 어지간하면 꼭 들르는 장. 유명한 순댓국집 '놀부네집' 모퉁이를 돌면 제주도 전통 구덕*을 파는 할망이 한 분 있다. 이곳에서 두어 차례 빗자루와 구덕을 샀더니 구덕할망은 막 끓인 모물조배기*를 먹고 가라고 붙든다. 할망은 조배기를 연신 떠넣으면서 4·3사건 당시 중학교까지 나오고서도 열아홉 나이에 억울하게 죽어간 둘째오라방* 이야기를 들려주었다. 무덤덤한 표정으로, 마치 흥타령이라도 하듯.

"그때 오라방이 지독허게 감기가 걸령 머리가 아파그네 질끈 수건을 동여맹 방 안에 누웡이신디 토벌대가 막 들어닥청 이것도 빨갱이난 영 머리띠 맷젠허멍 끄성 어디로 데려가부런. 나중에 알앙보난 삼양국민학교 운동장에서 총 쌍 죽여부렀해염시니. 하필 그때 아플 게 무싱거니. 우리 어멍 속상한 거 뭐랜 골앙 다 골을 거니. 다 운이 어신거주게. 경해도 우린 죽지 안행 어떵어떵 살아시네. 오라방은 공부 하영 했주만 난 국민학교 문뚱도 못 볿았쩌. 일 년만 댕겨시민 나 뭘 해도 해실 거여. 세상을 들었당 났당 해실 거여(그때 오빠가 지독하게 감기가 걸려서 머리가 아프니까 질끈 수건을 동여매고 방 안에 누워 있는데 서북청년단이 마구 들이닥쳐서 이놈도 빨갱이라서 이렇게 머리띠를 둘러맸다면서 어디로 데려가 버렸어. 나중에야 알아보니 삼양초등학교 운동장에서 총 쏴서 죽여버렸어. 하필 그때 아플 게 뭐냐. 우리 어머니 속상한 거 뭐라고 다 말할 것이냐. 다 운이 없어서 그런 거지. 그래도 우린 죽지 않고 어찌어찌해서 살아냈어. 오빠는 공부를 많이 했지만 난 초등학교 문턱도 못 밟았지. 학교를 일 년만 다녔더라면 나는 뭐라도 했을 거야. 세상을 들었다놨다 했을 거야)."

구덕 제주도 대나무로 만든 운반용 바구니. 용도에 따라 물구덕, 애기구덕 등 다양하다.
모물조배기 메밀수제비
둘째오라방 둘째오빠

"자리물회엔 춤지름 한 방울 똑 떨어치라"

제주시, 성산, 서귀포, 한림, 중문 등 오일장마다 크든 작든 '할망시장'이 선다. 우영팟*에서 가꾼 채소를 팔아 자기가 쓸 비상금이나 손주 용돈을 마련하려는 할망을 위해 특별히 배려한 구역이다. 서귀포 오일장 입구에도 조그만 할망장이 선다.

그곳 채소 할머니에게 제주쪽파 천 원어치를 샀더니 "조캐야, 팔아줭 고맙다게(조카야, 팔아줘서 고맙다)"면서 새우리*랑 가지 몇 개를 얹어준다. 이러면 뭐 남겠느냐고 극구 사양했더니 할머니는 합죽한 입을 오물거리며 말했다.

"물건 폴젠만 나와시냐. 사람 구경도 허곡 말도 곡곡 허젠 나왐시네 (물건 팔려고만 나온 게 아니다. 사람 구경도 하고 이야기도 나누려고 나왔지)."

채소할망은 향토음식 레시피도 자청해서 가르쳐준다. 양애*는 이렇게 무쳐야 더 향긋하고, 고사리는 요렇게 볶아야 물비린내가 안 난다면서. 제피*를 팔아놓고 안심이 안 되는지 채소할망은 돌아서는 내게 외쳤다.

"조캐야, 자리물회 허젠허민 마주막에 똑 춤기름 한 방울 떨어치라. 경해사 비린내 안 나낭(조카야, 자리물회 할 적에는 마지막에 꼭 참기름 한 방울 떨어뜨려라. 그래야 비린내 안 난다)."

제피를 샐러드에 넣을 작정이었지만, 할망처럼 큰 소리로 대답했다.

●
우영팟 텃밭
새우리 부추
양애 남해안과 제주 일대에서 자생하는 죽순과의 산나물
제피 제주에서 많이 자라는 나무로 이파리는 향이 강해 자리물회의 비린맛을 없앤다

"예, 삼춘. 알아수다. 경허쿠다(예, 삼춘, 알았어요. 그럴게요)."

(제주에서는 나이 드신 어른들은 '삼춘'으로, 어린 사람은 '조캐'로 부른다. 공동체사회의 언어 습관이 아닐까 싶다.)

상설시장도 제법 볼 만하다. '서명숙상회'가 마지막으로 옮겨가서 20여 년 터 잡았던 서귀포 아케이드 상가. 현대화된 매일시장이다. 그곳에 들르면 복쟁이*, 성게, 전복, 구쟁기*, 우럭…… 갖가지 해산물 앞에서 발길을 자꾸 멈추게 된다. 오늘 아침까지도 서귀포 앞바당에서 춤추고 놀다가 왔으리라. 미스이까*는 황홀한 무지개빛이고, 은갈치의 등은 푸르른 형광빛이다.

지난겨울 좌판에서 생선을 파는 초등학교 동창에게서 커다란 생선을 단돈 천 원에 샀다. 동창이라서 싸게 주면 안 된다고 펄쩍 뛰었더니 찾는 사람이 없는 구박쟁이란다. 일부는 회를 뜨고, 일부는 전유어를 부치고, 나머지는 무 넣고 소금간만 해서 지리를 끓였다. 어찌나 담백하고 고소하던지. 사흘이나 먹었지만 조금도 질리지 않았다.

지난겨울 올레를 걷고 난 뒤에 후배 오한숙희를 상설시장에 데려갔더니 해물전 앞에서 떠날 줄을 몰랐다. 결국 옥도미, 갈치, 고등어를 골고루 사서 아이스박스에 포장해서 들고 갔다. 택배도 된다고 말렸지만 택배보다는 자기가 빠르단다. 며칠 뒤 숙희에게서 전화가 걸려왔다. "지금 구운 옥도미 발라먹으면서 언니 생각, 올레 생각 하고 있어. 재래시장 프로그램, 아주 좋아. 올레에서 제도화해야 할 것 같아."

복쟁이 복어
구쟁기 소라
미스이까 무지개오징어

재래시장은 물건만 존재하는 대형마트와는 차원이 다른 공간이다. 그곳에는 사람이 있고, 인정이 있다. 대형 슈퍼마켓이 디지털적이라면, 재래시장은 아날로그적이다. 디지털에서는 효능이, 아날로그에서는 소통이 강조된다.

어차피 걷는다는 일이 지극히 아날로그적인 행위일진대, 올레 걷기를 끝내고 나면 장보기도 아날로그적으로 해보는 게 어떤가. 같은 돈으로 바구니와 마음이 훨씬 풍성해질 것이다.

Part 5

낙원......

그곳에 사는 사람들

© 홍성아

'슬로 시티' 서귀포에 산다는 것

　기후가 워낙 따뜻해서일까. 서귀포(구 서귀포 읍내를 말한다)는 유난히 느린 도시다. 풍경도 느리게 흘러가고, 주민들의 말이나 동작도 느리다. 거리도 10년 전이나 지금이나 별로 달라진 구석이 없다. 낙천적인 남방 계의 특징이 전형적으로 나타나는 곳이다. "어디 감시니*" 우연히 만난 동창생 친구의 인사말 꼬리가 한없이 늘어진다.

　어릴 적엔 느린 기질이 참 싫었는데 지금은 생각이 달라졌다. 세상이 뒤집어질 정도로, 숨을 헐떡일 정도로 급한 일은 그리 많지 않다. 돌이 켜보면 지난날 고민의 95퍼센트는 사소한 것이나 실제 일어나지 않은 일이라는 말도 있지 않은가.

　사실 인류 역사에서 속도가 미덕으로 대두된 역사는 그리 오래지 않다. 아무리 서둘러봐야 곡식이 여무는 시간을 단축시킬 수는 없는 노

감시니 가니

롯. 자연의 시간에 순응하면서 살아온 게 인류의 오랜 역사다. 서귀포 사람들은 여전히 느림에 익숙하다. 이곳 사람들에게 빠름은 아직도 낯선 덕목이다.

신호등 없는 거리에서

서귀포 아케이드 시장^{상설시장} 앞 네거리는 서울로 치면 '명동 거리'다. 화려한 각종 액세서리 숍, 유명 브랜드 옷을 취급하는 가게들이 즐비하다. 서귀포 유일의 백화점인 동명백화점도 한가운데 자리하고 있다. 그런데도 도심답지 않은 한가함이 묻어난다.

딱히 오가는 사람이 적어서도 아니다. 몇 번 다녀보고서야 그 이유를 알아차렸다. 횡단보도는 여럿 있지만 어느 곳에도 신호등이 없기 때문이었다! 보행자는 시도 때도 없이 건너갈뿐더러 시간에 구애받지 않는다. 차가 기다리고 있는데도 늘짝늘짝[•] 자기 속도대로 건너간다. 그래서 제주시에서 온 차나 육지관광객이 모는 렌터카들은 서귀포 특유의 풍경에 분통을 터뜨린다. "여기 사람들은 왜 이렇게 차를 무서워하지 않는 거야?!" 따지고 보면 횡단보도에서 정작 무서워해야 하는 쪽은 사람이 아니라 차인데도 말이다.

풍경이 느릿느릿 흘러가는 서귀포에서도 가장 마음에 드는 거리는 솔동산 사거리에 이중섭 미술관을 지나서 구 아카데미 극장까지 이어지는 오르막길이다. 한때는 서귀포 읍내에서 가장 번화한 곳이었지만, 지금은 강아지만 어슬렁거리는 한적한 거리다. 로마의 언덕 같은 그 길을 간세다리처럼 오르다가 뒤돌아보면 서귀포 바다가 언뜻언뜻, 보인다.

구 아카데미 극장(더 예전에는 관광극장이었다) 출입문에는 '연산군' '빨간 마후라' '육체의 길' 따위의 포스터가 붙어 있다. 그 시절 흑백필름이 또렷하게 재생된다. 아버지 등에 업힌 덩치 큰 막내동생의 어색한 표정이.

구두쇠였던 아버지는 돈을 아끼려고 초등학교 다니는 막내를 관람료가 면제되는 유아인 양 들쳐업고 들어가다가 기도극장의 출구를 지키는 문지기의 제지를 받았다. "쇠*만 한 아일 어디 데려들어가젠 헴수광*."

아, 그때 나는 아버지가 너무도 창피해서 쥐구멍에라도 들어가고 싶었다. 두 아이의 어미가 된 지금, 가난 때문에 당신을 부끄러워한 것이 부끄럽다. 몇 년 전 그분은 고향인 함경도 무산도 아닌, 제2의 고향인 제주도 아닌, 생판 객지인 서울에서 세상을 떠났다. 아버지는 대장암 선고를 받은 직후부터 서귀포로 돌아가고 싶다고 자식들을 졸랐다. 고향도 아닌데 왜 그러냐고 쏘아붙인 불효가 가슴 저리다. 자식이 철이 들만 하면 어버이는 이미 곁에 없다.

쇠 황소
헴수광 하십니까?

탐라국으로 이민 오지 않을래요?

고향 제주에 아예 정착할 것인가, 서울과 제주에 반반씩 거주할 것인가. 결론을 못 내린 채 제주올레 일을 시작했다. 태생은 서귀포지만 서울에 올라가 산 세월이 더 길었다. 가족도, 친구도, 생활기반도 그곳에 있었다. 언젠가는 귀향할 생각이지만, 어디까지나 '언젠가'였다.

그 '언젠가'를 바짝 앞당기게 만든 이는 화려한 색채에 동화 같은 화풍으로 널리 알려진 한국화가 이왈종 화백이었다. 이 화백을 그의 단골식당에서 만난 것은 지난해 늦가을. 육지사람인 그는 잘나가던 사십대 중반에 교수직을 때려치우고 중앙 화단을 떠나 변방인 서귀포로 이주했다. 5년쯤 그림만 원없이 그리다가 올라갈 생각이었는데 살다보니 어느덧 18년이라는 세월이 흘렀단다.

이 화백은 작품활동에 그치지 않고, 서귀포 평생교육원에서 일주일에 두 번 미취학 아동을 모아놓고 그림지도를 한다. 그것도 본인이 크레파스까지 사줘가면서. "똑같은 자질이라도 어릴 적에 감수성을 키워야 뛰어난 천재화가가 나오기" 때문이란다.

그에게 물었다. "서귀포에 살아보니 어떻던가요?" 육지사람이 느끼는 이질감이나 마음고생을 염두에 둔 질문이었다. 뜻밖에도 단호한 대답이 돌아왔다. "서귀포는 극락이죠. 파라다이스 말예요! 육지에서 누렸던 소소한 기득권이나 자질구레한 인연을 접을 수 있다면요."

소소한 기득권, 이런저런 모임! 인생에서 그런 게 중요한 게 아니라는

건 산티아고에서 뼈저리게 느낀 터였다. 언론사 편집국장직을 포기하고도 나는 행복했고, 호텔에서 열리는 칵테일파티나 모임에 나가지 않고도 즐거웠다. 남들이 높다고 말하는 자리에서 오히려 한없는 무력함을 느꼈고, 잦은 모임에서 더 짙은 외로움을 느끼곤 했었다.

내려오자, 고향 서귀포로! 이 화백과의 대화가 끝날 무렵 결심했다. 낙원을 놔두고 더 이상 서성대거나 머뭇거릴 이유는 없었다. 올 1월 신구간(제주도에서는 정월에 귀신이 옥황상제에게 보고하러 올라가 없는 틈을 타서 한꺼번에 이사를 해치운다)에 마침내 거처를 서귀포로 옮겼다. 낙원으로 돌아온 것이다.

살아갈수록 이 화백의 말이 맞았음을, 그의 충고가 옳았음을 실감한다. 집값은 서울의 10분의 1에, 싱싱한 먹거리가 지천이었다. 정방폭포에서 외돌개를 거쳐 돔베낭길까지의 산책로는 최고의 경관을 감상하면서 웨이트 트레이닝과 걷기가 가능한 무료 야외 헬스장이다. 병원, 문화센터, 보건소, 도서관도 다 10~20분 거리에 있다.

대포포구에서 5분쯤 걸어가면 육지에서 온 부부가 운영하는 '써니데이 제주'라는 통나무 팬션이 나온다. 대우그룹에서 30년간 근무한 남편과 그의 아내는 영국의 시골마을에서 8년이나 살았다. 대도시 서울로 돌아왔지만 복잡한 서울에 도무지 적응할 수가 없어 강원도로 들어갈 생각이었다. 그런데 제주 여행길에 대포항에 회를 먹으러 왔다가 첫눈에 반해서 30분 만에 이곳에 땅을 사버렸단다.

얌전하고 말수 적은 부인에게 서귀포에서 보내는 후반부 삶이 어떠냐고 물었더니 갑자기 목소리 톤이 높아진다. "이곳 사람들이 처음엔 배타적이지만 한번 마음을 열고 나면 굉장히 따뜻해요. 물가 싸고, 공기 좋고. 정말 잘한 결정이었다고 생각해요. 이런 데를 놔두고 왜 동남아로 이민 가는지 이해가 안 돼요. 말도 안 통하고, 풍습이나 입맛도 다른데. 저는 친구들을 만날 때마다 권해요. 서귀포로 이민 오라고요."

　서귀포로 이민 오라고? 하기야 해외이니 이민도 틀린 말은 아니다. 여러분, 탐라국으로 이민 오지 않을래요? 살아서 천국으로 주거지를 옮기지 않으실래요?

서귀동 매일시장 587번지의 두 여자

나의 귀환을 유독 반기는 사람들이 있었다. 매일시장 출신인 유순 언니와 경숙 언니였다. 유순 언니는 그녀의 트레이드마크인 걸쭉한 목소리로 내 등을 툭 치면서 "미친년, 잘 왔저게*"라고 말했다. 춤꾼인 경숙언니는 "아, 대지의 딸이 드디어 돌아왔구나"라고 예술적인 멘트를 날렸다. 울컥 목이 메었다. 그렇다. 아무리 익숙해진 듯했어도 서울이 내겐 객지였구나. 언니들의 어깨에 기대 어리광을 부리고 싶었다.

신들린 춤꾼 된 까다쟁이 공주, 경숙 언니

경숙 언니는 매일시장통 '신대순상회'의 외동딸이었다. '서명숙상회'

이웃사촌이자 최대 라이벌이 신대순상회였다(대흥상회, 경복상회, 제주상
회 같은 한자 상호가 대세인 시절에 왜 두 가게만 사람 이름을 상호로 썼는지
모를 일이다).

정확히 말하자면, 대등한 라이벌이 아니라 우리 가게가 밀리는 처지
였다. 맨주먹으로 시작해서 부지런과 열성으로 가게를 키운 우리집과
는 달리 신대순상회는 자본력이 빵빵했다. 간장, 미원, 설탕 따위의 경
쟁품목을 한꺼번에 사들여 가격 면에서 유리한 고지를 선점했다.

두 가게는 관광호텔이나 여관, 요정, 횟집 같은 굵직한 단골손님을 두
고 늘 보이지 않는 전쟁을 치렀다. 그러다보니 소소한 일을 놓고도 투
닥거리기 일쑤여서, 크고 작은 싸움이 하루도 끊이지 않았다. 신대순상
회는 우리 가족에게는 '악의 축'이었다.

그러나 경숙 언니는 달랐다. 그녀는 나쁜 나라의 맘씨 좋고 예쁜 공주
였다. 시장통 아이들이 광목바지에 찢어진 고무신을 꿰차고 다니던 시
절에 언니만큼은 일제 원피스에 빨간 에나멜구두를 신고 다녔다. 과외
는커녕 학교도 못 다니는 아이들도 있던 그때에, 언니는 무용 교습을 받
으러 다녔다. 아이들은 언니를 '까다쟁이*'라고 뒷전에서 수군거렸다.
하지만 만화책의 공주에 폭 빠져 있던 내게 언니는 선망의 대상이었다.
더군다나 가끔은 남몰래 사탕도 쥐여주는 데야. 언니와 나는 전쟁중인
두 왕국의 비무장지대였다.

아홉 살 많은 언니는 내가 초등학교에 다닐 때 이미 서라벌예대 무용
과에 입학했다. 방학마다 내려오는 언니는 점점 화려하고 세련되어 갔

다. 담배를 피운다더라, 남자를 사귄다더라, 별다른 화젯거리가 없는 587번지 일대에서 언니는 늘 '스캔들 메이커'였다. 매일시장통의 김희선이었던 셈이다.

내가 서울로 올라갈 즈음, 언니는 거꾸로 서귀포로 귀향했다. 그리고 30년 세월이 흘러 우리는 다시 만났다. 언니는 그동안에 파, 란, 만, 장한 삶을 살았다. 한때 서귀포 중심가에 양장점을 차려 돈을 엄청 벌다가, 잘생기고 직업 번듯한 고향 선배와 결혼해서 서울에서 전업주부로 살았더란다.

끼 있고 재능 넘치는 제자가 전통춤의 계보를 이어주기를 기대했던 스승(인간문화재 79호 이동완 옹)의 뜻을 거스른 대가였을까. 사십대 후반부터 갑자기 '무병舞病'을 앓게 되었다. 뚜렷한 이유도 없이 온몸이 쑤시고 결리고 아팠다. 마음은 허공에 매달린 듯 늘 헛헛했다.

그러던 중 아파트 목욕탕에서 샤워를 마치고 몸에 타월을 두른 채 대형거울에 서린 김을 닦아내다가 발을 헛디뎌 세면대에 거꾸로 처박혔다. 사기 세면대에 목이 베이면서 피가 낭자하게 흘렀지만, 집안엔 아무도 없었고, 목소리가 나오지 않아 전화도 걸 수 없었다. 혼신의 힘으로 기어 나와 피를 뚝뚝 흘리면서 엘리베이터를 타고 경비실로 향했고, 혼비백산한 경비 아저씨에 의해 병원으로 긴급후송되었지만 며칠간 혼수상태에 빠졌다.

그 뒤 이어진 몇 차례의 대수술…… 시간이 흐르면서 몸은 회복되었지만, 본디 목소리는 찾을 수 없었다. 아, 그래서 그랬구나. 나의 귀향

소식을 듣고 언니가 전화를 걸어왔을 때 목소리가 쉬고 발음이 불분명해서 술 취한 줄 알았는데.

또 다른 참혹한 일도 겪었단다. 착실한 학교선생님이던 오빠가 바다낚시를 갔다가 그만 파도에 휩쓸려 실종되고 만 것이다. 그녀에게는 하나뿐인 오라방, 부모에게는 외아들이었다. 돈 많은 신대순 할망은 아들을 찾아주면 후사례하겠다고 선언했다. 잠수부들이 총동원되어 사흘 밤낮 서귀포 인근 앞바다를 샅샅이 뒤진 끝에, 잠수계의 일인자가 갯바위에 엎드린 한 남자의 시신을 발견했다. 소식을 들은 신대순 할망은 까무러치고, 경숙 언니만 시신을 수습하러 배를 타고 현장으로 갔더란다.

이런저런 큰일을 겪으면서 언니는 운명에 순순히 무릎 꿇기로 했다. 강남 부잣집 마나님에서 가난한 춤꾼이 되어 고향에 돌아온 것이다. 부모에게 물려받은 밀감과수원 한 귀퉁이에 손수 황토흙을 발라가면서 지은 건물에서 언니는 몇 안 되는 제자와 온종일 춤을 춘다. 춤을 거른 그동안의 세월을 벌충이라도 하듯(최근 언니는 제주향토문화재 3호로 지정되었다).

올레 3코스 개장행사 날, 경숙 언니는 올레꾼 앞에서 춤을 추었다. 장소는 언니가 결정했다. 법환포구 앞 막숙이었다. 폭이 넓은 방파제에서 공연할 줄 알았더니, 언니는 굳이 여자 목욕탕과 방파제를 연결하는 좁다란 돌담장 위에 섰다. 작두 위에 선 무당처럼.

언니의 춤은 내가 이제껏 본 춤 중에서 최고였다. 인간사의 아픔과 슬

품, 고통과 갈등을 죄다 끌어안은 듯, 다 털어낸 듯, 아름답고 감동적인
춤사위…… . 점점 거세지는 바람이 언니의 가냘픈 몸과 긴 옷자락을 흔
들어대는데도, 춤은 멈추지 않았다. 언니는 자신만의 세계에 들어간 것
같았다.

발 동작 손 동작 하나하나에 깃든 언니의 한과 슬픔을, 올레꾼들도 느
끼는 듯했다. 간간이 한숨 쉬는 소리만 들렸다. 그게 예술이리라. 사연
을 몰라도, 설명하지 않아도, 관객들에게 깊은 공감을 자아내는 것.

그날 공연이 끝나고서야 알았다. 경숙 언니는 찬바람 때문에 더 쉰 목
소리로 내게 말했다.

"이 포구에서 오빠가 죽었지. 그래서 여기에서 춤을 추고 싶었어. 오
빠 영혼 달래주고 싶어서."

날품 팔아 시 쓰는 유순 언니

"무수리가 있어야 공주도 있는 법이야. 내가 일곱 살 때였어. 한 살
위인 경숙 언니가 어느 날 내게 돈 백 환을 주면서 비가사탕 백 개만 사
서 아이들에게 돌리래. 공회당 앞마당에 아이들 모아놓고 무용을 하겠
다는 거야. 내가 그때부터 조직동원력이 좀 있었거든. 사탕 사서 애들
에게 주면서 꼬셨지. 그게 박경숙의 첫 데뷔무대였을 거야. 가마니도
내가 갖다 깔았어. 근데, 한 가지 고백할 게 있어. 언니가 사탕 백 개 사

라고 했는데 실은 아흔 개만 사고 십 원은 내가 삥땅 쳤거든. 매니저 비용이지 뭐."

오랜만에 만난 경숙 언니가 지난 사연을 들려주는 틈에 유순 언니가 끼어들어 과거사를 슬쩍 고백한다. 자수하는 자에게 광명 있을진저. 경숙 언니는 웃음으로 사면한다.

경숙 언니가 587번지 공주라면 유순 언니는 587번지 여자 깡패였다. 누구든 언니에게 걸리면 '굴욕'을 감수해야만 했다. 언니에게는 힘으로도, 머리로도, 말발로도 당할 재간이 없었기에. 무엇보다 언니는 '정의'의 편이었기에.

유순 언니에 대한 내 기억은 오일장의 장터국숫집에서 시작된다. 매일시장에 어엿한 점포가 있었지만 우리 부모님은 장날이면 커다란 말구루마에 물건을 잔뜩 싣고 오일장터로 올라갔다.

어린 마음에 부모님이 거리 장사를 하는 게 창피해서 장날이 돌아오는 게 싫었다. 유일한 위안이라곤 장터 입구의 국숫집에서 국수 한 그릇 먹는 것이었는데, 바로 유순 언니네 가게였다. 주인 아주망(유순 언니 엄마)의 체격은 참으로 대단했다. 오죽하면 동네 사람들이 '군대환君代丸, 제주와 일본을 오가던 커다란 정기여객선 이름'이라고 놀렸겠는가.

그 집 장터국수는 요즘 말로 '쥑이는' 맛이었다. 커다란 가마솥에는 육수 국물이 펄펄 끓었고, 한쪽에서는 연신 국수사리를 건져냈다. 양손을 굵은 허리에 척 얹고서 국수가 적당히 삶아졌는가를 들여다보는 군대환 할망은 마치 오백장군에게 먹일 죽을 쑤는 설문대할망 같았다.

군대환 할망은 입도 걸었지만 인정도 많아서, 거지나 가난한 이들은 그냥 불러 먹였다. 퍼주다가 망한다고 단골들이 걱정하면 "아, 경해도 안 굶고 애들 학교 다 보내니까 걱정 맙서" 하고 큰소리쳤다. 할망의 장담대로 망하기는커녕 국숫집으로 돈을 벌어 나중에는 '대륙식품'이라는 식료품가게를 냈다. 많은 장꾼들이 명물 국숫집의 퇴장을 아쉬워했다. 오일장의 가장 큰 즐거움이 사라지는 것에 대해.

그 집 국수에는 '춘자싸롱'의 멸치국수처럼 엄청난 중독성이 있었다. 나는 엄마에게 학용품을 산다며 돈을 타내 그 집 국수를 두세 번씩 먹을 때도 있었다. 혹시 엄마에게 들킬세라 한쪽 구석에 뒤돌아 앉아서 먹는 국수의 맛이란! 파 쏭쏭, 깻가루 살짝이 전부였던 오일장 국수가 갖은 고명을 얹은 잔칫집 국수보다도 맛난 까닭은 무엇일까.

"비결? 국물이주게. 도새기꽝에 왕 머루치 놓곡 붉은 고추, 입 데불게 매운 거 몇 개만 놓앙 연탄불에 푹 딸려시네(비결? 국물이었지. 돼지뼈에 큰 멸치를 넣고 붉은 고추, 입이 데도록 매운 거 몇 개만 넣어 연탄불에 푹 달인 거야)."

내 기억 속의 유순 언니는 남자처럼 점퍼를 입고 짐자전거가 비틀거릴 정도로 짐을 잔뜩 싣고 배달 다니는 모습이 전부였다. 엄마를 닮아 덩치도 좋고 운동신경도 뛰어난 언니는 여고시절 투포환 선수로 명성을 떨쳤지만, 아시아를 석권한 절대 강자 백옥자 선수에 가려 한 번도 1등을 해보지 못한 비운의 스타였다.

그 뒤 언니가 겪은 인생은 희비극 쌍곡선이었다. 여고를 졸업한 뒤 지

인의 소개로 텔레비전 방송사 탤런트 시험에 응시했단다. 오디션 때 본인은 춘향이 역을 원했는데 그에게 떨어진 배역은 홍콩의 왼손잡이 역이었다(섬세하고 지적인 언니를 몰라보고 외양으로만 지레짐작한 것이다!). 그래도 마음을 고쳐먹고 열연을 펼친 끝에 합격통보를 받았다. 헌데 소개한 지인이 뽑아준 분들에게 사례를 해야 한다고 귀띔하는데, 그 액수가 장난이 아니더란다.

"미쳤냐. 그 돈 주고 방송국 입사하게! 근데 그때 내가 들어갔더라면 이영자고 김미화고 다 없었어. 다 휩쓸어버렸을 테니까, 하하하."

풀이 죽어 고향으로 돌아온 그녀는 그릇장수로 오일장에 컴백했다. "골라 골라" 소리치는 오일장 처녀가 군대환 할망의 뒤를 이어 오일장의 명물로 떠올랐음은 불문가지. 언니의 호방하고 걸쭉한 마케팅 덕분에 그릇은 불타나게 팔렸고, 몇 년 만에 돈방석에 앉았다. '유순이 사주는 막걸리와 아강발*을 못 먹어본 사람은 간첩'이라는 우스개가 오갈 만큼 언니도 자기 어머니처럼 주변에 인심을 쓰고 퍼먹였다.

그러나 친구 좋아한 게 화근이었다. 혼자 사는 그녀에게 현금이 많다는 걸 안 친구 몇이 돈을 융통해달라고 했고, 그녀는 "오케이" 주저 없이 빌려주었다. 친구 사이니까 차용증 하나 없이. 세월이 흐르면서 다들 망해서 육지로 도망가거나 소식이 끊기고 말았다.

"돈은 괜찮아. 본디 남의 손에서 온 거니까 떠날 수도 있는 거지. 죽어서 지고 갈 것도 아니잖아. 가슴 아픈 건 친구를 잃은 거야. 걔네들 미안해서 나랑은 아예 연락 끊고 살아. 돈을 안 꿔줬더라면 여전히 친

유순 언니는 날품팔이 노동자인 동시에 어엿한 등단 시인이다.

그녀의 시는 체구와는 딴판으로 섬세하고 서정적이다.

본인 주장에 따르면 '체격은 황소지만 마음은 여린 풀꽃'이다.

멋진 남자 만나서 시집 한번 가보겠다는 소망을 여전히 간직한 그녀다.

구일 텐데."

　그 좋은 재산을 다 털어먹은 언니는 허름한 집에서 혼자 산다. 생계는 밀감과수원에서 밀감 따기, 들판에서 고사리 꺾기, 난대림 산림청에서 삼나무 씨와 소나무 종자 털기로 꾸려간다. 밥보다 막걸리를 더 좋아하면서도 이시돌 요양원에서 노인을 씻기고 돌보는 그녀다.

　비가 와서 일을 공치는 날이면 영락없이 언니의 전화가 걸려온다. "맹숙아, 뭐 햄시냐. 막걸리 한잔 사주키여, 언니 돈 하영 벌었저(맹숙아, 뭐 하니. 막걸리 한잔 사줄게. 언니 돈 많이 벌었단다)." 일당 4만 원짜리 밀감과수원 일로 돈을 많이 벌었다는 것이다. 퍼주기 좋아하는 언니의 고질은 아무래도 치유불능이다.

　유순 언니는 날품팔이 노동자인 동시에 어엿한 등단 시인이다. 그녀의 시는 체구와는 딴판으로 섬세하고 서정적이다. 본인 주장에 따르면 '체격은 황소지만 마음은 여린 풀꽃'이다. 멋진 남자 만나서 시집 한번 가보겠다는 소망을 여전히 간직한 그녀다.

　예전부터 넋할망들넋이 나간 사람을 위무하고 귀신의 영혼을 달래주던 할머니이 한라산에서 서귀포 지형을 굽어보면서 예언했단다. 저기에서는 정치인이나 큰 부자는 안 나오고, 예술가만 나온다고.

　하기사, 태어나면서부터 미치도록 푸르른 하늘과 에메랄드빛 바다를 보았으니 어찌 다른 일에 마음을 붙일 것인가. 풍류남아, 풍류여아로 한 평생 살아갈 수밖에.

연산홍

이유순

진달래 화전 덩이로 핀
천지연 가는 길목
봄바람 일어도
내 평생 너의 치마저고리
입은 적 없네

밤바람은 시샘으로
너의 가슴 후비지만
향기는 새벽별 타고
님 계신 서편에
초속으로 여행을 떠난다

연산홍아
삶이 일장춘몽이라
손바닥 거울 들고
꽃잎을 따다
토닥토닥 순이 얼굴에
분을 바르네

사람을 키우고 사람을 살린 두 남자

    어린 시절 아름다운 서귀포에서 나고 자란 것 외에도 특별한 행운을 누렸다. '담임선생님을 잘 만난 복'이 바로 그것이었다. 훗날 두 아이를 낳아 학교를 보내면서 '선생님 복'이 얼마나 큰 복인가를 새록새록 실감하게 되었다. 그런 행운이 찾아든 것은 초등학교 4학년 때였다.

    "내 이름은 오의삼, 숫자로 쓰면 523. 이름의 숫자를 보태면 성이 된다. 어때 외우기 쉽지?"

    선생님은 우리가 붙이기도 전에 '별명'을 자진해서 소개했다. 아이들은 와르르 웃었다. 오의삼 선생님은 첫 소개부터 여느 선생님들과 달랐다. 원래 위미리 출신이지만, 사범학교를 나와 타지에서 1년간 근무한 뒤 막 고향으로 돌아온 총각선생님이었다.

그날부터 '즐거운 4학년'이 시작되었다. 서귀포의 유일한 병원인 기독병원집 아들 종협이도, 상록고아원의 원아 상필이도 특별대접을 받거나 차별대우를 받지 않았다. 1, 2등을 다투던 성우와 석언이, 말썽을 도맡아 피우던 성배와 승명이를 대하는 것도 매한가지였다. 선생님에게는 우리 반 65명 모두가 나름의 재주와 개성을 가진 '특별한 아이'였다.

오 선생님은 체벌방식도 특이했다. 한번은 성배가 학교 담을 타넘다가 선생님께 걸렸다. 바닷가 근처 저지대에 위치한 서귀포초등학교(올레 2코스가 지나가는 곳이다)는 담이 유난히 높았고, 월담은 선생님들이 가장 질색하는 '나쁜 짓'이었다. 우리는 성배가 선생님께 얼마나 큰 벌을 받을지 조마조마하게 지켜보았다.

그러나 선생님은 우리의 기대(?)를 보기 좋게 배반했다. 성배에게 벌을 주는 대신에 담을 훌쩍 넘는 운동실력을 높이 평가해서 축구부에 들어가도록 배려했다. 남학생에게는 선망의 대상이던 축구부에 들어간 성배는 갑자기 의젓해져 우리를 놀라게 했다.

그런가 하면 공부시간에 뒷자리에서 늘상 시끄럽게 굴던 아이는 오락부장으로 임명해 직업적으로 떠들도록 만들었다. 오락시간에 마음 놓고 떠들게 된 그애는 공부시간에 절로 조용해졌다. 선생님의 마술이 참 신기하게 느껴졌다.

그전까지만 해도 새 학년이 되면 '선생님이 누구 누구를 예뻐한대',

'누구 누구네 엄마가 선생님이랑 친하대'라는 말이 돌았는데, 적어도 우리 반에서는 그런 뒷담화가 발붙일 여지가 없었다. 아이들은 저마다 '선생님이 날 제일 예뻐한다'고 우겨댔고, 다들 기가 살아 펄펄댔다.

물론 나도 그중 하나였다. 내 글솜씨를 인정해준 선생님은 크고 작은 글짓기 대회에 응모하도록 기회를 마련해주었다. 인터넷으로 모든 정보가 신속하게 공유되는 지금과 달리 40년 전의 제주도는 말 그대로 '변방 중의 변방'이었다.

전국의 어린이 문사들이 응모하는 '새싹회' 전국 글짓기대회에 시, 산문 분야에 한꺼번에 응모했는데, 운이 좋았던지 둘 다 당선되었다. 3학년 때까지만 해도 친구도 별로 없는데다 말더듬이 증세까지 보이던 나였다. 하지만 전교생 조회 때 불려나가서 상을 받는 일이 거듭되면서 자신감을 갖게 되었고, 덩달아 성격까지 활발해졌다.

당시 4학년 국어교과서에는 '학급문집 만들기'라는 과정이 있었는데, 선생님은 이걸 실제로 만들어보자고 제안하셨다. 아이들은 당연히 찬성했고, 문집 이름은 투표를 거쳐 '꽃동산'으로 결정되었다. 선생님은 문집에 실릴 원고와 앙케트 결과를 취합하는 편집장 역할을 내게 맡겼다. 설문 내용은 '장래의 희망'이었다. 말썽꾸러기 성배는 대통령을, 급장인 성우는 육군대장을 써넣었다. '강소천 선생님 같은 아동문학가가 되겠다'고 쓴 나를 동무들은 놀려댔다. "강소천, 무싱거* 허는 사람이냐" 하면서.

그해 겨울방학은 학급문집을 만드는 일에 고스란히 바쳐졌고, 이듬해 4학년 종업식 날 우리는 옵셋 프린트판 문집 《꽃동산》을 나눠 가졌다. 내 인생 최초의 편집장직을 거치면서 '평생 글을 쓰면서 살아가겠다'는 생각을 자연스레 굳히게 되었다. 노래도, 무용도, 달리기도, 공기놀이도 못하는 나의 유일한 돌파구였으므로.

지난해 여름 예비답사를 마무리 지은 뒤에 오의삼 선생님께 전화를 드렸다. 제주올레에 대한 이런저런 구상을 밝히면서 가을에 첫 코스를 개장한다고 말씀드렸다. 정말 좋은 일이라면서 오 선생님답게 제자의 '미친 짓(우리 엄마의 표현을 빌리자면)'을 격려했다. 든든한 빽이 생긴 것이다.

오 선생님은 첫 부임지인 서귀포초등학교 교장선생님을 마지막으로 정년퇴임한 터였다. 올레 2코스 개장행사에 참가한 선생님은 구두미 포구로 걸어가면서 "햐, 어떵 촟자시냐. 경 오래 서귀포 살멍도 모른 길이여게(아, 어떻게 찾았니? 그렇게 오래 서귀포에 살면서도 몰랐던 길이란다)." 감탄을 연발했다. 선생님의 덕담에 그동안의 피로가 한꺼번에 씻겨 내리는 듯했다. 칭찬은 고래도 춤추게 한다는데, 하물며 옛 은사의 칭찬은 말해 무엇하랴.

그 뒤부터 선생님은 올레 행사에 꼬박꼬박 참여해 '올레 도우미'를 자청했다. 육지에서 온 올레꾼에게 법환포구와 막숙의 유래를 설명해주고, 길섶에 핀 나무 열매와 들꽃의 이름을 일러주었다. 제주도 오름 동우회와 사범학교 동창회에도 제주올레를 열심히 퍼뜨리신다.

얼마 전 나는 선생님께 부탁드렸다. 앞으로 올레 해설사를 양성하는 '올레 아카데미'가 생겨나면 꼭 교장을 맡아주십사고. 그러나 선생님은 손사래를 쳤다.

"말라게. 나 경 안 해도 안 빠정 꼭 참석허키여. 교장 말고 평교사나 시켜도라(그러지 마라. 나 그렇지 않아도 안 빠지고 꼭 참석할 테니. 올레에서 교장 말고 평교사나 시켜줘라)."

역시 우리 선생님다웠다.

"내 죽을 자린 바당에 뫄두었저" 허창학 오라방

서귀포로 돌아온 뒤에 하루에도 몇 번씩 '시네마 천국'을 찍게 된다. 30, 40년 전 이웃들이 빛바랜 흑백사진에서 튀어나와 "야, 너 맹숙이 아니냐게" 말을 걸어온다. 그들은 기억 속의 얼굴과는 달리 윤곽선이 뭉개지거나 턱이 늘어지거나 이마에 굵은 주름이 새겨져 있다. 나 또한 마찬가지다.

허창학 오라방도 그런 사람들 중 하나다. 지난해 가을 아침, 산책 삼아 서귀포 부두를 거니는데 누군가 나를 뚫어지게 쳐다보더니 가까이 다가왔다.

"야 맹숙아, 나 모르크냐. 나, 니네 집 저끄띠 살던 창학이 오라방이

여. 너 물애기 때 나 등땡이에서 오줌도 싸곡 해신디(야 명숙아, 나 모르겠니. 나, 니네 집 근처 살던 창학이 오빠다. 너 갓난쟁이 때 내 등짝에서 오줌도 싸곤 했는데)."

아하, 그 오라방이었다. 오줌을 싼 기억은 없지만, 나보다 한참 위의 동네 오빠, 표정이 늘 슬퍼 보였던 바로 그 오라방. 동철이가 귀띔하기를 허창학 오라방은 서귀포는 물론이고 전국에서도 손꼽히는 스쿠버다이버란다.

며칠 뒤 취재차 내려온 백승기 선배에게 허창학이라는 스쿠버다이버를 아느냐고 물었다. "아, 그분, 이 세계에서는 최고수지! 역시 서귀포가 좁긴 좁구나." 백 선배가 흥분하며 목소리를 높였다. 언론계에서 소문난 등산광이자 스쿠버다이버인 백 선배에게 혹시나 싶어 물어봤는데, 역시나였다. 백 선배가 장황하게 덧붙였다. 희귀한 산호초 군락과 다양한 어종의 물고기들이 서식하는 문섬 앞바다는 세계 다이버들이 사랑하는 곳이라고. 이런 곳에 살면서 바닷속 아름다움을 모른다는 건 일종의 직무유기라고.

그 오라방의 이름을 다시 들은 건 무용가 경숙 언니에게서였다. 법환 포구에서 바다낚시를 하다가 실종된 오빠를, 서귀포 일대 잠수부와 해경들이 총동원돼 몇날 며칠을 찾아도 못 찾았더란다. 그런데 그걸 찾아낸 사람이 바로 허창학 오라방이었다.

주위의 말을 들어보니 창학 오라방이 경숙 언니 오빠의 시체를 발견한 건 우연도 특별한 일도 아니란다. 사람이 바다에 빠져 실종됐다는 소식이 들리면 오라방은 만사 제쳐놓고 구조작업에 나선다. 현상금이 걸린 일이든 아니든 '선 구조, 후 처리' 원칙에 입각해서.

그가 맨 먼저 목격한 주검은 그의 아버지였다. 동네 구장을 지내던 창학 오라방의 아버지는 하던 일이 잘 풀리지 않자 그만 천지연 폭포에서 투신하고 말았다. 머구리*들이 죄다 동원돼서 천지연 일대를 수색한 끝에 건져낸 아버지를 아홉 살 소년은 두 눈으로 똑똑히 목격했다.

그가 해상 구조작업과 인연을 맺게 된 건 군대를 제대하고 난 직후, 삼매봉에서 자살한 사람을 구해주면서부터였다. 그 사건을 계기로 파출소나 해안경비대에서는 어려운 일이 생기면 먼저 그에게 연락을 해 왔단다. 목숨이 붙은 채로 구조되면 '불행 중 다행'이지만, 거친 제주 바당에 빠진 사람들은 대부분 시신으로 발견되기 마련이다. 지금은 시체를 싣는 시설을 갖춘 배가 따로 있지만, 예전에는 지나가는 어선에 사정해야만 했다. 한번은 지귀도에서 시신을 건졌는데 배들이 영 태워주지를 않았다. 하는 수 없이 낚시줄로 시신을 묶고 죽은 이의 얼굴을 뒤로 돌려서 몸통을 껴안은 채 쇠소깍 근처 소금막까지 헤엄쳐 왔더란다.

'남의 시체나 건지는 놈'이라는 비아냥까지 들으면서 그가 건져 올린 시신은 모두 2백 31구. 2백 30구를 건지고 나서 딸들의 반대로 구조작업에서 손을 뗐지만, 자신의 스쿠버 가게 단골손님이 바다에서 실종됐다는 소식에 다시 뛰어들 수밖에 없었다. '시신만이라도 찾게 해달라'고 매달리던 가족들은 정작 시신이 발견되고 나면 붙들고 울고불고

경찰조사를 받느라고 경황이 없기 마련. 약속한 사례금은 '부도 수표'
가 되기 일쑤였다.

　그 숱한 죽음 중 가장 가슴 아팠던 것은 10여 년 전 어느 가난한 가장
의 자살이었다. 중앙파출소 순경이 "삼매봉 입구에서 꼬마 애 둘이 리
어커 옆에서 울고 있고 옆에는 빈 소주병만 나뒹굴고 있는데, 아무래도
애들 아버지가 자살한 것 같다"고 비상전화를 걸어왔다. 아이들의 아버
지는 황우지 해안의 바위 옆에서 머리가 깨진 시체로 발견되었다.
　"순경허곡 골메들이멍 시체를 업엉 외돌개 계단을 올라왔주. 소나이
는 혼 다섯 살, 지집아이는 아홉 살이랜 허는디, 불쌍해 죽어지크라. 어
멍은 집 나가불고, 큰아방도 삼촌도 몬딱 없댄. 마침 보개뚜에 작살질
행 갈른 돈 오십만 원이 있었주게. 순경한티 그 돈 주멍 뒷일을 부탁행
돌아서멍도 마음 아팡 죽어지크라(순경하고 교대하면서 시체를 업어서 외
돌개 계단을 올라왔지. 사내애는 한 다섯 살, 여자애는 아홉 살이라고 하는데,
불쌍해서 죽겠더라구. 엄마는 집을 나갔고, 큰아버지도 삼촌도 모두 없다고 그
래. 마침 주머니에 작살질해서 나눈 돈 오십만 원이 있었거든. 순경에게 그 돈
을 주면서 뒷일을 부탁하고 돌아서는데 마음이 아파서 죽을 뻔했어)."
　1982년 무렵, 스쿠버 작살질(지금은 불법으로 금지돼서 안 하지만)로 화
순 해안동굴 앞에서 함께 고기를 잡던 동료가 밤바다에서 실종되고 말
았다. 유난히 바다를 좋아했던, 육지에서 온 양복기술자였다. 사고 다음
날부터 닷새나 태풍주의보가 발동되면서 그의 실종은 장기화됐고, 창학

오라방은 동료를 잃고 돌아온 죄책감에 생업인 극장주임 일을 팽개치고 시체라도 찾으려고 틈만 나면 바다에 뛰어들었다. 그렇게 세월이 흐르면서 모아둔 돈도 다 떨어지고, 가정도 엉망진창이 됐다. 친구들이 바다에서 노상 살 바에는 스쿠버 강습소라도 열라면서 도와주었고, 비로소 그는 생계와 수색작업을 겸할 수 있게 되었다.

5년여 만에 창학 오라방은 결국 동지의 시신을 화순동굴에서 발견했다. 동굴 입구는 한 사람이 겨우 들어갈 만큼 좁더니 갑자기 다락방처럼 넓어졌다. 고무옷을 입은 채 바위틈에 웅크린 시신과 천장에 둥둥 떠 있는 공기통을 보는 순간 눈물이 핑 돌더란다. 격한 감정에 바깥에서 줄을 잡고 기다리는 동료에게 채 신호도 안 보내고 돌진한 탓에 창학 오라방은 뿌연 먼지로 한치 앞이 안 보이는 동굴 안에서 출구를 못 찾고 헤맸다.

"야, 이 친구가 날 불럼꾸나. 경허민 경해사주 어떻헐 거라. 혼참 그 친구허곡 드러누워 있었주(야, 이 친구가 날 부르는구나. 그러면 그래야지 어떡하겠어. 한참을 그 친구하고 드러누워 있었지)."

두어 시간 만에 탈출을 재시도하는데, 기다리던 동료의 손에 기적적으로 그의 물안경이 걸렸다. 간신히 배 위로 올라가서 시신을 살펴보니 잠수복에 갇혀 있던 몸뚱아리는 온전한데 정작 머리가 없었다. 세 시간 후, 다섯 시간 후, 두 차례나 더 시도했지만 인양에 실패했다. 다음날 플래시까지 동원해서 끝내 머리와 공기통과 총까지 죄다 찾았다. 시신을 라면상자에 곱게 수습해서 그의 고향인 경기도 여주로 데려가 장사

를 치르고 난 뒤에야 끈질기게 자신을 괴롭혀온 죄의식에서 벗어날 수
있더란다.

창학 오라방은 술만 마시면 주변 친구들에게 자기는 바다에 묻힐 것
이고 이미 봐둔 바다동굴이 있다고 한다기에 물어봤다. 그는 덤덤하게
대답했다.

"난 아맹해도 육지보다 바당이 더 익숙허난. 자리는 다 봐뒀저. 그자
락 멋진 딘 아닌데 들어강 편안히 누울 만한 곳이주. 살당 죽어시민 헐
땐 거기 강 누워사주(난 아무래도 육지보다 바다가 더 익숙하니까. 자리는
다 봐두었지. 그렇게 멋진 곳은 아닌데 들어가서 편안히 누울 만한 곳이지. 살
다 죽을 때가 됐다 싶을 땐 거기 가서 누워야지)."

아아, 진정 바다 사내다운 대답이었다.

제주로 돌아온 두 화가

'정치하는 사람이나 큰 부자는 안 나오고 예술가들만 나올 것'이라는 넋할망의 예언을 입증하듯, 서귀포에는 예술가들이 많다. '일반 시민 반, 예술가 반'이라는 우스갯소리가 나돌 만큼.

그중에서도 변시지 화백은 우뚝 솟은 봉우리다. 올레 2코스 종점인 외돌개 가는 길 남성리 입구에 있는 '기당미술관'이 그가 세운 미술관이다. 그 안에는 쓸쓸한 제주 풍경과 형언하기 힘든 비애감이 깃든 그의 그림들이 있다.

그의 그림을 처음 만난 건 대학시절 우연히 들른 제주시 소라다방의 전시회에서였다. 장판지 색깔처럼 누우런 황톳빛 땅과 하늘, 거무죽죽한 현무암 돌담, 돌담 위에 무심히 앉은 까마귀. 단순한 그림인데도 강력한 힘이 느껴졌다. 힘찬 붓질 가운데서도 작가의 외로움이 묻어났다.

그러곤 그만이었다. 서울로 다시 올라와 바쁘게 살면서 그 그림도, 그림을 그린 화가도 까맣게 잊고 있었다. 어느 날 신문을 보니 그는 제주만이 아니라 한국을 대표하는, 거물급 화가가 되어 있었다. 그림이 워낙 특별하더라니, 그럴 만도 하지, 고개를 끄덕였다.

황톳빛 바다와 까마귀, 변시지 화백

변 화백을 직접 만난 건 올 초 제주로 귀향한 이후였다. 우연히 만난 자리에서 긴 이야기를 나누면서 나는 그의 그림에 왜 그토록 외로운 그림자가 드리웠는지 짐작하게 되었다.

제주에서 출생했지만 유독 교육열이 높았던 부모를 따라 여섯 살에 일본으로 건너갔더란다. 아버지는 일본에서도 부유층 자제들이 다니는 사립학교에 아들을 입학시켰다. 체격도 또래보다 크고 배짱도 있던 그는 초등학교 2학년 때 마을 축제 때 씨름^{スモ} 시합에 나갔다가 큰 부상을 입고 말았다. 그때의 후유증으로 지금도 그는 다리에 통증을 느끼고, 의자에 오래 앉아 있지를 못한다.

23세에 일본의 광풍회전狂風會展에서 최고상으로 입상한 그는 1957년, 삼십대 초반의 나이에 고국이 그리워서 서울대 교수로 돌아왔다. 그러나 일본에서 한창 잘나가던 그의 귀향에 의문을 품은 정보기관은 그를

변시지의 그림엔 그가 평생 사랑해온 제주의 바람과 바다와 말,
돌담, 초가, 까마귀가 늘 등장한다. 또 하나, 대부분의 그림에는
반드시 손톱만 한 크기의 인물이 등장한다. 퍽 외로워 보이는 아
이다. 아이는 졸지에 언어도 문화도 다른 이국땅에 내던져진 감수
성이 예민한 소년 변시지일지도 모른다.

내버려두지 않았다. 그가 살던 혜화동 관할 종로경찰서 형사에게 그의 일거수일투족을 감시하도록 했다. 6개월이 지난 뒤에야 담당 형사는 그에게 미행 사실을 털어놓으며 미안해했단다. '혐의 없음' 보고서를 상부에 올렸다면서. 그러나 정보기관은 보고를 믿지 못해 중부경찰서에 그를 미행하도록 재차 지시했다. 또 6개월. 그때도 담당 형사가 일러주어서 미행 사실을 알았단다. 조국이 두려워지기 시작했다.

그럴 즈음 제주대학에서 그에게 11일간의 특별 강의를 부탁했다. 서울에서 피해 있을 겸 얼른 내려왔다. 40년 만의 귀향이었다. 열하루가 한 달이 되더니, 33년이라는 세월이 흘렀다. 고향 제주의 바람과 공기와 흙이 좋았고, 서울로 올라가기가 꺼려지다 보니 그리 되었더란다.

변시지의 그림엔 그가 평생 사랑해온 제주의 바람과 바다와 말, 돌담, 초가, 까마귀가 늘 등장한다. 또 하나. 대부분의 그림에는 반드시 손톱만한 크기의 인물이 등장한다. 퍽 외로워 보이는 아이다. 아이는 졸지에 언어도 문화도 다른 이국땅에 내던져진 감수성 예민한 소년 변시지일지도 모른다. 물었더니 여든을 넘긴 노화가는 말없이 미소 지었다. 아홉 살 소년 같았다.

외돌개에 울리는 똥소리, 고영우 화백

고영우 화백의 궤적은 닮은 듯 다르다. 서귀포에서 나고 자라 홍익대

미대로 진학했다. 젊은 나이에 프랑스 초대전을 성공적으로 치렀다. 동경이다, 뉴욕이다, 상해다, 해외 전시회도 여러 차례 가졌다. 한마디로 촉망받은 신진 화가였다.

그러던 그가 어느 날 갑자기 대외 활동을 중단했다. 서귀포라는 한정된 공간을 한사코 떠나지 않았다. 본인 입을 빌리면 '알 수 없는 심리적 불안증세 때문에 외돌개를 넘어가는 게 두려웠다'고 한다. 중앙화단의 평론가 중에는 '박제가 되어버린 천재'를 아쉬워하는 이도 있었다. 그만큼 그의 칩거는 완고했고 단절은 견고했다.

그러나 그는 세상과의 소통을 접었으되 그림마저 포기한 건 아니었다. 검은 도화지 위에 크레파스를 칠한 뒤 페인팅 나이프로 긁고 다시 칠하는 독특한 자기만의 작업방식으로 존재 시리즈를 선보였다. '흔들리는 존재—너의 어둠', '환상적 우울', '어둠 속에서', '기억 속에서' 등등.

그의 그림에는 괴로워 머리를 싸매거나 절규하듯 두 팔 벌린 남자, 십자가에서 고통에 신음하는 예수가 자주 등장한다. 분열된 자아, 내면의 고통이 역력히 드러나는 인간에게 구원은 예수인 듯하다.

실제로 그는 독실한 가톨릭 신자다. 20여 년 전부터 자신이 다니는 서귀포성당에서 다른 사람과 골매들이면서* 아침과 정오 성당 종을 치고 있다. 어쩌다 친구들과 어울려 밥을 먹다가도 성당 종 치는 시간에 맞춰 서둘러 일어서곤 했단다. 자기와의 약속을 지키고 싶었단다.

"신부님이 종 칠 사람이 어성 종도 못 친댄 말씀허는 걸 들어십주. 경 허민 나라도 치주 해서 시작해신디, 요즘은 종 고치는 중이랑 치지도 못

골매들이면서 번갈아가면서

햄주마는(신부님이 칠 사람이 없어서 종도 못 친다고 말씀하는 걸 들었거든
요. 그러면 나라도 쳐야지 해서 시작했는데, 요즘은 종 고치는 중이라서 치지
도 못하고 있지만)."

두 화가의 공통점은 외로움이 아닌가 싶다. 그토록 그리던 고향에 돌
아와 살면서, 고향에 머무르면서도 그들은 외로워한다. 고향의 풍경을
담아내지만 그 풍경 또한 쓸쓸하다. 하기사 인간은 어느 곳에 사나 외
로운 존재인지도 모른다. 제주 여자들에게서는 불굴의 강인함이, 제주
남자들에게서는 섬세한 감성이 만져진다. 진화된 인간은 남성성과 여
성성을 두루 갖게 된다니 혹 그런 게 아닐는지.

때로는 음악처럼 때로는 암호처럼

초등학교 시절 나는 반 아이들의 좋은 놀림거리였다. 책 읽는 억양 때문이었다. 선생님이 책 읽기를 지명하면 다른 아이들은 평소대로 읽어 내렸지만, 나는 라디오에서 듣던 성우들의 표준어 억양을 애써 상기하면서 읽었다. 책 읽는 내내 아이들은 책상에 머리를 박고 킥킥거렸고, 심지어 짓궂은 남학생들은 혀를 쏙 내밀거나 책상을 두드리면서 웃었다. 당황한 나는 얼굴이 홍당무처럼 새빨개졌고, 그런 나를 보면서 아이들은 더 웃음을 터뜨리고.

서울로 유학 와서는 표준어 억양을 맘대로 쓰게 되니 좋았다. 그러나 이번엔 제주어가 나를 놓아주지 않았다. 새내기 대학생 때, 같은 과 남학생이 돌벤치에 앉아 독서 중이던 내 어깨를 툭 쳤다. 휙 돌아보면서 나도 모르게 "무사?"라고 했다. 그 남학생은 어리둥절해 하며 "무사라고? 내가 칼 찾어?"라고 반문했다. 당황한 나는 말문을 딴데로 돌렸다. 무사는 제주어로 '왜'라는 뜻이었다.

무사, 왜? 이게 똑같은 의미를 지닌 단어인 줄 어찌 알랴. 사투리 억양을 쉽사리 못 고치는 경상도, 전라도 출신들과는 달리 제주도 출신들은 표준어 억양에 금세 적응했다. 문제는 부지불식간에 튀어나오는 외국어 수준의 단어였다. 당시 제주향우회 모임에서는 제주어를 둘러싼 에피소드들이 만개했다. 제주 여성이 데이트하던 육지남자가 어깨에 팔을 두르자 "둑지* 짚으지 마세요"라고 해서 남자를 어리둥절하게 만들었다든가 하는 식의.

서울생활이 오래될수록 제주어를 부끄러워하는 마음이 엷어졌다. 그까이 것, 살아보니 서울도 별게 아니었다. 대신 나이가 들수록 유년에 대한 그리움이 깊어지면서 제주어를 일부러 찾아 쓰기 시작했다. 친정어머니가 함께 살면서부터는 제주어가 집안의 공용어로 정착되었다. 서울에서 나고 자란 두 아들이건만 학교가 끝나면 "할머니, 갔다와수다" 소리치며 들어왔다.

여고 동창모임에 참석해 떠들다보면 친구들이 깜짝 놀라곤 했다. "명숙아, 어떵 그추룩 제주도 말 잘햄시니. 잊어불지도 안행 잘도 틋냄쩌이(명숙아, 어떻게 그렇게 제주도 말을 잘하니. 잊어버리지도 않고 잘도 기억해낸다)." 얘들아, 그리우면 다 기억나는 법이란다.

그건 그리움이었을 뿐, 지난여름 예비답사를 거치면서 나는 비로소 제주어의 아름다움에 눈을 떠갔다. 제주어를 갈고 닦으면서 아름다운 시를 써온 친구 영선에게는 부끄러운 일이지만.

"아고, 이 와랑와랑한 햇볕에 무사 경 다념시냐."

동하리, 가마리의 해녀할망들은 뜨거운 햇살 아래 걷는 이상한 아주 망에게 약속이나 한 듯 말했다. 7, 8월 제주에서 쏟아지는 햇살의 강도를 '와랑와랑'만큼 적절히 표현할 단어가 달리 있을까. 거기에 제주억양까지 얹어지면 그 단어만으로도 녹아내릴 것 같았다.

그렇다. 말은 인간의 감정에 앞서 그 지역의 땅, 하늘, 구름, 바다를 담아내는 그릇이다. 제주어는 압축적이다. 마치 음악 같다. '경, 정'은 표준어로 '그래서, 저래서'다. 여섯 글자가 두 글자로 확 줄어든다. 세찬 바람을 뚫고, 바다를 사이에 두고, 상대에게 뜻을 전달하려면 짧게 말하는 수밖에. 제주어에는 제주의 삶과 자연이 녹아 있다.

그런 제주어에 반한 위대한 학자가 '나비박사' 석주명 선생이었다. 일제 말기 그는 경성제대 농업시험장(서귀포 소재) 근무를 자청해 제주로 내려왔다. 점점 조여오는 창씨 개명의 압박을 피하기 위해서였다. 2년여동안 근무하면서 유채를 처음 보급하고, 제주민요 '오돌또기'를 채보했다. 전공인 나비는 물론 제주어와 설화와 인구 분포를 두루 연구했다. 육지와 판이한 풍습과 언어가 학자의 호기심을 끌어당겼던 것이다. 광활한 전인미답의 황무지이던 제주어가 꼼꼼하고 열성적인 그의 손길을 거치면서 분류되고 정리되고 해석되었다. 그가 제주에 머무는 동안 작성한 어휘 카드는 무려 3만 장에 이르렀다. 독특한 언어와 위대한 학자의 만남, 그런 걸 두고 인연이라고 할밖에.

배또롱과 맨도롱을 아시나요?

내 동생 동철이의 제주어 사랑도 못 말린다. 지난해 여름, 처음 제주에 귀향하자마자 동생이 내게 맨 처음 건네준 건 《서귀포 지명유래집》이었다. 들고 있기 버거울 만큼 두터운 책이었다. 틈날 때마다 들춰보려고 오래전에 구입했단다. 하기야 모르는 지명과 맞닥뜨리면 어떻게 해서라도 그 유래를 알아내고 마는 놈이니까.

그애는 15년쯤 전에 단란주점을 내면서 가게 이름을 '배또롱'으로 지었다. '배꼽'이라는 뜻이 단란주점 이미지에 어울리는데다 발음이 예뻐서였다. 성미 급한 동생은 대형간판까지 미리 발주해놓았다. 헌데 간판은 벌써 제작됐는데 관청에서 제동을 걸었다. 특정 신체부위를 뜻하는 간판 이름은 안된다는 관련 규정을 들어서.

포기할 동철이가 아니었다. 만들어놓은 간판을 활용할 묘안을 짜냈다. 이번엔 '맨도롱'*이었다. 허나 맥주나 양주를 파는 단란주점에 맨도롱은 어울리지 않는 상호였던 걸까. 몇 년 못 가서 맨도롱은 문을 닫고 말았다.

맨도롱 미지근함과 따뜻함의 중간 상태

어디 우리 동생뿐이랴. 제주도에는 제주어를 내세운 간판들이 유난히
도 많다. 그만큼 제주어에 대한 자부심이 강한 것이다. '불란디야*', '하
영*', '니영나영*', '허울데기', '까다쟁이' …….

서귀포 시내를 휙 한번 둘러보면서 찾아낸 간판 이름이다. 물색 모르
는 육지사람들은 낯선 외국어인 줄 알지만, 그게 아니다.

풍경만이 아니라 음식과 언어, 사람까지 접해봐야 그 지역을 제대로
여행했다고 할 수 있다. 제주처럼 독특한 언어를 구사하는 지역에서는
더더욱 그렇다. 김경수 화백이 그린 올레 1코스 팸플릿에 주인공이 표
준어와 제주어를 두루 섞어 쓴 이유도 여기에 있다.

나는 제주도에서 방송에 출연하거나 특강을 할 때에는 절반쯤은 제주
어를 섞어 쓴다. 내 정서를 잘 담아낼 수 있고, 상대방도 훨씬 빨리 감응
할 수 있으니까. 무엇보다도 아주 매력적인 언어니까.

이런 의미에서, 지난해부터 제주특별자치도가 '제주어 조례'를 제정
한 건 참 잘한 일이다. 제주어는 제주인의 영혼을 담은 자산이다. 일본
에 건너가 수십 년 세월이 흘렀는데도 억양과 단어를 원형 그대로 쓰는
재일교포가 많은 것도 다 그런 연유에서다.

오름에 올라 바람을 맞아보지 않고는 제주를 알 수 없듯이, 제주어를
모르고는 제주를 이해할 수 없다. 제주에 머무는 동안 조금씩 제주어를
익힌다면 여행의 맛이 한층 깊어질 것이다. "알아수광*?"

●
불란디야 반딧불
하영 많이
니영나영 너하고 나하고
허울데기 긴 머리채
알아수광 알겠지요

바다와 땅이 차려주는 소박한 성찬

어릴 적부터 딱히 제주음식을 좋아한 건 아니었다. 아버지가 이북 출신이라서 우리집에서는 향토음식보다는 김치찌개가 단골메뉴였고, 부모님이 식료품점을 하신 덕에 카레나 짜장을 자주 해먹었다. 자리젓 따위는 어쩌다 밥상 위에 올라와도 코를 틀어막으면서 빨리 치우라고 했었다.

큰아이를 가졌을 때였다. 본디 먹성 좋고 아무거나 잘 먹는 편인데 심한 입덧으로 일주일 동안 굶다시피 했다. 밥 냄새만 맡아도 웩웩거리고, 뭘 먹고 싶다가도 정작 사다주면 마음이 달라지곤 했다. 주변에서는 남다 갖는 애를 갖고선 너무 요란을 떤다고 했다. 환장할 노릇이었다.

헌데, 어느 날 문득 자리젓 냄새가 기억났다. 그 퀴퀴하고 지독한 냄새가 그리움으로 다가왔다. 제주의 어머니에게 자리젓을 보내달라고 했더니 항공우편으로 부쳐왔다. 꾸러미를 풀어서 그 냄새를 맡는 순간, 아 살았구나 싶었다. 어머니가 시킨 대로 마늘은 넣지 않고 풋고추 송송 썰고 깻가루만 뿌려서 허겁지겁 밥을 퍼넣기 시작했다. 게 눈 감추 듯 밥통 속의 남은 밥을 다 먹어치웠다. 씻은 듯 입덧이 사라졌다. 아, 엄마 뱃속에서 듣던 파도소리, 바람소리가 평생 뇌리에 각인된다더니, 내겐 음식이 그러했다.

한번은 직장에서 동료들과 점심을 먹으면서 자리젓을 꺼냈다. 시인 이문재가 자기는 젓갈의 고장 인천 출신이니 웬만한 젓갈로는 명함도 못 내민다고 쐐기를 박았다. 한입 먹어보더니 얼굴빛이 달라졌다. 두입 먹더니 '으음, 젓갈의 지존이군'이라고 감탄했다. 그 뒤 이문재는 칼럼에서 '세상은 자리젓을 먹어본 사람과 아닌 사람, 두 부류로 나뉘어야 한다'고 주장하고 나섰다. 요즘 애들 표현대로 '므흣'했다. 그 뒤 소설가 김훈과 시인 이문재를 자리젓 하나로 쥐락펴락했다. 자리젓의 대단한 위력이었다.

몸을 살리는 몸국

몸국은 어릴 적부터 좋아했는데, 나이 들면서 사랑이 더 깊어진 제주 전통음식이다. 잔칫집에서는 돼지를 잡으면 돼지 삶았던 국물에 몸국을 끓여냈는데, 다른 국을 내오는 집에 가면 얼마나 실망스러웠던지.

몸국은 주재료로 들어가는 해초인 몸^{모자반}에서 유래한 이름. 그러나 내게는 몸을 살린다는 의미에서의 몸국으로 해석되었다. 아무리 지치고 힘들어도 몸국만 먹고 나면 거뜬했다. 다니던 직장이 모기업의 부도 때문에 휘청거릴 즈음, 손가락 하나 까딱하기 싫고 지독히도 우울한 어느 날이었다. 몸국이 갑자기 먹고파서 광화문에서 택시를 타고 홍대 근처 제주음식점 '눈치 없는 유비'로 향했다. 기다시피 들어갔는데 몸국 한 그릇 뚝딱 해치우고 나니 눈이 번쩍 뜨였다. 운명아 올 테면 와봐라, 두둑한 배짱이 생겼다.

제주올레는 개장행사를 할 때마다 가능하면 동네 부녀회에 몸국을 끓여달라고 부탁한다. 제주 하면 다금바리, 갈치, 고등어 따위가 전부인 줄 착각하는 육지사람에게 진정한 제주음식을 알릴 겸, 걷기에 지친 올레꾼에게 기운도 불어넣을 겸.

앗, 갈칫국이 이렇게 담백하다니

기왕 국 이야기가 나온 김에 하나 더. 제주도에 취재차 내려왔을 때의 일이다. 사진기자와 함께 제주도 향토식당을 찾았다. 갈칫국, 하고 주문했더니 사진기자가 눈을 동그랗게 뜨고 내게 물었다. "아니, 선배. 갈치 조림도 아니고 구이도 아니고 국을 끓여먹는단 말예요?" "그으럼." "그 비린 생선으로 말예요?" "비리긴. 얼마나 담백하고 고소한데."

못 미더워하는 눈치가 역력했다. 내 권유를 뿌리치고 그는 된장뚝배기를 시켰다. 싱싱한 갈치 두어 토막, 늙은 호박, 푸릇푸릇한 배추를 넣은 갈칫국이 나오자 그에게 조금만 맛보기를 강권했다. 사약이라도 마시듯 마지못해 한 숟갈 떠넣은 그는 고개를 갸우뚱하더니 다시 국그릇에 숟가락을 집어넣었다. 그날, 내가 시킨 갈칫국의 절반 이상은 그가 먹어치웠다. 뿐만인가. 그 뒤 그는 제주에 출장갈 일이 생기면 "야호, 갈칫국 먹게 생겼다!"며 환호성을 지르곤 했다. 백문이 불여일견이 아니라 백문이 불여일식인 셈인가.

돼지고기는 제주인의 힘!

제주사람들은 돼지고기를 무척 좋아한다. 쇠고기가 워낙 귀했기 때문이라는 사회적 분석도, 풍토병인 상피병을 예방하기 위해서 먹었다는 의학적 분석도 있다. 그러나 유전자 정보에 각인된 탓일까. 쇠고기가 흔해지고 상피병이 사라진 오늘날에도 제주사람들은 돼지고기를 쇠고기보다 더 즐긴다.

세계적인 장수촌으로 널리 알려진 오키나와 사람들도 돼지고기를 즐겨먹는다. 제주인의 수명도 전국 평균보다 높고, 특히 여자들의 수명은 전국 평균보다 5, 6년이나 길다. 두 섬의 자랑거리가 맑은 공기와 돼지고기라는 건 결코 우연이 아니다.

대형 관광식당에서 먹는 제주음식이 전부가 아니다. 올
레 길에서 마주치는 소박한 음식점, 토박이들이 다니는
맛집에서 먹어보지 않고는 제주음식을 감히 논하지 말
일이다.

돼지의 고향답게 제주에는 돼지를 소재로 한 음식들이 다양하고 풍부하다. 돔베고기, 순대, 고기국수, 돼지갈비…… 따지고 보면 몸국도 돼지를 잡은 국물에 해초를 넣고 끓이니 베이스는 돼지다.

그중에서도 제주순대는 허영만 화백의 《식객》에서도 자세히 소개되었다. 육지순대와는 달리 메밀을 넣어서 담백하면서도 깊이 있는 맛이 느껴진다고 허 화백은 묘사했다. 나도 그 만화를 읽고 나서 지난해 가을 일부러 제주시 보성시장(동문시장이 아닌 보성시장이 있다는 걸 만화를 보고서야 알았다)의 순댓집을 찾았다. 역시, 맛있었다.

그러나 내 입맛이 격이 좀 떨어지는 걸까, 아니면 허 화백이 다른집 순대맛을 몰랐던 걸까. 내게는 제주시, 서귀포오일장의 '놀부네집' 순대가 단연 최고다. 조금은 무뚝뚝한 놀부네집 아주망의 응대조차도 그 맛 때문에 다 용서가 된다.

약간은 흐린 날—비가 오거나 희끗희끗한 눈발이 날리는 날이면 더욱 좋지만—에 놀부네집 나무의자에 걸터앉아 순댓국밥을 허겁지겁 퍼먹을라치면, 장돌뱅이 아낙이 된 기분이다. 옆자리 손님도 '한라산' 소주를 "커어" 소리 나게 들이켜더니 "이 맛에 장날만 기다리주게" 하면서 탁 소리 나게 술잔을 내려놓는다. 그의 벌건 얼굴에는 만족스러운 미소가 떠오른다. '순대국밥 한 그릇'의 행복이다.

들어간 재료가 조금씩 달라도 순대나 순댓국밥은 전국 어느 곳에서나 사랑받는 음식이다. 그러나 고기국수에 이르면 이야기가 달라진다. 고기국수는 오로지 제주에서만 볼 수 있는 음식이다.

제주를 좀 안다고 하는 이들도, 어지간한 제주음식은 다 먹어보았다는 사람도, 고기국수의 존재를 모르는 경우가 많다. 그도 그럴 것이 외지인들이 그걸 먹겠느냐면서 아예 권하지 않기 때문이다. 그러나 내 경험에 의하면, 갈칫국처럼 고기국수도 한번 맛들이면 강력한 중독성을 발휘한다.

조금만 주의를 기울인다면 제주인이 얼마나 고기국수를 좋아하는지 눈치챌 수 있다. 어지간한 마을에서는 고기국숫집이 한둘은 눈에 띄니까. 서귀포 동문로터리만 해도 이 일대에 고기국숫집이 여럿 있다. 그중에서도 '고향생각'에 자주 들르곤 한다. 국수도 국수려니와 곁들여 먹는 파김치(가끔은 새우리김치*) 때문이다. 파김치의 매운 맛이 육수의 배지근한* 맛과 기막히게 조화를 이룬다.

돼지갈비를 빼놓으면 서운하다. 제주인이 가장 즐겨하는 가족 외식 메뉴 1위는 돼지갈비가 아닐까 싶다. 삼겹살은 최근에야 각광받는 메뉴이고, 제주인들이 전통적으로 즐기는 건 단순하게 삶아낸 돔베고기와 돼지갈비다.

대학교 다닐 때의 에피소드 한 토막. 서울에서 내려온 친구를 배웅하는 길에 제주시 부두 근처 돼지갈빗집에 들렀다. 뱃삯, 기찻삯을 빼놓고 가진 돈을 탁탁 털어서 갈비를 뜯기로 한 것이다. 그러나 그날 갈비 맛에 푹 빠진 우리는 이성을 상실한 채 뱃삯까지 헐고 말았다.

거기까지는 뭐, 있을 수도 있는 일. 서귀포로 돌아가서 어머니에게 여비를 얻은 우리는 다음날 다시 제주항으로 갔다. 갈비 굽는 냄새가 후

새우리김치 부추김치
배지근한 약간 느끼하면서도 고소하여 배부른 만족감을 주는

각을 자극했다. 누가 먼저랄 것도 없이 조금만 먹자고, 언제 또 와서 먹겠느냐면서, 그 집으로 들어갔다. 그날도 뱃삯을 날리고 만 친구는 결국 제주에 사는 같은 과 남학생의 돈을 빌려 제주를 떠났다. 지금도 우리는 만나면 제주도 돼지갈비 이야기를 하면서 깔깔 웃는다.

제주음식을 열거하자면 한도 끝도 없다. 그중에서도 코시롱하게* 감돌던 유죽의 향기를 잊을 수 없다. 올레 4코스 개장행사를 하던 날 해녀 할망들은 아홉 번 손길이 간다는 유죽을 올레꾼에게 대접했다. 파도와 한평생 싸워온 그 거친 손으로 떠주는 부드러운 유죽을 밀어넣으면서 목젖이 뜨거워졌다. 꼭 죽 때문만은 아니었다.

제주음식에는 제주의 거친 자연이, 투박한 인심이 녹아 있다. 육지 바다보다는 물살이 거친 제주 바당에서 잡힌 미역이, 제주 본 바당보다는 가파도나 마라도 근처에서 잡힌 돔이 더 맛있고 육질이 쫄깃하다.

고사리만 해도 그렇다. 제주 고사리는 담백하면서도 깊은 향취를 풍긴다. 기름을 둘러 오래오래 볶아(덜 볶으면 풀비린내가 난다) 놓으면 쇠고기보다 더 맛있다. 그 밖에도 죽순보다 더 향기롭고 다양한 레시피가 적용되는 양애, 알싸한 바다내음을 고스란히 간직한 싱싱한 성게 등등 제주음식이 있기에 제주살이가 더 즐겁다.

대형 관광식당에서 먹는 제주음식이 전부가 아니다. 올레 길에서 마주치는 소박한 음식점, 토박이들이 다니는 맛집에서 먹어보지 않고는 제주음식을 감히 논하지 말 일이다.

몸과 자리

몸국의 주재료인 모자반(몸)은 지방을 흡수하는 기능을 갖고 있으며 칼슘, 무기질, 비타민, 아미노산이 풍부하다. 옛 조상들이 돼지고기와 모자반의 음식 궁합을 익히 알고 있었던 모양이다.

최근 들어 (재)제주하이테크 산업진흥연구원 제주 해조산업 RIS 사업단은 1년간 연구 개발 끝에 몸국에 들어가는 모자반의 성분과 추가적인 효능을 밝혀냈다. 모자반의 정확한 학명은 '경단구슬모자반'. 탁월한 항염효과가 있어서 여드름이나 아토피 같은 피부질환 개선에 도움이 된단다. 한마디로 피부 미용에 좋다는 이야기다.

자리(돔)는 자리돔과에 속하는, 길이 10~18센티까지만 자라는 작은 물고기다. 달걀 모양에, 입이 작고 갈색이다. 꼬리 지느러미 양옆에 검은 갈색 세로띠, 가슴 지느러미 아래에 맑은 청색 무늬가 있다. 제주도, 일본 중부 이남, 동중국해에만 있다. 제주에서는 회를 떠서 날로 먹기도, 젓을 담그기도, 물회를 만들기도, 노릇노릇 구워먹기도 한다. 자리는 제주인의 식생활에서 없어서는 안 될 존재다.

여신이 만든 섬, 여신이 사는 섬

　제주는 여신의 섬이다. 섬의 탄생부터가 여성에게 기대고 있다. 제주 지방에 전해 내려오는 설화에 따르면, 설문대할망이라는 어마어마한 사이즈의 여성이 흙으로 제주의 산, 바다, 섬, 바위를 만들었다. 거대녀가 제주의 창조신인 것이다.

　설문대할망은 한라산을 베개 삼아 누우면 다리가 제주시 앞의 관탈섬에 걸쳐졌고, 빨래를 할 적에는 한라산 꼭대기를 짚고 관탈섬에 빨랫감을 놓아 발로 문지르면서 빨았더란다. 백록담과 관탈섬의 직선 거리가 4만 9천여 미터이니, '상상초월'이다.

　그녀는 주민의 삶에도 결정적인 기여를 했다. 사면이 바다이건만 짠 바닷물을 식수로 마실 수는 없는 노릇. 설문대할망이 행주치마 가득 용천수를 담아서 제주섬을 한 바퀴 돌며 곳곳에 발을 멈춰 한 줌씩 흘려주었더란다. 그 용천수 벨트를 따라 제주의 해안마을이 형성되었으니, 용천수는 생명의 젖줄이나 다름없다.

설문대할망의 마지막 미션은 제주섬과 육지를 잇는 제방을 쌓는 것. 사람들에게 무명 속곳 한 벌 만들어주면 제방을 쌓겠노라 약속했지만, 무명천이 모자라는 바람에 그녀의 마스터플랜은 실현되지 못했다.

설문대할망 외에도 제주섬에는 여성을 주인공으로 한 신화와 설화가 무궁무진하다. 신화의 주인공은 한결같이 부모와 남편과 동생에게 휘둘리지 않는, 강인하고도 독립적인 캐릭터를 갖고 있다. '당 오백, 절 삼백'이라는 말이 전해질 만큼 굿당이 많지만, 할망당은 있어도 하르방* 당은 드물다.

백록담 물을 마시고 금강산을 두루 본 조선여자 만덕

역사의 공간에서도 제주 여성의 존재감은 압도적이다. 제주 의녀^{義女} 김만덕^{1739~1812}. 역사에 기록된 어느 조선 여성보다도 큰 성공을 거두었고, 공익 마인드가 강한 여성이었다. 입지전적인 성공의 주인공은 대개 두 갈래로 나뉜다. 가난하고 어렵게 살았기에 불우한 이웃에 한없이 동정적이거나, 아예 못 본 척 외면하거나. 만덕 할망은 전자였다.

양민 출신인 그녀는 어린 나이에 부모를 잃고 기방에 들어가 온갖 고생을 한 끝에, 건입포구(지금의 제주시 건입동)에 객주를 차려 제주와 육지를 중개하는 무역상으로 큰돈을 벌었다. 제주와 육지에서 생산되는 특산물이 다르고 가격 차이가 크다는 데 착안해, 미역이나 말총 따위를 수출하고 쌀과 소금을 수입해 시세차익을 올린 것이다. 학자들은 만덕 할망을 조선 최초의 여성 CEO였다고 평한다.

그녀는 1만 명 가까운 도민이 연이은 흉작으로 굶어죽게 되자 전 재산을 털어 구휼에 나섰다. 기자생활을 하면서 거물 정치인이나 기업 총수들을 더러 만났다. 그들을 통해 돈과 권력이 있어도 마음이 가난하면 가난한 사람이라는 걸 알게 되었다. 욕구불만과 정신적 가난에 시달리는 이들은 현실에서 거대한 부를 축적하고 있어도 주변을 도울 줄도, 가난한 이웃을 돌아볼 줄도 몰랐다. 그러니 만덕 할망의 재산 희사는 '진정한 부자'만이 가능한 자선 행위였다.

거기에 그쳤다면 그녀는 내게 그저 존경의 대상이었으리라. 조정에 그녀의 선행이 알려지자 개혁군주 정조는 제주 목사를 통해 그녀를 크게 칭찬하면서 소원을 물었다. 만덕은 대담하게도 한양에 가서 임금을 만나고 금강산을 유람하고 싶다는 소원을 내놓았다. 당시 제주는 '출륙금지령'으로 보통사람은 마음대로 육지로 나갈 수 없었고, 금강산 유람은 조선 선비와 풍류 남아의 판타지였다. 이 대목을 읽으면서 이 여자 만덕, 진짜 멋진 여자였구나, 속으로 감탄했다.

다행히도 이 멋진 여자를 알아본 멋진 남자가 있었다. 명재상으로 명성이 자자하던 채제공은 만덕을 칭송하는 글을 남겼다.

"넌 탐라에서 자라 한라산 백록담 물을 먹고 이제 또 금강산을 두루 구경하였으니 온 천하의 수많은 사내들 중에서 이런 복을 누린 자가 있을까."

우리 할망 고병생, 우리 어멍 현영자

중산간 부락 송당 출신인 외할머니 고병생 씨는 성격이 불 같았다. 오 죽했으면 일제가 지배하던 그 캄캄한 시절에 마을 유지인 전 남편을 상대로 민사소송을 제기해 딸을 되찾았겠는가.

울 엄마는 구박은 받아도 부잣집인 친가 성안네에서 졸지에 하숙 쳐서 입에 겨우 풀칠이나 하는 친어머니 집으로 돌아왔다. 그렇게 되찾은 모녀지간이건만, 어릴 적 오래 떨어져 살았기에 끝내 서먹하게 지냈더란다. 외할머니는 딸이 '육지 것, 그것도 이북놈'과 결혼했다는 이유로 손녀딸이 초등학교에 입학할 때까지 집에 발길 한 번 하지 않았다.

그래서 외할머니에 대한 기억은 몇 컷의 흑백사진처럼 존재할 뿐이다. 깔끔한 성정 탓에 집에 들어서자마자 마루나 시렁을 손으로 쓰윽 닦으시던 장면, 양단 치마 저고리를 입고 실오라기 하나 흐트러지지 않게 머리를 깔끔히 빗어 넘겨 그 위에 동백기름을 바른 뒤 비녀로 쪽을 지던 장면, 짤막한 곰방대에 꼼꼼한 손길로 엽연초를 잰 다음 한 모금 빨고 나서 만족스럽게 허공을 올려다보던 장면…….

할머니는 우리집 마루에 앉아 곰방대로 담배를 피우다가 하늘이 깜깜

해지자 '개가 달을 잡아먹는 것'이라고 일러주었다. 하지만 5학년생이
었던 나는 냉큼 '개기일식'이라고 반박하면서 그날 낮에 학교에서 배운
내용을 좔좔 읊어댔다. 할머니는 벌떡 일어나서 치맛자락을 홱 돌리시
더니 "야, 영자(우리 엄마 이름)야, 니 딸 교육 호꼼 시키라"고 쏘아붙이
곤 그 길로 당신 집으로 가버리셨다.

건강하던 할머니는 그로부터 일주일 뒤 예순넷 젊은 나이에 독감을
앓다 그만 돌아가시고 말았다. 할머니에게 용서를 구할 기회는 영영 오
지 않았다. 정확한 것이 언제나 옳은 건 아닌 것을.

지난해 여름 예비답사를 하면서 나는 뜻밖에도 할머니의 다른 모습을
알게 되었다. 동하동 해녀의집 해녀할망들을 통해서였다. 여러 번 단골
로 드나들다 보니 이런저런 이야기 끝에 우리 외할머니도 표선리에 살
았었다는 말을 꺼내게 되었다. 그 말을 듣더니 해녀할망들이 "할망 이
름 고라보라*"고 성화였다. 말해도 모를 거라고 했더니 거듭 재촉했다.
할머니 이름 석자를 꺼냈더니 할망 세 분(이 해녀의집은 3인 1조로 교대
운영된다)이 화들짝 놀란다. 한 할망은 아예 의자를 갖고 와서 우리 곁에
와 앉았다. "세상에, 고뱅생 할망 손지냐. 아이고, 니네 할망 잘도 대단
해낫쩌, 알암시냐(세상에, 고병생 할머니 손주냐. 아이고, 니네 할머니 참 대
단했었다, 알고 있느냐)" 그 할망은 흉내까지 내가면서 울 할머니의 일화
를 들려주었다.

울 할머니 고병생, 워낙 경우 바르고 똑똑해서 남자들도 꼼짝 못 했더

란다. 음식이면 음식, 길쌈이면 길쌈, 화투면 화투, 담배면 담배, 좋은 일이건 나쁜 일이건 뭐든지 다 잘했더란다. 이웃들은 뭔가 일이 꼬이거나 수습 불능의 상황에 닥치면 '경우 바른' 울 할망을 찾았단다. 동네 해결사였던 셈이다.

어릴 적에 우리 할머니를 몇 번 봤다는 해녀할망이 들려주는 이야기 한 토막. 어느 날 동네 품앗이로 밭일 가는 엄마를 따라 갔더란다. 물론 우리 할머니도 있었더란다. 울력 나온 동네 사람들은 죄다 갈중이옷*을 입고 왔는데 할머니만 모시 치마 저고리 차림이었단다. 예의 머리를 동백기름으로 단정히 빗어 넘기고서.

우리 할머니는 일을 시작하기 전에 구덕에서 갈중이옷을 꺼내 갈아입고서는 손을 가장 빨리 놀리면서 일하시더란다. 일이 끝나자마자 할머니는 마당 한구석으로 가서 종재기 물을 얼굴에 요리조리 찍어 바르면서 고양이세수를 마친 뒤, 다시 모시옷으로 갈아입고 구덕을 옆구리에 끼고 한들한들 집으로 돌아가셨다나. "그 할망이 경 곱닥허곡 젊어나신디 이젠 그 손지가 할망 나이 되싱게. 경허난 나가 안 늙엉 어떻허냐(그 할머니가 그렇게 곱고 젊었었는데 이젠 그 손주가 할머니 나이가 되었구나. 그러니까 내가 안 늙고 어찌할 것인가)."

어린 시절부터 어머니와는 다르게 살겠다고 결심한 우리 엄마는 평생 술, 담배를 멀리했다. 북녘땅에 대한 그리움을 술로 달랜 남편 대신 가게 일을 도맡아 처리했다. 그러면서도 틈이 날 때면 늘 무언가를 읽곤 했다. 그래서 어릴 적 동네 친구들은 요즘도 만나면 말한다. "시장에서 너네 어머니 신동아 같은 두꺼운 잡지 읽어낳거 눈에 선하다게. 지금도 경햄시냐?"

유신 말기 나는 긴급조치 9호 위반으로 성동구치소에 수감되었는데, 어머니는 날마다 돌아오는 당좌수표 때문에 가게를 비우지 못해 한 번 밖에 면회를 오지 못했다. 대신 어머니는 이틀에 한 번꼴로 절절한 편지를 보내왔다(소년수로 복역 중이던 내 동생 동철이에게도 마찬가지로 보냈다고 한다). 초등학교 때 일어 작문시간에 선생님의 칭찬을 도맡았다는 글솜씨에, 서툰 한글 글씨체로. 편지 검열을 맡은 교도관들 사이에서 '4141 어머니(4141은 나의 수인번호)'의 편지가 화젯거리가 되면서, 어머니의 팬도 생겨났다. 당시 어머니가 보낸 편지의 한 구절이다.

"오늘도 먹고 사노렌 가게에서 손님들과 씨름허다가 다라이를 이고 집으로 돌아오는데 땅이 꺼지는 것 가트고 정신이 아뜩하엿다. 아버지는 명숙이까지 경헐 줄 몰랏다고 술만 먹는데 나까지 정신을 놓으면 안 된다고 이를 악물고 어찌어찌 집으로 돌아왓구나. 아무도 없는 집이 캄캄한디 동철이가 좋아하던 개만 나한티 달라드는구나. 오는 길에 사온 꼿을 화병에 노코서 자식 보듯이 그 꼿을 보자니 눈물이 흐르는군아."

대학시절 일이다. 방학 때 귀향한 나는 어머니를 도와 연말 대목 장사를 거들었다. 차례상을 장만하려는 손님들이 밤늦게까지 줄을 이어서 가게일은 밤 12시가 다 되어서야 겨우 끝났다. 아버지는 가게 문을 닫기도 전에 술을 마시러 어디론가 가버리고, 우리 모녀는 낑낑거리면서 그 많은 물건을 정리했다.

그러나 정작 이제부터 여자의 일이 기다렸다. 제사 음식을 만들 당면이며 고기며 동태포 등속이 잔뜩 든 고무 다라이를 머리에 이고 집으로 돌아오는 길. 다리는 천근만근, 몸은 여기저기 쑤셔오는데 서귀포에서는 좀체 보기 힘든 눈이 떡시루처럼 펄펄 날리기 시작했다. 머리에 흰 눈을 뒤집어쓴 어머니는 내게 말했다.

"맹숙아, 눈이 잘도 곱닥허게 왐쩌게. 이추룩 하염없이 걸어시민 좋기여(명숙아, 눈이 참 곱게 오는구나. 이렇게 하염없이 걸었으면 좋겠다)."

울 어멍도 나면서부터 매일시장의 억척 아주망은 아니었구나, 어머니가 친구처럼 여겨졌다. 알고 보면 부드러운 여자, 감수성 풍부한 여자가 바로 울 어머니 현영자 씨다.

어디 우리 할망, 우리 어멍만인가. 여신의 땅 제주 곳곳에서 나는 여신과 조우한다. 오일장에서, 해녀올레에서, 바닷가 옆 마농밭에서, 생활개선협의회 특강장에서, 여교사 연수회에서……. 그들은 21세기의 살아 있는 여신이다.

아버지에 맞서고, 남편을 훈계하고, 남동생을 혼내고

가믄장 아기 거지 부부가 딸 셋을 차례로 낳아 그중 셋째딸은 검은 나무그릇으로 먹여 살렸으니 가믄장 아기라 불렀다. 가믄장 아기가 복덩이인지라 거지 부부는 셋째딸을 얻고 나서 부자가 되었다. 하루는 거지 대감이 딸들을 한 명씩 불러 누구 덕에 사느냐고 물었더니 두 딸은 다 아버지 덕이라고 대답했지만, 가믄장 아기만이 '천지신명과 나'라는 대답을 해서 집에서 쫓겨나게 된다. 집에서 쫓겨난 가믄장 아기는 마퉁이와 부부 연을 맺고 돌밭을 일궈 볍씨를 뿌려 풍년을 맞지만, 복덩이가 나간 친정은 알거지가 되고 만다. 가믄장 아기는 부모 형제들과 화해하고 하늘의 자궁인 땅에 제를 올리고 마을 잔치를 연다.

백조할망(백주또) 농사와 가정을 돌보는 여신으로 금백조, 백조, 백조할망, 백주할망으로 불린다. 백주또의 자손들은 삼백일흔여덟이나 되며, 이들은 제주의 당신이 되어 마을을 돌보는 역할을 한다.
백주또는 옛날 강남천자국의 백모래밭에서 솟아났는데, 그녀 나이 15세가 되어 천기를 짚어보니 배필이 제주도에 살고 있는 것을 알게 되었다. 그래서 제주도로 가서 알송당에서 솟아난 소천국과 결혼해서 살게 되었다. 식구가 점점 늘어가면서 소천국에게 농사짓기를 권했는데, 어느 날 농사를 짓던 소천국이 배가 고파 자기 소는 물론 남의 소까지 잡아먹고 말았다. 이를 안 백주또는 남의 것까지 잡아먹은 건 소도둑놈이라면서, 땅을 가르고 물을 가르고 살림을 갈라 독립했다고 한다.

오찰방 산방산 일대에 힘이 장사인 오찰방이라는 여자가 있었다. 그녀의 어머니는 딸을 임신해서 소 10마리를, 아들을 가졌을 때는 소 9마리를 잡아먹었다. 오찰방의 남동생도 힘이 세서 동네에서 대적할 이가 없었는데, 그 힘을 온갖 못된 일에 쓰고 다녔다. 이에 오찰방은 야간에 열리는 씨름대회에 남장을 하고 출전해 남동생을 메다꽂았다. 남동생은 크게 깨우쳐 훗날 일등 장군이 되었다고 한다.

바람이 그립거든 제주로 오라

　어릴 적부터 비는 좋아했다. 내가 다니던 서귀포초등학교 운동장이 지대가 낮아서 비만 오면 물이 가득 고이는 통에 장대비가 내린 날에는 가끔 휴교를 하곤 했다. 비 좀 내려주세요, 학교 가기 지겨워지면 가끔씩 하늘에 기도하는 마음이 되곤 했다.

　어른에게는 혼날 이야기지만, 태풍이 부는 날도 좋았다. 전기가 끊어져서 천지가 칠흑처럼 깜깜해지면, 우리 가족은 촛불을 켜고 곤로에 라면을 끓여 옹기종기 둘러앉아 먹었다. 엄마 아버지는 가게 앞에 내놓은 콩나물, 두부, 채소, 된장, 고추장 따위를 들여놓느라 퍼붓는 빗속에서 진땀을 흘렸을 터. 그러나 철없는 나는 '비상상황'을 은근히 즐겼다. 평소에는 금지된 라면을 먹는 것도, 바깥에는 세상을 찢어발기는 비바람이 불지만 우린 안전하다는 느낌도 좋았다. 더더욱 좋은 건 가게 문을 일찍 닮은 어머니가 모처럼 집안에 있다는 것이었다. 어머니는 늘 부재 중이었으니까.

그러나 바람은 달랐다. 바람은 어떤 실익도 가져다주지 않았다. 바람 부는 날에도 학교는 가야 했고, 큰 바람이 한 번 불라치면 서명숙상회는 비 올 때보다도 더 큰 피해를 입곤 했다. 간판이 날아가고, 지붕을 덮은 비닐이 찢어졌다. 내 짧은 단발머리조차 학교에 등교하기도 전에 갈산 절산* 짚풀더미처럼 엉클어졌다. 까다쟁이 처녀나 아줌마들은 스카프 로 머리를 꼭꼭 동여매고 다녔지만, 그놈의 복장검사 때문에 단발머리 여중생들은 속수무책일 수밖에.

태풍에 버금가는 세찬 바람이 부는 날이면 천지연 근처 매일시장에서 한라산 방향에 있는 서귀여중까지 바람을 안고 가파른 동산을 올라야 만 했다. 반에서 키 순서로 2, 3번을 도맡았던(중3 때 급격하게 커서 지금 키에 도달했다) 나는 바람에 불려나갈 지경이었다. 안정감 있게 지면에 딱 붙어서 가야만 했다. 내 숏다리는 제주 삶에 적응한 결과인지도 모른다. 그러고 보면 고향 친구들 중에 롱다리는 거의 없는 것 같다.

모슬포 바람을 노래한 시인 이문재에게 나는 말했다. "당신은 외지인 이니까, 제주 바람을 잘 몰라서 그래. 난 바람이 싫어. 어쩜 바람 때문에 고향을 떠났는지도 몰라."

제주의 바람은 내겐 관념의 대상이 되기엔 진저리치게 생생한 현실이 었고, 애정의 대상이 되기엔 너무도 끔찍한 존재였다. 바람 앞에서 나는 지극히 무력했고 내 생각은 멎고 말았다.

몸에 새겨지는 바람의 기억

그런 바람을 수긋하게 받아들이고, 바람이야말로 제주를 제주답게 만드는 존재가 아닐까 생각하게 된 건 순전히 사진작가 김영갑 덕분이었다. 친구 영선이를 통해 김영갑이라는 인물에 대해 알게 된 나는 그의 사진을 보면서 날카로운 충격을 받았다. 아, 바람이 이렇듯 아름답고 철학적일 수 있구나.

그의 사진에서는 보이지 않는 바람이 보이는 풍경보다 더한 존재감을 드러냈고, 말하지 않는 바람이 전하는 말은 두터운 책보다도 더 많은 사유를 담고 있었다. 바람은 내게 말을 건넸다. 흔들리면서라도 살아내라고. 뿌리를 땅에 단단히 박은 채, 몸은 그저 맡기라고. 바람 불지 않는 삶은 없다고, 있다 해도 그건 산 사람의 삶이 아니라고.

그의 사진에 반한 내게 영선이는 두모악 갤러리^{김영갑이 운영했던 사진전시관}로 가서 그를 만나보라고 권했지만, 간세다리인 나는 몇 번이나 미루었다. 그러다가 그의 건강이 점점 악화되어 간다기에 서둘러 두모악으로 향했다. 만날 기약이나 희망 없이. 며칠째 방문사절이었다는 그에게 영선이가 '그냥 다녀간다. 몸조리 잘 하시라'는 쪽지를 들이밀었더니 한사코 만나겠단다.

아, 그 남자. 바람 부는 중산간에서 제주 바람에 몇 시간이고 흔들리면서 보이지 않는 바람을 찍었던, 젊은 날 기골이 장대했다는 그 남자는 바람이 불면 훅 불려갈 듯 자그맣고 가녀린 몸피로 의자에 위태롭게 앉아 있었다. 그러나 그의 두 눈은 맑고 깊고 강했다.

서울로 돌아와서 일주일여쯤 흘렀을까. 때마침 서울에 올라와 있던 영선이가 제주에서 걸려온 전화를 받았다. 김영갑이라는 말과 더불어 훅, 그녀의 허리가 꺾어졌다. 직감했다. 그 남자가 기어코 목숨줄을 놓고 저세상으로 떠났음을.

〈시사IN〉 정기구독자 초청행사 때 종달리 알오름에 이를 즈음, 세찬 바람이 휘몰아쳤다. 갈대도, 들꽃도 흔들렸다. 발아래 펼쳐진 바다도, 그 위에 떠 있는 우도와 성산봉도 흔들렸다. 흔들리는 풍경 앞에 선 우리도 속절없이 흔들렸다.

한 올레꾼이 서울로 돌아간 뒤에 메일을 보내왔다. 그날 알오름에서 본 성산 앞바다 풍경을, 날려버릴 듯 온몸을 흔들어대던 제주 바람을 평생 못 잊을 것 같다고. 그렇게 바람은 기억을 몸에 새긴다.

'살암시민 살아진다' 바람은 말하네

지난해 여름 예비답사 때 남원 바닷가를 찾았다. 언론계 대선배가 제

주를 찾았다가 한눈에 반했다는 그 바닷가다. 몇 해 전 그이는 20여 년 만에 그 바닷가를 다시 찾았더란다. 헤어진 첫사랑의 여인이 추레하게 변해버린 모습을 목격한 남자처럼 가슴 한구석이 소리 없이 무너져내리더란다. 자그마한 바닷가 마을, 어깨가 스칠 듯 좁은 돌담길 사이에 도란도란 이마를 맞댄 소담한 초가집들이 다 사라지고, 큰 도로만 사방팔방으로 뻗어 있더란다.

도로가 너무 크게 난 게 흠이긴 하지만, 그럼에도 남원 바닷가의 코발트색 고운 물빛은 여전하다. 단언컨대 제주 전역을 통틀어 가장 물빛이 고운 곳 중 하나다.

그 바다에 나가보라. 큰 엉 쪽으로 발길을 옮기다 보면 당신은 보게 되리라. 세찬 바람에 시달리다 못해 몸을 한껏 뒤로 제친, 쓰러져 누워서라도 시퍼런 목숨을 부지한 우묵사스레피 나무 군락을. 나무들은 김영갑 사진 속의 바람처럼 세상에 지친 당신에게 말한다.

"영한 나도 살암시네. 살암시민 살아진다(이런 나도 살고 있잖느냐. 살다 보면 다 살게 마련이다)."

사람들은 내게 묻는다. 바람 부는 날에도 올레를 걸을 수 있는가. 나는 대답한다. 바람 부는 날 올레 길을 걷게 된다면, 당신은 행운아다. 제주의 길만 아니라 제주의 삶을 느끼게 될 터이니. 바람 속에서 제주 바당은 당신에게 깊은 속살을 내어 보일 터이니. 어디 제주의 삶뿐인가. 당신의 인생에도 바람이 자주 불거늘.

모슬포 생각

이문재

모슬포 바다를 보려다가, 누가, 저 서편 바다를 수은으로 가득 채워 눈 못 뜨게 하나, 하다가, 혹, 허리가 꺾여진 적이 있다

수평선이 쩨앵하고 그어지고 있다고 느끼는 순간, 비늘처럼 미끈거리던 바람이 위이이이잉 몸을 바꾸는 것이었다. 바람은 성큼 몸을 세우더니, 그 무수한 손을 뒤고 제끼며 생철 쪼가리들을 날려 대는 것이었다, 은박의 바람이 바다 위에서 거대한 먼지를 일으키는 거였다

황홀하고 또 무서워, 머리를 가랑이에 박았다가 눈을 떴는데, 아 섬은 거꾸로 서 있었다. 그때, 그 옛일들이 생철 쪼가리에 범벅이 된 채 나뒹굴고 있었다. 살점과 핏방울들이 순식간에 바람의 속도로 올라앉는 것이 보였다, 삭막이 거대했다, 아 퍽퍽 쓰러진 것들의 바람에 풀썩거리는 모양이 황막하고 광막했다, 나는 가자미처럼 납작하게 땅에 엎드려 두 눈을 감았다, 눈물이 피융피융 튀어나가고 있었다

다시는 그리움이 내일이나 어제 쪽으로도 옮겨 가지 않으리라, 그래, 그리움의 더께가 녹슬어 을씨년으로 변하겠구나, 생각의 서까래도 남아나지 않았겠구나, 그래, 이 폐가의 흔적이나 한 채 껴안고 살면 되는 거지, 생철, 아니 날치의 바람아, 이제 그만 후두둑 멈추어라, 하고, 고개를 한 뼘 드는데, 저 남의 바다가 느물, 아니 기우뚱거리는구나, 하는데, 쩨애애애앵, 퍽, 오른쪽 눈에 생철 조각 하나가 박혔다

누군가 떠나면, 또 다른 누군가는 이렇게 남는다

그해 삼월 모슬포 바다에 나는 있었다

아름다운 것도 때로는 눈물이어라

    나는 못하는 게 참 많다. 잘하는 게 한 가지라면 못하는 건 열 가지다. 여학생에게는 필수권장 항목인 수예, 바느질 따위는 아예 젬병이어서 친구에게 가정숙제를 부탁하곤 했다. 음·미·체 점수는 바닥권이어서 언제나 동급생의 웃음거리였다.

    자연과목도 약하기는 마찬가지. 다른 건 그럭저럭 잘 외고 십수 년 전 읽은 단신 해외토픽 기사도 기억하면서, 정작 우리 주변의 풀 이름, 꽃 이름은 외지 못한다. 관심이 없어서라고? 꼭 그런 것도 아니다.

    올레 길을 걸으면서 어여쁜 풀꽃이나 잘생긴 나무를 보면 이름을 불러주고 싶었다. 그러나 배우고 돌아서면 그뿐, 도통 기억해내지 못하는 생물지진아다. 육지에서 온 올레꾼이 처음 보는 제주의 동식물 이름을 물으면 만물박사 동철이에게 SOS를 친다. 올레지기로서는 치명적인 약점이다.

그런 나도 이름을 아는 꽃이 동백이다. 어릴 적부터 무궁화나 개나리보다 많이 봐온 꽃이다. 표선면 일대의 패션리더였던 외할머니는 쪽진 머리를 풀고 동박기름*을 꼼꼼히 바르곤 했다. 할머니 무릎을 베고 맡던 동박기름 내음새……

동백은 이처럼 쓰임새도 많고 꽃도 예쁘지만, 숱한 시인 가객의 마음을 사로잡은 건 낙하하는 순간의 비장미다. 그중 절창은 단연 서정주 시인의 '선운사 동구'가 아닌가 싶다. 시인 이문재가 광화문통의 오래된 단골술집 '다다※※' 한구석에 부동자세로 서서 송창식이 노래한 '선운사'를 부르다가 '후, 두, 둑' 그 대목에서 툭, 음을 떨어뜨리면 왜 그리도 서러웠던지. 몇 년 전 그 동백이 보고파서 기차를 타고 허위허위 선운사로 갔는데, 동백은 아니 피고 주모의 목쉰 육자배기 가락마저 들을 수 없어서 참 서운했다.

그러나 지난겨울 동백을 여한 없이 보았다. 커다란 꽃잎이 장미처럼 생긴 서양식 동백이 아니라, 무성한 초록 잎새 사이로 새색시처럼 새초롬하게 숨은 제주 토종동백을.

지난 봄날 올레 2코스인 천지연 위 산책로에서 남성리 삼거리로 접어드는 길목에는 후, 두, 둑, 미련 없이 떨어진 동백이 땅에 수북했다. 붉은 꽃무덤이 눈물겹게 아름다웠다. 아름다움의 절정에서 돌연 죽음을

동박기름 동백나무에서 짜낸 기름

택하기는 벚꽃도 마찬가지. 허나 지고 난 뒤의 벚꽃은 볼품없지만, 동백은 떨어진 뒤가 더 아름답다.

추사가 사랑한 제주 수선

이른 봄에 올레 6코스 끄트머리 송악산을 지나 대정읍 안성리에 있는 추사 적거지를 돌아보면서 슬며시 돌담장 밑을 살펴보았다. 제주수선이 혹 피어 있을까 싶어서. 구근을 심어놓긴 했지만 아직은 피지 않았다. 그럼 그렇지. 추사가 사랑한 꽃인데 그가 머물던 곳에 심지 않았으랴.

식구들 입에 거미줄만 안 쳐도 다행으로 여기는 민초가 사는 변방 중의 변방 제주도, 그중에서도 바람이 가장 맵찬 대정읍에 육지남자가 귀양을 왔다. 명문세도가 경주김씨 일가에서 태어나 승승장구했던 사대부, 타고난 천재성에 중원의 선진문화를 맨 먼저 흡수했던 글로벌한 지식인, 당대 최고 수준의 문화를 향유하던 추사秋史 그 사람이.

대정유배로 보낸 세월이 무려 9년이었다. 그 간극과 결핍감이 오죽했을 것인가. 추사가 남긴 서한에는 이곳의 야만적인 풍습, 아무리 배고파도 목구멍으로 넘길 수 없는 조악한 음식, 풍요라고는 눈곱만큼도 기대하기 힘든 척박하고 거친 자연환경을 한탄하는 심정이 여실히 묘사되어 있다. 허리 한 번 펼 새 없이 일하고, 깊은 바다에서 숨을 참으며 일하나, 굶기를 밥 먹듯 하는 민초의 고단한 삶을 연민하면서도, 혼자 남아 고생하는 부인에게 이런저런 고급 문방사우와 입에 맞는 반찬을 보내달라던 추사. 이성과 감각 사이에서 갈등한 추사였다.

제주에서 그의 심미안을 만족시킨 드문 존재가 제주수선화였다. 날씬한 녹색 줄기에 살짝 미소를 머금은 듯한 하얀 꽃잎. 자태도 어여쁘지만 추사를 진정 기쁘게 한 건 품격 있는 향이었다.

추사에게는 해탈한 신선처럼 보였던 제주수선화는, 그러나 제주도 사람들에게는 골칫덩어리였다. 야생 수선은 번식력이 강해서 한번 뿌리를 내리면 다른 농작물의 생장을 가로막으면서 무성하게 자라 농부들의 미움과 원망을 샀다. 제주인들은 야생 수선을 '말마농*'이라 불렀는데 아무짝에도 쓸모없다는 뜻으로도 통했다. 선비와 농사꾼의 간극이다.

추사가 머물던 시절 제주 어디에서나 자랐다는 수선은 도로가 뚫리고 건물들이 들어서면서 많이 사라졌지만, 지금도 겨울의 끝자락에서 초봄 사이에 여기저기서 피어난다. 밭둑가에, 돌담 밑에, 무덤가에. 올레 길을 걷다가 몸을 낮추어보라. 씻은 듯 말간 얼굴이 당신과 눈을 맞출 터이니.

제주를 먹여 살리는 꽃, 유채

유채는 어린 날의 내게는 꽃이 아니었다. 참기름이나 콩기름을 구하기 힘든 제주에서 유채지름*은 집안 대소사에 없어서는 안 될 존재였

말마농 말이 먹는 마늘
유채지름 유채기름

다. 명절이 다가오면 시장은 유채지름을 빼러 남제주군 일대에서 모여 든 할망, 아주망들로 북적였다.

어디 기름만인가. 유채는 버릴 게 없는 나물이었다. 이파리는 된장국을 끓이거나 된장에 조물조물 무쳐서 나물을 해먹고, 줄기는 밭에 던져서 거름으로 썼다. 온몸을 바쳐 제주의 삶을 재생산해낸 유채는, 기름과 나물로서의 효용가치가 떨어지자 다른 방식으로 제주에 기여했다. 제주의 풍광을 완성해주는 최고의 데코레이션으로. 비로소 꽃이 된 것이다.

올봄에 유채꽃 덕을 참 많이 봤다. 내가 사는 대포동 마을에서 10여 분 걸어가다 보면 올레 2코스 길목인 국제컨벤션센터가 나온다. 그 앞 너른 공터 가득 유채가 심어져 있었다. 4월 유채꽃 큰잔치를 위해 조성한 것이란다. 아침 저녁으로 올레를 거닐면서 황금빛 유채꽃 물결을 즐겼다.

인위적으로 심은 행사용, 포토용 유채만 있는 건 아니다. 씨앗이 바람에 불려 날아가 근처 돌짝밭이나 길섶, 묵은 땅에 꽃을 피우는 야생 유채들도 지천에 널려 있다.

대포항 입구에서 야생 유채를 한아름 꺾어다가 된장국도 끓이고 나물로도 무쳐 먹었다. 간장과 식초를 넣고 버무려 샐러드도 만들었다. 유리병에 아무렇게나 꽂은 유채꽃은 일주일이 넘도록 집안을 환하게 만들었다. 유채의 덕이 이리도 깊고도 넓다.

섬에서 섬을 보다

첫 번째, 우도 이야기.

같은 직장의 김훈 선배는 내가 제주도 출신이라는 걸 알고서 틈만 나면 우도 예찬론을 들려주었다. 그는 언론사를 때려치운 이후 소설《칼의 노래》를 펴내면서 대한민국 최고 작가이자 베스트셀러 작가로 떠올랐다. 그러나 당시에는 걸핏하면 회사에 사표를 내고 칩거하는 바람에 후배들의 애간장을 태웠다.

그런데도 미워할 수만은 없는 선배였다. 일단 일터로 복귀하면 누구보다도 열정적이고 순정적으로 조직에 헌신했으므로. 왕년에 한국일보 문화부 기자 시절 '문학기행'으로 명성을 떨친 그는 웬만한 경승지는 안 가본 곳, 모르는 곳이 없었다. 술자리에서 그는 우도 사빈백사^{沙濱白沙}에 지는 노을이 얼마나 환상적인가를 역설했다. 우도는 예전 서귀포 어른들이 '소섬것들'이라는 표현으로 은근히 얕보던 바로 그 섬이었다.

그때부터 우도에 언젠가 가보리라 생각했다. 허나 마음에만 품은 채 몇 년의 세월이 흘러갔다. 그러는 사이 우도는 텔레비전 드라마의 촬영지가 되었고, 신문 방송에 떠들썩하게 소개되면서 새로운 관광명소로 떠올랐다.

직장을 그만둔 2003년 봄, 드디어 우도에 갈 기회가 생겼다. 〈시네21〉의 명편집장에서 전업 소설가로 전향한 작가 조선희, 독특한 시각의 칼럼으로 팬과 안티를 많이 거느린 칼럼니스트 최보은이 일행이었다. 제주MBC 라디오 방송이 주최하는 여성주간 행사에 초대손님으로 초청받아 가는 길에 임도 보고 뽕도 따기로 한 것이었다. 셋 다 우도는 처음이었다. 고품격 가이드인 영선이가 무료로 안내를 맡았다.

시간이 뒤로 흐르는 섬, 우도

시작부터가 요란했다. 우리의 수다가 워낙 심해 조용한 성격의 영선이가 혼이 나갔던 걸까. 내가 좌석에 한 다리를 올려놓자마자 시동을 거는 바람에 아직 차 바깥에 있던 다리 한쪽이 유람선 쇠기둥에 꽉 끼고 말았다. 내 비명소리에 놀란 영선이가 당황해서 기어를 잘못 밟는 바람에 다리는 기둥에 더 틀어박혔다. 우도 땅을 밟기도 전에 다리가 잘려나갈 판이었다.

전진해야 한다, 아니 후진해야 한다, 과학적 지식이 전무한 글쟁이 여자 셋은 설왕설래 끝에 후진으로 결정했다. 구사일생으로 내 다리는 기둥 틈새에서 빠져나왔고, 웃음을 깨무는 두 여자의 부축을 받으면서 멍든 다리를 이끌고 우도로 입성했다.

우도항 선착장에 마을버스가 서 있기에 우리는 자동차를 세워두고 버스를 올라탔다. 요금을 한 번 내면 여러 번 내렸다 타도 괜찮단다. 검멀레 경안동굴, 산호사 해수욕장, 하고수동 해수욕장 등 관광지로 유명한 곳마다 내려서 "야하, 물빛 좋다" 감탄하며 풍광을 즐기다가 버스가 오면 다시 탔다. 그때마다 같은 얼굴이 우리를 맞았다. 우리 일행과 기사 아저씨는 자연스레 친해졌다.

수다를 떨다 보니 아저씨네 집에 소문난 우도 땅콩(우도는 땅콩 재배에 가장 적합한 모래토질이다)이 한 포대 있다는 걸 알게 되었다. 팔아달라고 졸랐더니 집에 가서 가져온단다. 버스 종점에서 기다리다가 땅콩 한 푸대를 사서 셋이 많거니 적거니 실랑이해가며 나눠 가졌다.

두어 시간 버스 투어가 끝난 뒤 우리는 우도의 속살을 헤집고 들어갔다. 아까 버스에서 내려 잠깐씩 둘러본 관광명소가 아닌, 평범한 마을 안쪽 올레를 느릿느릿 돌아다녔다. 속삭이듯 나지막한 돌담, 대문도 없는 집안에서 졸고 있는 똥개, 집앞 텃밭에서 시들어가는 콩잎…… 모처럼 맛보는 평화가 달디 달았다.

오후 늦게 페리호에 올라 빗속에서 멀어져가는 우도와 작별했다. 모두가 정든 외갓집을 떠나듯 무척 아쉬운 표정이었다. 언젠가 또 올게,

기다려줘, 우도. 작가 조선희는 이날 한나절의 우도 체험에서 빛나는 단편소설을 건져냈다. 일에 쫓겨 살아온 한 여자의, 느림에 관한 생각이 담긴.

몇 년 뒤 강남 멀티플렉스에서 〈인어공주〉 시사회를 보다가 해녀로 분장한 배우 전도연이 우도의 마을올레를 걷는 장면이 나오자 가슴이 저려왔다. 공기가 안 통해 숨이 턱턱 막히는 광활한 지하광장에서 행사장을 찾지 못해 한참을 헤맸던 터라, 평화롭고 고즈넉한 우도 올레가 너무도 그리웠다.

걸어보지 않고서 어찌 그곳을 보았다 하리

2006년 7월 초, 산티아고로 떠나기 전에 예행연습 삼아 우도를 다시 찾았다. 마침 그곳 초등학교엔 죽마고우 명금이가 부임해 있었다. 지난번에 마을 길만 잠깐 걸었지만 이번엔 우도를 한 바퀴 돌 작정이었다.

3년 전과 달리 항구는 북적거렸다. 도항선이 토해놓은 차들로 섬은 더 부산해졌다. 선착장 입구에는 스쿠터가 십수 대 세워졌고, 젊은 남녀를 태운 차는 부르릉 소리를 내며 막 출발하고 있었다. 관광객이 늘어난 건 좋지만 이건 아닌데, 싶어서 마음이 언짢았다.

친구의 근무시간이 끝나기를 기다리는 사이에 우도봉으로 올라갔다.

쉬멍쉬멍 놀멍놀멍, 우도봉 가는 길은 무성하게 자라난 풀들이 바람에 제 몸을 내맡기고 있었다. 흔들리는 푸르른 풀들 너머로 옥색 바다가 황홀했다.

오름 정상에서 무조건 바다 쪽으로 방향을 잡아서 내려오니 대형 관광버스와 렌터카가 즐비했다. 차에서 쏟아져나온 관광객들은 똑같은 장소를 향해 돌진했다. 기념사진을 찍고, 무언가를 사먹고, 일행을 소리쳐 부르고. 도시로 되돌아간 기분이었다.

바닷가를 걷고 또 걸었지만, 똑같은 풍경은 한 군데도 없었다. 물빛도, 돌멩이 모양도, 모래빛깔도 다 달랐다. 이 조그마한 섬에서 펼쳐지는 원색의 향연은 매혹적이었다. 타이티에 반해서 그곳에 눌러 살았던 고갱이 만일 우도에 왔더라면, 엉뚱한 상상에 빠져들었다.

갑자기 물빛이 달라지는가 싶더니 아하, 어느덧 태양이 바다를 붉게 물들이면서 몰沒하고 있었다. 바다에 취해, 바다에 안겨서, 느랏느랏* 걷는 사이에 시간이 많이도 흘렀다. 붉은 옷자락을 이끌고 사라져가는 노을을 벗 삼아 친구가 기다리는 초등학교로 돌아갔다.

우도의 밤은, 다정하고 포근했던 낮과는 또 달랐다. 고즈넉하고 멜랑콜리했다. 불빛이 없어서 별빛은 더 빛났다. 총총한 별들이 우리들 머리 위로 쏟아져 내렸다. 밀린 할 말이 많았지만 한동안 우리는 말을 잃고 바위 위에 앉아 있었다. 우도의 밤풍경에는 인간의 언어가 끼어들 틈이 없었다.

다음날 새벽 우도봉에 다시 올라 일출을 보았다. 구름에 약간 가려지긴 했지만 해돋이는 장엄했다. 어제 수평선 너머로 침몰했던 그 태양이 구름 뒤편으로 얼굴을 드러냈다. 태양은 하늘과 바다를 벌겋게 물들이면서 불끈 바닷속에서 솟아올랐다. 비늘구름을 후광처럼 거느린 채. 성산일출봉이 해맞이의 성지일진대 가까운 이곳 우도봉의 일출 역시 어찌 아름답지 않으랴.

전날 남겨놓은 해안길을 마저 걸었다. 아침 바닷가가 펼쳐 보이는 색채는 어제 오후와는 또 달랐다. 마침내, 나는 우도를 한 바퀴 다 걸었다. 비로소 우도가 내 안에 들어온 것이다.

두 번째, 마라도 이야기.

마라도에 대해 침을 튀기면서 예찬론은 편 사람도 직장동료 문정우 씨현 《시사IN》 편집국장였다. 그는 충청도 출신으로 인천에서 살았다. 제주 출신인 내가 육지사람에게서 두 섬 이야기를 들은 것이다.

기자생활 하랴 노조일 하랴, 가정에 소홀한 게 미안했던지 7, 8년 전부터 문 국장은 부쩍 가정에 신경을 쓰기 시작했다. 그해 여름 그는 큰아이를 데리고 장장 일주일간 제주도 하이킹을 떠났다. 제주공항에서 짐을 찾아 카트에 싣는데 그 안에 누군가가 두고 간 책이 있더란다. 워낙 책을 좋아하는 그인지라 슬쩍 들춰봤더니 제주에 관한 책이었다. 제주의 중산간 풍경과 바람에 반해 스물여덟 해 동안이나 가족과 떨어져서 밥을 굶어가며 필름을 사들여 미친 듯이 사진을 찍다가 루게릭병에 걸려 투병 중인 한 남자가 쓴.

책장을 덮고 나니 그가 사랑한 마라도에 한번 가고 싶어지더란다. 그 길로 모슬포 선착장으로 가서 마라도행 여객선을 탔다. 그날 밤 아들과 함께 풀밭에 텐트를 치고 야영을 했는데, 그의 표현에 따르면 '우주의 별들이 다 마라도로 출동한' 것 같더란다.

제주를 제주인보다 더 사랑했던 육지 사람, 제주의 바람을 사진에 가두어놓았던 사진작가 김영갑은 마라도를 무척이나 사랑했다. 그는 말했다. 그 섬에 가면 영혼이 씻기는 것 같다고. 마라도에 들어가면 그는 되도록 오래오래 머물렀다. 마라도 주민들이 뭍으로 가느라고 섬을 텅텅 비우는 명절 때를 맞춰서 김영갑은 그 섬으로 들어가곤 했다. 그 동안 마라도는 오로지 그만의 섬이었다.

그에게 마라도는 단순한 피사체가 아

니라 정신적 성소였다. 마라도의 순박한 아이들이 상처받을까봐, 약속한 날에 악천후를 무릅쓰고 섬을 찾은 적도 있었다. 그런 김영갑이니 고작 몇 시간 머무르고선 마라도를 다 찍었다며 되돌아가는 사진작가, 배에서 내린 지 한 시간도 안 돼서 더 이상 볼 게 없다며 출항시간만 기다리는 관광객들을 이해할 수도, 용서할 수도 없었으리.

마라도, 사진작가 김영갑이 사랑한 섬

지난 4월 초 바람 부는 날. 김영갑의 책을 읽을 때부터 가고팠던 마라도, 올레 3코스 때부터 내 눈앞을 떠나지 않던 그 섬을 뒤늦게서야 찾았다. 파도가 그리 센 날이 아닌데도 파도는 소월의 시처럼 '산산이 부서'졌다. 거친 파도를 견뎌내는 마라도는 오연한 성채 같았다.

뭍으로 올라서자마자 말로만 듣던 유람용 골프카가 여럿 대기하고 있었다. 배에서 내린 관광객들은 햇빛 가리개용 비닐 덮개가 씌워진 골프카에 타고, 두 시간 남짓 걷는 마라도를 단 2, 30분에 횡 하니 돌았다. 그러곤 항구로 돌아와서 뭍으로 나갈 연락선을 초조하게 기다렸다. 아, 김영갑이 살아서 이 풍경을 봤더라면……

선착장에서 섬 중앙부를 향해 천천히 걸어들어갔다. 입구에는 중국식당(무려 세 군데나 있다!)과 조그만 섬에 어울리지 않은 큰 규모의 절집과

교회와 굿당으로 어수선했으나, 그곳만 벗어나면 마라도다운 야성이 물씬 풍겨났다. 우도가 그랬듯이.

아, 이 작은 섬이 이렇듯 강력한 포스를 뿜어내다니. 반도를 향해 불어갈 바람을 최전선에서 막아내면서 섬은 온몸으로 윙윙 울어댔다. 모든 풍경이 깃발처럼 나부끼고, 파도는 흰 이빨을 드러냈다. 하늘과 바다와 풀만이 존재하는 마라도는 군더더기를 생략한 대가의 수묵화처럼 단순한 아름다움으로 사람의 마음을 후려쳤다.

제주올레의 공식 주방장 원국이의 말에 따르면, 이곳 마라도와 가파도에서 나는 해산물들은 제주도에서도 가장 비싸게 팔린단다. 거친 바다 물살을 헤치며 생존하느라고 육질이 훨씬 존득존득하고 탄탄해서 그렇단다.

인생도, 사람도 그런 게 아닌가 싶다. 세상 살면서 힘든 고비를 넘겨보고 시련을 겪어보지 않은 사람은 어쩐지 맹숭맹숭하고 사람 맛이 덜 난다. 반면 갖은 풍파를 헤치면서 살아온 사람은 구수한 인간미를 풍긴다. 마라도에서의 삶이 얼마나 척박하고 고단했는지 이곳 해녀는 강원도 고성으로, 완도로, 청산도로 원정 물질을 다녔다. 태양에 그을린 그들의 얼굴엔, 그러나 부처 같은 미소가 머문다.

그대, 삶에 지쳤는가. 한번쯤 삶의 줄을 놓아버리고 싶은 유혹을 느끼는가. 그러면 마라도로 가보라. 마라도 바닷가, 눈이 베일 것처럼 수평선만 가로지른 그곳에 한번 서보라.

걸어서 아버지의 땅 무산까지

"행복해요."

올레꾼들에게서 가장 많이 듣는 인사다. 약속이나 한 듯 똑같은 인사 말을 남긴다. 왜 올레 길에서 그들은 '아름답다'거나 '즐겁다'가 아닌 '행복하다'는 느낌을 받는 걸까. 올레 길에서는 왜 이 낯선 단어가 공용 어처럼 쓰이는 걸까.

그동안 죽을힘을 다해 뛰어왔는데도 여전히 갈 길은 멀다. 성공했는 데도 왠지 마음 한구석이 공허하다. 수많은 물건에 둘러싸여 있는데도 여전히 불만족스럽다. 그런데 신기하게도 올레를 몇 시간 걸었을 뿐인 데, 거기엔 아무것도 없었는데도, 평화와 행복과 위안이 절로 찾아온다. 그렇다면 당신은 올레 바이러스에 감염된 것이다. 바이러스 중에서도 가장 치명적인!

올레를 다녀간 사람들은 심각한 후유증을 호소한다. 복잡한 도심의 사무실에 앉아 있어도, 집안에서 걸레질을 하다가도, 오름에서 본 풍경과 제주의 에메랄드빛 바다가 눈에 어른거리고 동박새의 울음소리가 귀에 선하다는 것이다. 심지어 쏟아지는 샤워기 물소리가 파도소리처럼 들린단다. '올레증후군'이 슬슬 나타나기 시작한 것이다.

김수나. 삼십대 후반 직장여성인 그녀는 서울에 거주하는데도 벌써 네 번이나 제주올레를 걸었다. 행사에 참여하고 돌아간 다음날 아침, 눈을 뜨자 슬리퍼를 끌고 나가면 곧 중문해수욕장의 고운 모래사장이 나올 것 같아 고층아파트 유리문을 뚫고 나갈 뻔했다는 메일을 보내왔다.

면도날은 제주를 좋아해서 1년에 한두 번은 꼭 찾는 서울의 고교 교사다. 그런데 올레 바이러스에 감염되고 난 뒤부터는 1년도 안 돼서 다섯 차례나 제주를 찾았다. 지난번에는 집안의 제삿날과 공개행사가 겹쳐서 참석을 못 했는데 제사상 앞에서도 올레 생각만 하는 불효막심한 후손이 되었더란다. 올레 바이러스에 한번 감염되면 올레중독자, 올레폐인이 되고 만다는 우스갯소리도 올레꾼들 사이에서 나온다.

나는 올레 후유증을 호소하는 올레꾼들을 만날 때마다 제안한다. 아무리 제주올레 길이 아름다워도 매번 제주를 찾을 수는 없으니, 당신들도 가까운 곳에 올레 길을 만들어서 즐기라고. 산티아고 길에서 영국 여자가 내게 해준 조언이기도 했다.

이유명호 언니가 맨 먼저 그 바통을 이어받았다. 올 봄에 강화올레를 만들어 '오마이스쿨' 학생들에게 선보인 것이다. 사실 연원으로 따지면 강화올레가 제주올레보다 오래 되었다. 언니는 몇 년 전부터 강화도 민통선 지역의 들길과 수로길을 샅샅이 뒤지고 다녔으니까.

〈시사IN〉 문정우 편집국장도 자기가 사는 일산에 사흘 정도 걸리는 일산올레를 만들었다고 자랑했다. 그러나 아들이 대학에 입학하면서 통학거리가 가까운 서울로 이사하는 바람에 애써 만든 일산올레를 걷지 못하게 되었다. 아마 목동에 길을 만들 궁리를 하는지도 모른다.

'시사모' 열성당원인 박수무당 님도 고향 충주에서 지방의회를 잘 설득해서 충주올레를 만들겠다고 연락해왔다. 충주는 본디 산자수명山紫水明하기로 유명한 곳. 이곳에 올레 길이 생긴다면 또 다른 명소가 될 게 분명하다.

열두 명이나 집단으로 내려와서 걸었던 춘천의 문화세상 '금토커뮤니티' 회원들도 춘천올레를 만든다고 하니 기대가 된다. 이들은 이미 오래전부터 걷기를 사랑해온 사람들이다. 내가 사랑했던 춘천에 올레 길이 생긴다면 버선발로 뛰어갈 생각이다.

아 참, 동대구올레를 빠뜨리면 서운해하겠지. 녹색소비자연대 실무자를 포함해 몇몇 친구들이 두 차례나 제주올레 길을 걸었다. 뒤이어 동대구 시의회 의원 10여 명이 올레 길을 견학하고 갔다. 인구가 많고 도시화된 동대구에 무슨 올레냐고 되물을 이도 있겠지만, 사실 그런 곳일수록 인간답게 걸을 길이 있어야 한다. 팔공산 근처에 고려 태조 왕건이 추적해오는 적군에 쫓기어 도망 갔던 길이 있다니 잘만 연결시키면

'왕건올레'가 생기지 말라는 법이 없다

다른 지자체에서도 제주올레에 관심을 보이기 시작했다. 지난 5월 말 전라북도의 관광부처 관련 공무원과 전북발전연구소에서 네 명이나 견학차 제주올레를 다녀갔다. 그중 한 분이 내게 걱정스럽게 말했다. 제주도는 면적이 작아서 해볼 만한데 전라북도는 면적이 너무 넓어서 걱정이라고.

"아니, 코스가 길면 길수록 도보여행자들에게는 좋지요. 무슨 걱정입니까? 한 해, 두 해에 못 하면 몇 년 걸려서 만들어내면 되구요. 전북은 그나마 개발이 덜 되어 있고 역사와 문화가 담긴 길이 많아서 잘만 만들어내면 굉장한 관광자산이 될 텐데요. 지역주민들에게도 좋은 휴식 공간이 되구요."

제주도에서 시작된 올레가 전국적으로 퍼져서 '신 대동여지도'가 만들어진다면 꼭 하고픈 일이 있다.

내 아버지 서송남 씨는 북한에서도 가장 북쪽 마을인 무산에서 태어났다. 겨울이 되면 오줌을 누자마자 오줌줄기가 고드름처럼 얼어붙고, 꽁꽁 언 두만강을 건너 국경 너머로 놀러다녔다는 곳! 아버지의 소망은 통일이 되면 제주에서 배를 타고 목포로, 목포에서 '도라꾸'를 타고 고향 무산까지 올라가겠다는 것이었다. 그러나 그 꿈을 끝내 못 이룬 채 타향 서울에서 돌아가셨고, 제2의 고향 서귀포 남국선원에 묻혔다.

아버지의 딸인 나는 아버지와 또 다른 소망을 품는다. 도라꾸가 아닌

내 두 발로 아버지의 고향까지 걸어가리라는. 전국의 올레 길이 다 이어진다면, 그래서 북한의 걷는 길도 열리게 된다면, 결코 불가능한 꿈은 아니리라.

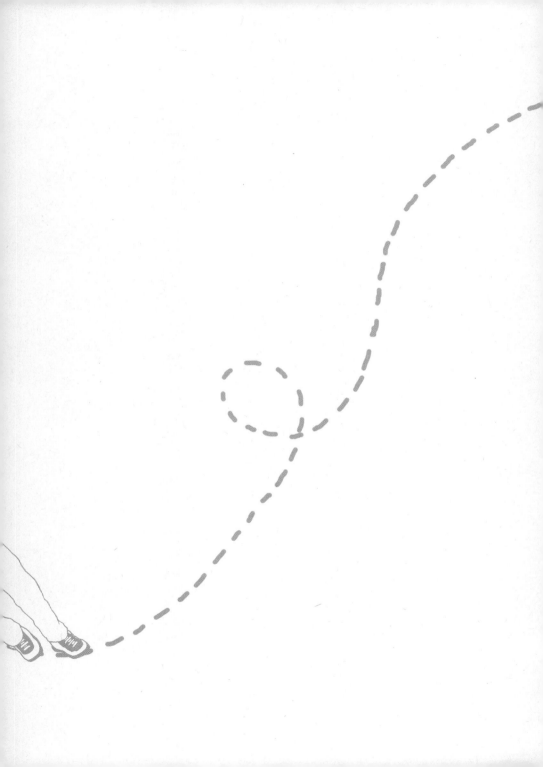

놀멍 쉬멍 걸으멍 제주올레 여행
© 서명숙 2008

1판 1쇄	2008년 9월 1일
2판 10쇄	2024년 11월 1일

지은이	서명숙
펴낸이	김정순
기획·책임편집	변경혜
본문사진	서동철 강영호 그린피스 박성기 빗방울 시사IN포토 안홍기 이종혜 홍성아
디자인	윤종윤
마케팅	이보민 양혜림 손아영
펴낸곳	(주)북하우스 퍼블리셔스
출판등록	1997년 9월 23일 제406-2003-055호

주소	04043 서울시 마포구 양화로 12길 16-9(서교동 북앤빌딩)
전자메일	editor@bookhouse.co.kr
홈페이지	www.bookhouse.co.kr
전화번호	02-3144-3123
팩스	02-3144-3121

ISBN 978-89-5605-292-2 03810